KB262488

미르영 퓨전 판타지 소설
FUSION FANTASTIC STORY

타임 슬라이스 5

미르영 퓨전 판타지 소설

초판 1쇄 찍은 날 § 2010년 3월 23일
초판 1쇄 펴낸 날 § 2010년 3월 29일

지은이 § 미르영
펴낸이 § 서경석

편집장 § 문혜영
편집책임 § 서지현
편집 § 주소영

펴낸곳 § 도서출판 청어람
등록번호 § 제1081-1-89호
등록일자 § 1999. 5. 31
어람번호 § 제1-1131호

주소 § 경기도 부천시 원미구 심곡2동 163-2 서경B/D 3F (우) 420-822
전화 § 032-656-4452 팩스 § 032-656-4453
http://www.chungeoram.com
E-mail § chungeoram@chungeoram.com

ⓒ 미르영, 2009

ISBN 978-89-251-2127-7 04810
ISBN 978-89-251-1998-4 (세트)

TIME SLICE

타임 슬라이스

CONTENTS

1장 화약고 7

2장 신형 기갑슈트 기간트 47

3장 새로운 블랙노바 85

4장 육체의 새로운 진화 123

5장 준동 159

6장 아리안의 멸망 201

7장 종족전쟁의 시발 241

8장 전장의 광자 다크프리즘 273

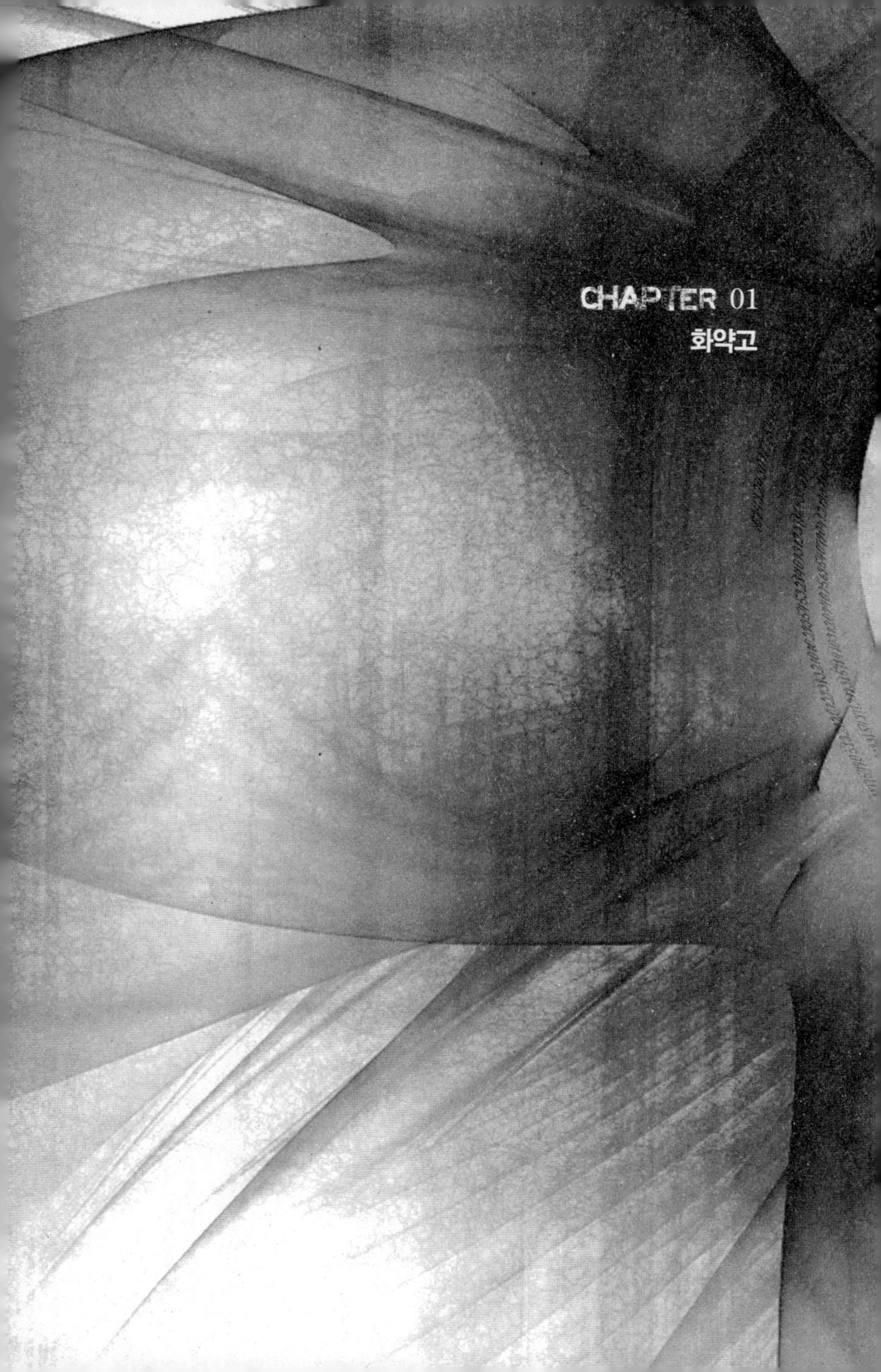

CHAPTER 01
화약고

TIME
SLICE 타임 슬라이스

타이너는 떨리는 시선으로 여인들을 자세히 살폈다. 아무리 봐도 흡혈의 종족이라는 뱀파이어가 틀림없었다.

'그래서 저런 표정을 짓고 있었나?'

은으로 만든 철창 안에서 공포와 함께 고통 어린 표정을 짓고 있었던 것도 이해가 갔다.

비명을 지르는 이유가 대못에 박힌 고통보다는 흘러내린 피가 은으로 된 십자가에 닿았기 때문임이 분명했다.

'정말 저들이 뱀파이어라면 문제가 심각하다. 이 사실이 알려지기라도 한다면 유럽 쪽에서 가만히 있지 않을 텐데. 특히나 그 녀석은……'

의장이 무슨 생각으로 뱀파이어의 피를 이용해 키메라슈트를 제작하는지는 몰라도 보통 문제가 아니었다.

아주 오래전 유럽에 기반을 두고 있던 네오클래스가 미국에서 자리 잡은 이유는 전적으로 뱀파이어들과의 전쟁 영향이 컸다.

유럽의 주도권을 두고 뱀파이어와 대적하던 네오클래스는 힘에서 밀렸었다.

사소한 일로 시작한 충돌이 심각한 결과를 낳았다.

강력한 피의 권능으로 무장한 뱀파이어와의 전쟁은 수많은 사상자를 발생시켰고, 이로 인해 시간이 거듭될수록 전력이 약화되어 버리는 사태까지 번져 네오클래스는 유럽에 있는 자신들의 기반 대부분을 잃어야 했다.

네오클래스는 마지막 생존 수단으로 새로 발견된 신대륙으로 자신들의 터전을 옮겼다..

미지의 대륙에 있는 힘이 뱀파이어들의 진출을 막고 있었기 때문이다.

네오클래스는 신대륙으로 온 후 간신히 숨을 돌릴 수 있었다. 만약 터전을 옮기지 않았다면 멸절되고 말았을 정도로 뱀파이어들과의 싸움은 타격이 컸었다.

네오클래스는 오래전부터 아메리카 대륙에 존재하는 자들과 손을 잡았다. 그때야 뱀파이어들은 공격을 멈추었다.

근거지 자체가 다르고, 아메리카 대륙을 지배하는 자들과 연합했기 때문이었다.

힘이 비슷해지자 서로 간의 영역을 침범하지 않기로 협정이 맺어졌다. 다툼 정도는 용납하지만 생명의 근원을 해치지 않는다는 조항도 이때 생겼다.

그런데 이번 일은 그 협정을 정면으로 위반하는 행위였다. 또다시 피비린내 나는 전쟁이 시작될 것이 분명했다.

아무리 대륙을 지배하는 힘을 네오클래스가 손에 넣었다고는 하지만 뱀파이어의 힘도 만만치 않았다.

'의장이 도대체 무슨 생각으로 이런 일을 벌였는지 이해가 안 가는구나. 아직은 유럽 쪽에 시선을 돌릴 때가 아닌데…….'

타이너는 의장인 마트암의 생각을 도무지 알 수가 없었다.

신대륙에 근거지를 옮긴 후에 네오클래스가 아무리 많은 힘을 비축했다고는 하지만 유럽에 비해서는 아니었다.

대륙을 지배하는 자들과 연합한 후에 지배자들을 누르고 그들이 가진 힘을 손에 넣었지만 완벽하게는 아니었다.

몇 가지 비밀스러운 힘은 완전히 사라져 버린 상태였던 것이다.

그렇지만 유럽의 뱀파이어들은 아니었다. 전쟁이 한창일 무렵보다 훨씬 강력한 전력을 보유하고 있었다.

연합 성격을 가지고 있는 유럽의 뱀파이어 파벌 중 세 가문만 협력을 한다고 하더라도 거의 네오클래스에 버금가는 전력이 되어버리는 것이다.

이런 상태에서 전쟁은 어쩌면 네오클래스 자체를 파멸시킬 수 있는 악수라는 것을 의장이 모를 리 없었다.

그럼에도 이런 무모한 선택을 했다는 것이 이해가 가지 않았다.

"무엇을 걱정하시는지 압니다만, 그다지 신경 쓰실 일이 아닐 겁니다. 저들은 순혈이 아니라 의장님의 계획하에 만들어진 변종일 뿐이니 말입니다."

심각하게 굳어 있는 타이너의 얼굴을 보며 바르디엘이 말했다.

"순혈이 아니라 변종이라는 말인가?"

"그렇습니다. 저들은 순혈의 뱀파이어가 남긴 혈정을 통해 만들어진 소모품들일 뿐입니다. 이곳에서 만들어지고, 소모되어 사라질 존재들이니 뱀파이어들이 알 턱이 없지요. 그리고 안다고 해도 그다지 신경을 쓰지는 않을 겁니다."

"으음, 그렇다면 다행이로군."

믿기지 않는 이야기였지만 그렇다면 전쟁은 걱정하지 않아도 되었다. 변종들을 보는 순혈 뱀파이어들의 생각은 가축 그 이상은 아니니 말이다.

'하지만 어떻게……'

고개를 끄덕이며 수긍은 했지만 타이너의 의문은 아직도 남아 있었다. 순혈의 뱀파이어가 남긴 혈정을 마트암이 어떻게 얻었느냐 하는 것이다.

순혈은 뱀파이어 가문에서도 특별히 보호되는 존재들이었다.

네오클래스가 유럽에서 전쟁을 벌일 당시에도 순혈의 뱀파이어는 막후에서 지배만 했을 뿐 나타나지도 않았던 고위의 존재들이다.

'혹시 의장 쪽에 협력하는 뱀파이어라도 있는 것인가? 변종이 저 정도의 수준이라면 상당히 고위급의 뱀파이어가 남긴 혈정이 틀림없는데…….'

한눈에 보기에도 십자가에 매달려 있는 존재들은 순결을 간직한 뱀파이어가 틀림없었다.

그것도 거의 순혈에 버금가는 혈정을 가진 존재들이 분명했다. 고귀한 혈통을 가진 뱀파이어의 혈정이 아니라면 만들어 낼 수 없는 존재였다.

'저 정도의 강력한 뱀파이어 변종을 만들려면 뱀파이어들의 왕족이라 불리는 자들이 남기는 성혈이 쓰였을 것이다. 순혈 중의 순혈이라면 그것밖에 없으니까.'

성혈은 함부로 볼 수 있는 것이 아니었다.

뱀파이어들은 그들의 왕족이 죽으면 성혈을 따로 빼내 극비 장소에 보관한 후, 그의 후계자를 찾아 전하게 된다.

피에 담긴 권능을 전하기 위해서다.

그 때문에 성혈의 보관에도 상당한 신경을 쓰고 있는지라 내부의 도움이 없는 한 구하려 해도 구할 수 없는 특별한 것이었다.

'의장이 뱀파이어와의 연계를 가지고 있다면, 일단 확실해질 때까지 기다려야 할 것 같구나.'

그 연계를 알아내지 못하는 한 의장과 대적한다는 것은 무모한 짓이었기에 타이너는 마음이 답답했다.

'후우, 어쩔 수 없다. 지금은 할 수 있는 것부터 하자. 키메라슈트가 어떻게 만들어지는지부터 파악하는 것이 제일 먼저 해야 할 일이다.'

궁금하지만 일단 참기로 했다.

아직 파악된 것이 없는 이상 기다림보다 더 좋은 방책은 없었다.

키메라슈트의 제조 비법부터 손에 넣은 후 의장을 상대할 세력을 키우는 것이 중요했다.

"이쪽으로 오십시오. 마침 마지막 과정을 진행 중이니 설명을 드리겠습니다."

"알았네."

생각에 잠겨 있던 타이너는 바르디엘의 안내에 실험이 진행되는 곳으로 갔다. 그곳에는 마치 인큐베이터같이 생긴 커다란 기계가 설치되어 있었다.

"뱀파이어의 혈정으로 만들어진 키메라슈트의 본체는 다시 이곳에서 별도의 과정을 거쳐 완성하게 됩니다."

"이곳에서 말인가?"

"예! 처음 만들어진 기갑슈트의 본체가 액체 상태이기 때문에 이곳에서 마법을 통해 경도와 여러 가지 기능을 갖도록 하는 것이죠."

"언제 이런 것을? 하여간 대단하군."

자신이 알지 못하는 사이에 만들어졌다는 사실에 놀라고 의문이 갔지만 이어지는 바르디엘의 말에 타이너는 그리 오래 생각할 수 없었다.

"때마침 본체가 완성됐군요."

바르디엘의 말에 고개를 돌려보니 마법사 한 명이 부유 마법으로 붉은 형태의 구체 하나를 가지고 오고 있었다.

가공되기 전의 순수한 키메라슈트였다.

"안에 집어넣어라."

"알겠습니다."

바르디엘의 지시에 마법사는 핏빛 구체를 인큐베이터 안에 집어넣었다.

차르르르!

문을 닫자 인큐베이터가 작동을 시작했다.

고슴도치의 가시처럼 여러 개의 촉수가 나타났다.

가느다란 바늘처럼 생긴 촉수는 룬어로 둘러싸여 있었는데, 은은한 푸른빛을 발하고 있었다.

푹! 푸푸푹!

촉수들이 구체 안으로 파고들었다.

'으음, 진은(眞銀)이라는 미스릴로 만들어진 것들이로군.'

타이너는 안에서 벌어지고 있는 모습을 하나도 놓치지 않았다. 가느다란 촉수에 새겨진 마법진은 물론, 움직이는 속도와 주입되고 있는 것들이 가진 기운까지, 의식을 활성화시킨 뒤 사진을 찍듯 모든 것을 머릿속에 담았다.

츠츠츠츠!

　속으로 파고든 촉수들에게서 뻗어 나오는 마법의 영향인 듯 핏빛 구체의 형태가 점차 변화하기 시작했다.

　마치 옷의 형태로 모양을 바꾸더니, 급기야 핏빛마저도 검은색으로 변해 버렸다.

　"이제부터 마법진이 새겨지게 됩니다. 마법진을 통해 마법에 대한 방어는 물론이고, 강력한 물리 방어력을 갖추게 됩니다. 또한 뱀파이어의 특성인 자가 복원 능력도 가미했기에 최상의 방어구가 만들어지게 되는 겁니다."

　"그런가? 그러면 공격력은 어떻게 되나?"

　"착용자의 특성에 따라 능력을 활성화하도록 만들어진 탓에 그것은 뭐라고 말씀드릴 수 없습니다. 착용자의 능력치가 워낙 천차만별이니까요."

　바르디엘이 설명하기 곤란하다는 눈빛으로 타이너를 바라보았다.

　검은색 갑옷으로 변한 키메라슈트는 인체와의 융합을 기반으로 작동되는 것이었다.

　바르디엘의 말처럼 착용자의 능력에 따라 융합의 정도가 다를 것이기에 정확한 위력을 측정한다는 것은 불가능한 일일지도 몰랐다.

　"이해가 잘 안 되는군. 키메라슈트의 개요를 좀 더 자세히 알 수는 없겠나?"

　어느 정도 생각을 정리했지만 하나의 정보라도 더 캐내는 것이 유리하기에 타이너는 일부러 키메라슈트에 대해 자세하게 설명해 주기를 부탁했다.

"원래는 허락이 되지 않는 일이지만 의장님이 특별히 참관을 허락하셨으니 설계도를 보여 드리도록 하지요."

타이너로서는 기대하지 않은 대답이 돌아왔다.

극비 중의 극비 사항인 설계도를 보여준다니 믿지 못할 노릇이었다.

'임의로 보여주었다가는 생명이 위험하다는 것을 모를 리가 없을 텐데. 명령에 죽고 명령에 사는 자들이니 의장이 허락을 했군. 무슨 생각으로 나에게 공개하는 것인지는 모르지만 잘된 일이다.'

마트암의 의도는 모르지만 손해 볼 일은 아니었다.

"이쪽으로 오십시오."

바르디엘이 다시 타이너를 이끌었다.

이번에 간 곳은 키메라슈트가 만들어진 곳에서 멀리 떨어진 장소였다.

바르디엘은 알파 팀을 제외하고 그 누구도 들어간 적이 없다는 혈탑의 3층으로 타이너를 안내하고 있었다.

1층에서 2층으로 내려올 때와 마찬가지로 3층으로 내려간 타이너는 혈탑이 무척이나 쾌적한 곳이라 느꼈다.

'완전히 다른 분위기로군. 공간 결계를 나누어 이계 공간을 만들어낸 것인가? 불가능한 마법이라고 하더니 여기를 보니 그것도 아닌 것 같군.'

혈탑에서 느껴지던 기괴함과 혈향은 온데간데없었다.

대신 화초와 나무가 우거진 숲이 앞에 펼쳐져 있었다.

도저히 지하에 있을 수 없는 공간이었다.

'마트암에 대해 다시 생각해야 할지도 모르겠구나.'

혈탑의 3층에 펼쳐져 있는 것은 지금은 불가능하다고 알려진 특별한 공간마법이었다.

이계 공간을 만들어낸 것이 아니라 새로이 다른 공간을 창조해 낸 것이다.

창조 공간 마법을 이토록 완벽히 펼칠 수 있다면 마트암의 실력에 대해서 다시 한 번 생각을 해봐야 할 터였다.

창조 마법은 마법사들에게도 금단의 영역이라 불리는 것이다. 그런데 그런 것을 구현해 낸 마트암이다. 지금까지 알려진 것과는 달리 어느 정도의 실력인지 추측할 수조차 없자 타이너의 안색이 굳어졌다.

"혈탑이 개방된 이래 의장님을 제외하고 타이너님이 3층에 들어오는 첫 번째 손님이군요. 자, 이쪽으로 오십시오."

거대한 나무들이 울창하게 숲을 이루는 곳에는 중심부를 따라 하얀 조약돌을 깔아 만든 작은 길이 나 있었다.

바르디엘은 길을 따라 앞서 움직이기 시작했다.

'어째서?'

바르디엘이 보여주고 있는 것처럼 이것은 무척이나 특별한 대우였다.

마트암이 어째서 이런 특혜를 베푸는지 타이너는 점점 더 의문에 빠져들었다.

'뭔가 사정이 있는 건가? 아니다. 그가 나에게 원할 만한 것이 아무것도 없다.'

자신이 마트암 쪽에 합류한다고 해도 별로 이득이 없었다. 조금 특별한 능력이 있다고는 하지만 이 정도까지 대우해 주며 끌어들일 만한 능력은 아니었다.

'어쨌거나 시간이 지나다 보면 무엇을 원하는지 알 수 있겠지…….'

타이너는 내심을 감추고 앞서 걸어가는 바르디엘의 뒤를 따랐다.

숲길을 따라 10여 분을 걸어가자 검은 오석으로 만들어진 피라미드가 나타났다.

작은 빌딩만 한 크기의 피라미드였다.

하얀 조약돌로 만들어진 길은 피라미드 앞에서 끝나 있었다.

'텔레파시를 사용하는가 보군.'

바르디엘은 엘리베이터에서와 마찬가지로 피라미드의 상부를 쳐다보고 있었다.

그르릉!

피라미드의 전면이 갈라지며 어두운 공간이 나타났다.

'특이한 어둠이로군.'

온통 암흑으로 둘러싸인 탓에 공간의 내부는 특별한 시력을 가진 타이너로서도 들여다볼 수가 없었다.

"안에 들어가시면 키메라슈트의 설계도를 보실 수 있을 겁니다. 참고로 외부에는 가지고 나올 수 없는 것이니 보기만 하십시오. 그리고 다른 것들은 타이너님께 허락되지 않았으니 보시면 안 될 것입니다."

"알았다. 그런데 어떤 것이 키메라슈트인지 알 수 있나?"

"타이너님께 허락된 것만 표시가 나니 그것을 찾아서 꺼내 보시면 설계도를 보게 될 겁니다."

"알았다."

"어서 들어가십시오. 저는 이곳에 있겠습니다."

바로디엘은 들어올 생각이 없는 듯했다.

'저자도 들어가지 못하는 것일까?

오직 자신에게만 허락된 일일지도 모른다는 생각이 들었다. 의장의 의도가 궁금했지만 지금은 키메라슈트에 대해 알아내는 것이 급선무였다.

'무슨 의도인지는 나중에 생각하기로 하고, 들어가 볼까.'

타이너는 망설임없이 피라미드 안으로 들어섰다.

어둠이 밀려 나가며 새로운 공간이 나타났다.

겉보기와는 달리 무척이나 큰 공간이었다. 공간 마법이 걸려 있는 것이 분명했다.

"그동안 실행해 온 네오클래스의 비밀들이 모두 여기에 있는 것인가?"

사방을 둘러보니 온통 책뿐이다.

책이 꽉 차 있었지만 종이로 된 것은 별로 없었다. 토판과

목판, 그리고 양피지 등 언제 만들어진지도 모르는 각양각색의 책들이 빼곡히 꽂혀 있었다.

"저것인가 보군."

사방을 둘러본 타이너는 한쪽 벽면에서 희미한 빛이 발하는 것을 볼 수 있었다. 자신에게 허락된 자료가 있을 것 같았다.

빛으로 다가간 타이너는 붉은색 표지로 감싸인 작은 책 한 권이 빛에 휩싸인 모습을 볼 수 있었다.

천천히 책을 꺼내 펼쳐 든 타이너는 빠른 속도로 책장을 넘겼다.

마치 스쳐 지나가는 듯한 모습이었지만 자신의 능력을 이용해 내용을 의식 속에 각인시켜 나갔다.

상당히 많은 분량의 책이었지만 타이너가 책을 완전히 암기하는 데 걸린 시간은 고작 십 분도 되지 않았다.

'으음, 어지럽군.'

두 번이나 연속해서 능력을 발휘한 탓에 현기증을 느낀 타이너는 자신이 각인의 술을 펼쳤다는 것을 감추기 위해 책을 집어넣는 척하며 책장을 짚어 중심을 잡았다.

'일단 나가자.'

머리가 어지럽고 답답함을 느낀 타이너는 빨리 나가고 싶었다.

의식을 강제로 활성화시킨 탓에 피라미드 밖의 쾌적한 숲이 그리웠다.

"후우!"

신형을 돌려 밖으로 나온 타이너는 호흡을 가다듬었다.

숲이 울창한 탓인지 답답함이 조금 가시는 것 같았다.

"도움이 되셨는지 모르겠습니다."

말소리에 고개를 돌린 타이너는 미소를 지으며 자신을 기다리고 있는 바르디엘을 볼 수 있었다

"뭐가 뭔지 잘 모르겠더군. 고대의 마법을 이용해 만드는 것인가?"

"그렇습니다. 아주 오래전, 동방에서 온 술사가 네오클래스의 마법을 익히고 난 뒤 기술한 것이라고 하더군요. 의장님께서 발견하시고 이번에 키메라슈트를 만드는 데 적절할 것 같다며 내려주신 겁니다."

"동방에서 온 술사가 만든 마법서라……. 재미있군. 그런데 이곳은 어떤 곳인가? 아주 많은 기록이 보관되어 있는 곳 같은데 말이야."

"네오클래스의 모든 것이 담긴 곳입니다. 일종의 역사도서관이라고 할 수 있는 곳이죠. 오직 의장님만이 이용할 수 있는 곳이지만 허락이 있으셨기에 오늘 타이너님께 개방이 된 것이었습니다."

"고마운 일이로군. 그런데 참관자는 정해진 것인가? 키메라슈트의 제조 과정도 봤고, 이제는 떠나야 할 텐데 말이야."

"정해졌다는 연락이 왔습니다. 혈탑 밖으로 나가시면 대기하고 있는 요원을 보실 수 있을 겁니다. 그 요원이 이번에 참관자로 정해진 사람이니 같이 가시면 될 겁니다."

"이미 대기하고 있었군. 그런데 그자가 누군가?"

"자드키엘이라 불리는 요원입니다. 참관 임무가 끝나면 타이너님의 경호도 겸할 사람이니 잘 봐주시기 바랍니다."

"나에 대한 경호까지? 하하하! 알파 요원들의 경호라면 안심이 되는군."

경호라고는 하지만 감시역이 틀림없었기에 타이너는 일부러 크게 웃으며 고마워했다.

"이제 그만 올라가시죠. 외부 일도 바쁘실 텐데."

"그러지."

타이너는 다시 바르디엘의 안내를 받아 혈탑 밖으로 나왔다.

혈탑 밖에는 바르디엘의 말처럼 자드키엘이 대기하고 있었는데 뜻밖에도 여자였다.

'내가 한 번도 보지 못한 요원인데, 후후후! 눈이 부실 정도로 아름다운 여자로군.'

자드키엘은 찬란한 금발에 호수 같은 푸른 눈동자가 무척이나 인상적인 미인이었다.

거기다가 잘 다듬어진 몸매에서 풍기는 건강미는 미인을 선호하는 타이너의 마음을 흔들 정도였다.

'믿음을 준다는 표시에 이번에는 미인계인가? 도대체 나에게 원하는 것이 무엇인가, 마트암?'

자신이 타론의 제자임을 알고 있을 것이다.

그런데도 극비에 속하는 사항을 알려주는 것은 물론, 자신이 최고로 좋아하는 이상형의 여인을 보디가드로 붙여주었다.

의장인 마트암이 진심으로 자신을 얻으려 한다는 것이 느껴졌기에 타이너의 의문은 갈수록 깊어갔다.

"이름은 자드키엘입니다. 자드키엘, 인사드려라. 앞으로 네가 목숨 바쳐 모실 분이다."

바르디엘의 말에 자드키엘이 고개를 숙여 인사를 했다.

그녀의 눈에는 타이너를 충심으로 모시겠다는 의지의 빛이 가득했다.

"의장님께서 타이너님께 드리는 선물이라고 하시더군요. 자드키엘은 이제 알파 팀에서 벗어나 타이너님의 소유가 됐습니다. 시킬 일이 있으면 무엇이든지 시키십시오. 타이너님이 뜻하시는 대로 움직일 것입니다."

"고맙군. 의장님께 고맙다고 말씀을 전하게."

"알겠습니다. 감사히 받으셨다고 전해 드리겠습니다."

"그나저나 제니언 교수가 왔을 텐데, 그는 어디 있나?"

"지상에 있는 연구동에서 다른 형태로 만들어지는 기갑슈트의 연구 성과를 듣고 있을 겁니다."

"양산형 말인가?"

"그렇습니다."

"시간이 얼마나 걸릴 것 같나?"

"대부분 자신이 연구해 오고 있던 것들이니 길어야 하루 이틀이면 끝날 겁니다."

"그렇군. 끝나면 곧바로 돌려보내 주게. 학교에서 하고 있는 연구도 중요하니까 말이야.”

“알겠습니다. 특급으로 보내 드리도록 하지요.”

“고맙네. 난 이만 가보도록 하겠네. 나중에 또 보도록 하지. 자드키엘, 가자.”

제니언의 행방을 확인한 타이너는 자드키엘을 이끌었다. 이제는 네오클래스를 떠날 때가 된 것이다.

“앞으로 잘 부탁드립니다, 타이너님!”

타이너 옆에 선 자드키엘이 고개를 숙이며 인사를 했다.

“오히려 내가 잘 부탁하네.”

요염한 자드키엘의 얼굴을 보며 미소를 지은 타이너는 곧장 헬기장으로 향했다.

타이너는 헬기장에 준비된 헬기를 타고 에어리어51을 떠났다.

“모든 것을 보고 갔으니 앞으로 네 역할이 중요해질 것이다, 타이너.”

헬기장까지 따라나서며 배웅을 한 바르디엘은 떠나가는 두 사람을 조용히 지켜보며 알 수 없는 말을 중얼거렸다.

언제나 모호한 눈빛을 보이던 그의 눈동자가 이때만큼은 시리도록 깊게 빛났다.

*　　*　　*

두영은 듀크로부터 급한 보고를 받고 있었다.

타이너와 바르디엘의 대화와 그들이 보고 들었던 것에 관한 내용이었다.

타이너에게 패밀리어를 붙여놓았는데 뜻밖의 소식이 들어온 것이다.

실험을 마치고 성공했다는 안도감에 늘어지게 자다가 갑자기 연락을 해온 듀크로 인해 정신이 번쩍 들었다.

그동안 특별한 정보가 없어 의아해하던 차에 메가톤급 정보를 전해 들으니 놀라지 않을 수 없었다.

키메라슈트라 이름 붙여진 생체기갑병기의 출연은 두영으로서도 무척이나 충격적인 일이었다.

뱀파이어의 피에 담긴 힘과 마법으로 만들어지는 기갑슈트라니!

그런 것은 미래에서도 만들어지지 않았던 새로운 형태의 병기였다.

'자료는 모두 저장되어 있겠지?'

듀크의 설명을 들은 두영은 그것부터 확인했다.

―전부 저장해 놓았습니다. 제가 가지고 있는 기술보다 떨어지는 것이기는 하지만 뱀파이어를 이용해 자가 복원 능력을 향상시킨 것은 참고할 만합니다.

'알았어. 네가 보유하고 있는 것과 지금까지 연구한 것을 토대로 최적안을 한번 찾아봐. 앞으로 중요하게 쓰일 테니까 말이야.'

―이미 제가 가진 모든 기술에 접목시켜 시뮬레이션을 진행

중에 있습니다. 그러니 그 부분에 대해서는 염려하지 마십시오. 그리고 그보다는 에어리어51에 대해서 신경을 쓰셔야 할 것 같습니다. 아무래도 그곳이 네오클래스의 근거지 같으니 말입니다.

　"에어리어51이라……. 그곳이 네오클래스의 비밀 기지라는 근거는 있나?"

　─타이너가 그곳으로 향한 후, 발송 정보가 끊어졌다가 다시 정보가 전송되기 시작한 것을 보면 틀림없습니다. 근거지가 아니더라도 제가 타이너에게 붙인 나노패밀리어의 통신을 방해할 정도의 에너지장을 펼쳐 놓은 곳이라면 아주 중요한 곳일 겁니다.

　'어떤 곳인지 파악을 해야겠는데, 살필 수 있는 방법은 찾아봤나?"

　─침투는 가능할 것 같습니다. 정보 전송을 위해 조금 준비는 해야겠습니다만 충분히 파악할 수 있습니다.

　'좋아, 그렇다면 그곳에 대해서 자세히 알아봐 줘.'

　─알겠습니다, 주군.

　'그래, 그만 들어가. 성준이가 깨어나는 것 같으니 말이야.'

　잠이 깼는지 뒤척거리는 성준의 기척에 두영은 듀크와의 통신을 접었다.

　"우아함! 자알 잤다."

　기지개를 켜며 성준이 자리에서 일어났다.

　"잘 잤냐?"

"그래."

성준은 목이 마른지 정수기로 다가가 컵에 물을 따라 마셨다.

"카아! 시원하다. 두영아, 언제 일어난 거냐?"

"조금 전에. 그나저나 배양이 어떻게 됐는지 한번 가봐야 되지 않냐?"

"그래, 세포분열이 일어났는지 확인을 해야 하니까 빨리 가보자."

성준이 컵을 내려놓고 실험실로 향하자 두영도 뒤를 따라 휴게실을 나섰다.

실험실로 들어온 성준은 배양조에서 생성된 세포를 꺼내 현미경으로 살폈다.

"이상하다. 어째서 분열이 일어나지 않는 거지?"

세포분열이 하나도 일어나지 않고 처음 그대로의 모습을 보이고 있었다.

배양액과 온도 등 최적 조건을 맞추었는데도 그대로였다.

아직 살아 있는 것을 보면 큰 문제가 없을 텐데 모를 일이었다.

"세포분열이 일어나지 않았다는 말이냐?"

의아한 듯 고개를 저어 보이는 성준을 향해 두영이 물었다.

"그래. 처음과 똑같아."

"배양이 안 된다면 문제가 큰데……."

배양을 통한 증식이 불가능하면 실험은 실패한 것이나 마찬가지였기에 두영이 눈살을 찌푸렸다.

"혹시 모르니 조금 더 기다려 보자. 아직 세포가 이곳 환경에 적응하지 못한 것일 수도 있으니까."

"일단은 그러는 것이 낫겠다."

두영도 성준의 의견에 동조했다.

제일 어려운 세포 생성에 성공을 거두었으니 서두를 일이 아니었다.

"그나저나 자고 일어났더니 배가 고프다. 뭐 먹을 것 없겠냐?"

"다 떨어진 것 같더라. 나가서 먹을 것 좀 사 오든지 근사한 레스토랑에 가서 밥부터 먹자."

"우선 나가기 전에 휴대용 배양기부터 챙겨라. 마음먹은 놈은 아무리 자물쇠를 수십 겹 채워놓아도 막을 수 없으니까."

"제니언 교수 때문이냐?"

"그래."

"알았다."

두영의 뜻을 알아차린 성준이 서랍을 뒤져 라이터 하나를 꺼냈다.

겉모양은 라이터지만 실제는 세포를 담기 위한 배양기다. 충전된 배터리로 48시간 정도 세포를 보관할 수 있는 것으로, 두영의 부탁으로 성준이 만들어낸 휴대용 배양기였다.

틱! 틱틱!

세 번 연속으로 라이터를 켜자 밑부분이 열리며 안에 있는 배양기 본체가 빠져나왔다. 성준은 휴대용 배양기에 세포들을 조심스럽게 담았다.

틱!

다시 한 번 라이터를 켜자 배양기 본체가 안으로 밀려들어갔다. 누가 보더라도 완전한 라이터였다.

성준은 배양기를 자신의 주머니에 넣고는 같은 형태의 라이터를 꺼내 서랍에 넣었다.

엑스레이 투시도 불가능하고, 연구실을 출입할 때마다 항상 지니고 다니는 것이기에 검색에 걸리더라도 무사히 넘어갈 수 있을 터였다.

"가자!"

"그래."

두 사람은 만들어진 세포를 가지고 연구실 밖으로 나섰다.

정부에서 나온 보안요원들이 밖을 지키고 있었지만 성준이 가지고 있는 라이터가 휴대용 배양기라는 것은 들키지 않았다.

연구동을 완전히 빠져나온 두 사람은 차를 타고 근처 식당으로 향했다.

학생들이 많은 지역이라 싸고 맛있는 음식을 파는 곳이 많았지만 두 사람은 의심을 피하기 위해 평소 자주 이용하던 곳으로 갔다.

"두영아, 배양이 되지 않으면 정말 큰일인데 어떻게 할 생각이냐?"

"걱정할 것 없다. 인공 배양이 정 안 되면 자가 배양을 하면 되니까."

"위험한 생각이야. 자칫하면……."

유전자 변이를 일으켰을지도 모르는 일이라 세포를 이식해 몸 안에서 배양시키는 일은 위험을 동반했다.

"하하하, 만약의 경우다. 그리고 어차피 내 세포에서 추출한 것 아니냐. 그리고 자가 배양도 유전자 변형이 일어나지 않은 것 같으니 문제없을 거다. 그러니 걱정하지 마라."

"아이고! 머리 복잡하다. 밥이나 먹고 생각하자. 배가 고프니까 생각도 안 나는 것 같다."

성준은 누군가 들어오는 것을 보며 머리를 쥐어뜯는 시늉을 했다.

평소 두 사람의 행적을 감시하는 보안요원이 음식점으로 들어온 것이다.

"그래, 일단 먹고 시작하자. 연구가 잘 안 될 때는 배를 든든하게 채우고 쉬는 것도 한 방법이니까."

"그래."

두영과 성준은 시킨 음식이 나오자 걸신들린 사람들처럼 정신없이 먹기 시작했다.

별다른 특이 사항이 없기에 국방부에서 파견된 보안요원도 음식을 시켜 먹으며 틈틈이 두 사람을 감시했다.

"크크크, 두영아. 왜 사서 고생하는지 모르겠다."

식사하랴 자신들을 감시하랴 바빠 보이는 감시자를 보며 재미있다는 듯 성준이 작은 목소리로 속삭였다.

"그냥 놔둬라. 저 일로 먹고사는 사람이니까."

"그래, 일단 빨리 먹고 나가자. 골탕 좀 먹으라고."

"삼분의 일도 안 먹은 것 같은데 좀 너무한 거 아니냐?"

보기보다 짓궂은 면이 있는 성준이었다.

자신들이 나가면 밥도 먹지 못하고 나올 것이 분명하기에 두영은 미안한 마음이 들었다.

"누가 따라다니라고 했냐? 어서 나가자!"

밥을 다 먹었기에 상관없다는 듯 성준이 재촉했다.

"알았다, 알았어."

두영도 성준의 재촉에 웨이터를 불러 계산을 하고는 음식점을 나섰다.

두 사람이 나서자 식사를 허둥지둥 마친 보안요원이 계산을 하고는 두 사람을 따랐다.

"성준아, 일단 연구실로 가서 자가 배양이 가능한지 한번 살펴보자. 아무래도 불안해서 말이야."

"실패할까 불안한가 보구나. 알았다. 네 말대로 세포 자체가 네 것이니까 큰 문제는 없을 테니 한번 해보도록 하자."

두영은 불안감을 느꼈다.

뭔가 큰일이 벌어질 것 같은 예감을 느낀 것이다.

학교생활을 하며 간혹 다른 이들의 미래를 곧잘 예언하는 능력을 보여줬던 두영이다.

성준도 두영의 불안감이 그저 막연한 것이 아니라는 느낌을 받았기에 자가 배양을 확인해 보기로 했다.

실험실에 도착한 성준은 우선 유전자 변이 여부부터 살폈다.

세 시간이 넘는 검사였지만 학교에 있는 슈퍼컴퓨터를 이용한지라 그것도 빠른 시간에 끝난 것이었다.

두영의 예상대로 유전자 변이는 나타나지 않았다.

자가 배양을 해도 괜찮다는 판단이 든 성준은 어디에 이식할지 고민하기 시작했다.

"이식을 어디에 해야 할지 걱정이다."

성준이 고민하자 두영이 손가락을 내밀었다.

"내 손톱 밑에 이식해라. 세포 활동이 왕성한 곳이고, 만약 이상이 생기면 곧바로 잘라낼 수도 있으니까."

"성공할 테니 무서운 소리 하지 마라. 다 잘될 거다."

손톱 밑에 이식하면 그다지 위험하지 않았다.

만약의 경우에 불완전 증식이 이루어진다 해도 잘라내면 큰 문제가 되지 않기에 두영의 의견을 따르기로 했다.

"그런데 이식을 위해서는 마취를 할 수 없어 무척이나 아플 텐데 참을 수 있겠냐?"

"후후후, 걱정 마라. 그 정도는 참을 수 있으니까."

"알았다. 준비하도록 하마."

두영의 장담에 성준이 이식 준비를 하기 시작했다.

어찌 보면 간단한 시술이라 그다지 많은 준비가 필요없지만 성준은 세밀하게 준비를 했다.

준비를 마치고 난 후 성준은 미세 바늘이 달린 주사기에 세포를 담고는 두영의 왼손 검지 손톱 뿌리 쪽에 주사를 했다.

"큭! 아프긴 아프군."

"그럼 안 아플 줄 알았냐? 자, 이제 됐다."

"그래도."

"잠깐!"

두영이 자리에서 일어나려 하자 성준이 멈춰 세웠다.

"왜?"

"계측기를 달아야 하니 움직이지 마라. 이상 여부가 체크되는 대로 조치를 취해야 하니까."

"알았다."

미세 현미경 카메라가 손톱 끝에 고정되고 각종 바이탈 계측기가 두영의 몸 곳곳에 붙었다.

"휴우! 이제 끝났다."

측정기의 부착이 끝나자 성준이 한숨을 내쉬며 의자에 주저앉듯 앉았다.

이상이 나타나지 않고 있었다.

바이탈 계측기에서 나오는 신호들은 모두 정상이었다.

미세 현미경에서 전해지는 영상 신호가 모니터로 송출되고 있었지만 아무런 변화도 나타나지 않았다.

"아무래도 자가 배양도 힘들 것 같은데. 에너지가 부족해서 그런 건가?"

아무런 변화도 나타나지 않자 성준의 목소리에는 실망감이 묻어났다.

"괜찮을 거다. 계속 연구하면 증식 방법을 만들어낼 수 있을 테니까. 우선은 우리가 만들어낸 세포의 특성 실험부터 하자."

"그래, 그러는 것이 낫겠다."

성준은 두영의 의견에 따르기로 했다.

세포의 증식보다는 특성을 알아내는 것이 먼저였는데 그만 잊어버리고 있었던 것이다.

성준과 두영은 다음날부터 세포의 특성을 알아내기 위해 전력을 기울였다.

뜻하지 않게 다음날부터 조금씩 세포가 증식되고 있었기에 가능한 일이었다. 세포가 증식되면 채취가 가능했기에 연구는 탄력을 받을 수 있었다.

성준과 두영은 만들어진 세포에서 여러 가지 특성을 발견했다.

그중 가장 큰 성과는 만들어진 세포에 거의 무한대에 가까운 정보를 저장할 수 있다는 것이었다.

미세 전극과 연결해 여러 가지 신호를 주입하고 발출 신호를 기다렸는데 주입된 신호와 똑같은 신호를 출력해 내는 것이 관찰된 후 성준은 정보 저장의 한계를 실험했다.

실험실에 있는 컴퓨터와 연결된 슈퍼컴퓨터의 정보를 세포에 계속 주입시켰는데도 불구하고 결국은 슈퍼컴퓨터가 한계를 보였다.

뜻하지 않게 새로운 개념의 하드디스크를 얻게 된 슈퍼컴퓨터였다. 성준은 거기에 저장된 비밀 자료들을 지우고는 정보가 저장된 세포를 두영의 손톱 밑에 이식시켰다.

제니언 교수가 온다는 연락이 온 탓도 있었지만 학교 측에서 보낸 공문으로 인해 더 이상 한가롭게 연구를 진행할 수 있는 여건이 되지 못했기 때문에 나름대로 조치를 취했던 것이다.

"그나저나 학위를 빨리 준다고 하던데, 그게 가능할까?"

성준이 공문을 흔들며 두영에게 물었다.

한 시간 전 학교 사무국에서 공문이 발송되었는데 이번 연구의 결과로 자신과 두영에게 학위를 수여한다는 것이었다.

"어차피 이수할 것들은 리포트로 대체해도 된다고 했으니 학위를 주는 것도 가능은 하겠지."

신개념 신경 회로의 로직에 대한 개념과 연구 결과에 대한 검증도 끝난 상태라 학위를 주는 것은 문제가 되지 않았다.

다만 교양 과목에 대한 학점 이수가 문제였는데, 학교 측에서는 리포트로 제출해도 된다고 공문을 보냈으니 학위는 이미 받은 것이나 마찬가지였다.

"어째서 갑자기 학위를 준다는 걸까?"

"제니언 교수가 압력을 넣었을 수도 있다. 학위를 수여한다는 공문이 온 것을 보면 아무래도 머지않아 우리를 실험에 직접 참여시킬 생각인 것 같으니 말이다."

"그렇다면 슬슬 준비를 해야겠구나."

"혹시나 몰라서 내가 자가 배양을 해보자고 한 거다. 제니언 교수가 자리를 비울 때부터 조금은 이상했으니까. 잘못하면 성과물을 빼앗길 수도 있으니 철저히 해야 할 거다."

"걱정 마라. 대부분 준비가 끝났으니까."

"끝났다니 무슨 소리냐?"

"후후후, 아까 네 손톱 밑에 새로 심은 세포 있지 않냐?"

"여기 말이냐?"

"그래."

두영이 검지를 들어 보이자 성준이 고개를 끄덕였다.

"혹시나 몰라서 그 안에 우리가 연구했던 모든 것을 집어넣어 놨다. 슈퍼컴퓨터에 남아 있는 것들은 모두 지우고 다시는 복구하지 못하도록 해놓았고."

"하하하! 그러냐? 혼자서 뭘 그렇게 하나 궁금했는데, 잘됐다. 그럼, 이제 제니언 교수가 지붕만 쳐다보는 것을 지켜보기만 하면 되는 건가?"

"크크크, 그렇겠지. 뭘 노리고 우리에게 접근했는지는 모르지만 제니언 교수가 얻는 것은 아무것도 없을 거다."

"하하하! 녀석!"

성준이 짓궂은 얼굴로 키득거렸다. 요즘 와서 많이 밝아진 성준의 모습을 보며 두영도 활짝 웃었다.

*　　　*　　　*

에어리어51에서 돌아온 타이너는 사무실로 돌아와 수하들에게 여러 가지 지시를 내린 후 곧장 워커가 있는 블랙워크의 본부를 찾았다.

참관자로 참여하게 될 자드키엘을 소개하기 위해서였다.

"이 여자가 이번 작전에 참관자로 결정이 된 건가?"

타이너가 자드키엘을 소개하자 워커는 불만스러운 목소리로 물었다.

"자드키엘뿐만 아니라 나도 갈 거다. 그러니 쓸데없는 걱정은 하지 말도록."

타이너는 혹시나 워커가 쓸데없는 반발을 하지 않도록 단속했다.

블랙워크 전부가 덤벼도 어쩔 수 없는 존재가 자드키엘이었다.

차분해 보이고 자신에게 복속되었다고는 하지만 알파 팀 요원들의 광기를 익히 아는 터라 작전을 망치고 싶지 않았던 것이다.

"알았다."

타이너의 굳은 표정을 본 워커가 순순히 승복했다. 그로서도 쓸데없는 시비로 작전이 시작되기도 전에 초를 치고 싶지는 않았던 것이다.

"침투 경로는 확보한 것이냐?"

이란으로 침투하는 것이 그리 간단하지 않은 일이라 타이너가 물었다.

“늘 하던 일이라 준비는 모두 끝났다.”

“언제 출발할 생각이냐?”

“내일 오전 일곱 시에 출발할 생각이니 공항으로 오면 될 것이다.”

“시간 맞추어 공항에 나가도록 하지. 그럼.”

용무를 마친 타이너가 자드키엘을 이끌고 워커의 사무실을 나섰다.

“으음, 무서운 여자로군.”

두 사람이 사무실을 나간 후 누군가 워커 옆에 나타났다.

사령사의 추적을 피해 사라졌던 블랙캣이었다.

“그런 것 같습니다. 자신의 힘을 완벽히 통제하는 것도 그렇고, 아무래도 네오클래스의 특수 병기라는 알파 팀의 요원 같습니다.”

세상에 알려진 것과는 달리 두 사람의 상하 관계가 바뀌어 있었다.

평소에 대하는 것과는 달리 워커는 블랙캣에게 공손한 어조로 대답했다.

“사령사에서도 이란으로 향하고 있던데 그들이 아주 중요한 존재인 것이 분명한 것 같다.”

“사령사에서도 말입니까?”

그들까지 끼어든다면 상당히 까다로운 작전이 될 것이기에 워커가 물었다.

“나를 추적하던 놈들을 역추적하며 알아낸 사실이다.”

"그곳에서 무엇을 하고 있기에 사령사에서 관심을 가진다
는 말입니까?"

"아무래도 그것 때문인 것 같다."

"그렇다면……."

블랙캣의 말대로라면 알아보나마나였다.

이란에서 교수들이 하고 있는 일은 스피릿아머를 대체할 수
있는 기갑슈트에 관한 것이 틀림없었다.

그에 대한 대비를 해야 할 것 같은 생각이 워커의 뇌리를 스
쳤다.

"아이들을 준비시켜라. 만약 예상대로 기갑슈트라면 전쟁
이 벌어진다고 해도 반드시 얻어야 하는 것이니까."

"그래야 할 것 같군요."

"그리고 그 여자에 대한 준비도 해야 할 것이다."

"알겠습니다. 자드키엘이라는 알파 팀 요원에 대해서 별도
로 대책을 마련하도록 하겠습니다."

"이번에야말로 우리가 입지를 다질 때다. 그렇지 않으면 몰
락의 길을 걸을 수도 있으니 만반의 준비를 해라."

"염려하지 마십시오. 많은 시간 동안 준비를 해온 일입니
다. 침묵의 존재들이 깨어난다고 해도 쉽사리 우리를 어쩌지
못할 겁니다."

"그래야겠지. 반드시 말이야."

각오를 다지듯 블랙캣의 눈동자가 빛을 발했다.

운명을 건 결전의 날이 얼마 남지 않았다는 것을 그녀도 느

끼고 있었다.

*　　　　*　　　　*

타이너를 감시하고 있던 듀크로부터 새로운 소식이 들어왔
다.

타이너와 워커가 만난 일에 대한 것인데, 써니가 준비한 계
획이 이상하게 꼬여 버린 것 같았다.

교수들을 제거하러 이란으로 떠나는 것까지는 계획대로 되
어서 좋기는 한데 일이 커진 것 같아 걱정이다. 돌발 변수가
생길지도 모르니 아무래도 대비를 해야 할 것 같다.

그나저나 블랙워크에서 특별히 키운 암살자라고 생각했는
데 블랙캣이 워커의 상관이라니 놀라운 일이었다.

어떤 조직인지는 모르지만 블랙워크는 그저 전시용 세력이
분명했다.

하긴, 명성에 비해 세력이 조금 초라하다고 생각하던 차인
데 아무래도 숨겨진 배후 세력이 만만치 않은 것 같다.

이란에서 스피릿아머와 비슷한 기갑슈트를 만들고 있다고
다들 착각하고 있는 것 같은데 이건 좀 이용해 볼 만한 가치가
있어 보였다.

네오클래스와 블랙워크의 숨겨진 배후 세력을 서로 부딪치
게 만든다면 여러 가지 사실이 튀어나올 것이다.

한판 일을 크게 벌여보려면 나름대로 준비를 해야 할 것 같

왔다.

 '듀크, 놈들에 대한 자료는 최대한 모아봐. 필요하면 나노패밀리어를 더 풀어도 좋고.'

 ―이미 붙여놓았습니다.

 '블랙캣이나 자드키엘은 알아차릴지도 모르니까 조심해서 추진하도록 하고.'

 ―걱정 마십시오.

 '써니가 일을 제대로 꾸민 것 같으니 제대로 한번 판을 벌여보자고.'

 ―예, 주군!

 듀크와의 통신을 끝냈다.

 머지않아 추적을 개시할 테니 블랙워크의 배후 세력이 곧 밝혀질 것이다. 네오클래스의 정체도 조만간 확실해질 것이다.

 자세한 정보가 들어와야 정확히 알 수 있겠지만 나는 네오클래스가 칠대부족의 후예라는 생각이 들었다.

 아리안에 숨어 있는 엘프들, 써니를 중심으로 거듭나고 있는 제로나인의 드워프 이외의 다른 종족들을 볼 수 있을지도 모른다.

 이상한 것은 호조에 감추어진 스피릿아머의 실체를 블랙캣이 전혀 모르고 있는 것 같다는 사실이다.

 특별한 방법이 아니고서는 깨어나지 않는 것이라서 알 수 없을지도 모르지만, 칠대부족의 후예라면 다른 부족이 소유하고 있는 스피릿아머를 모를 리가 없을 것이다.

그렇다면 칠대부족에 대항하는 세력이 있을 수 있다는 결론이 나온다.

알파 팀 요원이라는 자드키엘은 내가 전에 살던 미래 시대에도 보기 드문 전사다. 그런 강력한 전사를 상대할 방법이 있다는 것을 보면 만만치 않은 세력인 것 같다.

*　　　*　　　*

듀크와의 통신을 마친 두영은 서둘러 실험실로 갔다. 제니언 교수가 돌아왔다고 성준이 전화로 전해온 것이다.

실험실로 들어서자 성준으로부터 무엇인가 설명을 듣고 있는 제니언 교수를 볼 수 있었다.

"잘 다녀오셨습니까, 교수님?"

"덕분에 잘 다녀왔네. 지금 성준이에게 지난번 정전 사태 때의 일을 듣고 있네. 실험을 하고 있던 학교 교수 중 몇몇 분이 정전으로 인해 어려운 지경에 처했는데 우리 실험은 무사한지 걱정이 돼서 말이야."

"걱정하실 것 없습니다. 우리야 이미 자료 전체를 실리콘밸리에 따로 보관하고 있으니 말입니다."

"다행이네. 그나저나 성과는 조금 있었나?"

"아직은 답보 상태입니다."

"그런가?"

　성과가 없다는 소리에 제니언이 실망한 표정으로 두 사람을 쳐다보았다.

　"그나저나 교수님, 학교에서 저희에게 학위를 준다는 공문이 왔던데 어찌 된 일입니까?"

　더 물어볼 것 같기에 두영은 말을 돌렸다.

　"학교에서 재가가 났네. 자네들이 논문으로 낸 로직이 워낙 뛰어난 것이라서 말이야. 그리고 나도 손을 조금 썼네. 자네들이 학업에 매인다면 연구에 지장이 많을 것 같아서 말이야."

　"그래도, 저흰 아직 나이도 어린데……."

　"하하하, 학문은 나이로 하는 것이 아니라네. 학교 측에서 무조건 편의를 봐주는 것도 아니니 너무 겸손해하지 말게. 자네들은 충분히 학위를 받을 만한 성과를 냈으니까 말이야."

　"저희야 아주 좋지만… 알겠습니다. 감사히 받도록 하지요."

　"이번 연구가 성공하면 자네들에게 박사 학위가 주어질 걸세. 석사와 박사 학위를 동시에 수여하게 되는 것이지. 사실 이번에 만들어낸 로직만 하더라도 박사 학위 급이니 학교에서도 이견은 없었네."

　"그렇게 특혜를 주다니 정말 고맙군요."

　"하하하, 내가 조금 애썼다는 것만 기억해 주면 되네. 이번 학기를 마치고 곧장 실리콘밸리로 합류할 것이니 그리 알도록 하고. 그동안 너무 연구에만 매달렸으니 학기가 끝날 때까지 시간이 얼마 남지는 않았지만 자네들에게 휴가를 주도록 하겠네."

"정말이십니까?"

갑자기 휴가를 준다는 소리에 옆에 있던 성준이 물었다.

"그렇다네. 본격적으로 연구에 매달리면 쉬고 싶어도 쉬지 못할 테니까 특별히 휴가를 주려는 것이네."

"우와!"

성준이 탄성을 질렀다. 자신들에게 무엇인가 목적이 있는 제니언 교수가 휴가까지 내어주는 일은 상상도 못한 일이었기 때문이다.

"고맙습니다, 교수님!"

"무슨 말을. 휴가는 다음 주부터 보름간이네. 휴가가 끝나면 곧바로 실리콘밸리로 떠날 테니 그렇게들 알고, 휴가 전까지 이곳 연구를 마무리하게. 그럼 난 바빠서 이만."

제니언 교수가 수고하라는 듯 손을 흔들며 실험실을 나섰다.

"넌 뭐 할 거냐?"

뜻밖의 휴가라 일정을 정하기 힘든지 성준이 두영에게 물었다.

"나는 수련 여행이나 좀 해야겠다. 연구 때문에 시간이 없어서 말이야."

"그럼, 밴프에 갈 거냐?"

"밴프? 아닌데, 왜?"

"난 수련 여행을 한다고 해서 거기에 가는 줄 알았는데……"

밴프 국립공원에 대해 두영의 이야기를 듣고 같이 한번 가자고 늘 졸라대던 성준이다.

그런데 이번에는 가지 않을 것 같아 보이자 성준의 얼굴에 실망하는 빛이 스쳤다.

"그곳에 가고 싶다면 이모에게 연락을 해놓으마. 너 혼자서도 갈 수 있잖아."

"정말 그래줄 거냐?"

"물론. 이모님도 널 좋아하실 거다. 이야기 잘해놓을 테니까 말이야."

"하하하, 넌 역시 내 친구다."

"일단 비행기 표부터 예약해라. 시즌이 다가오면 표 구하기도 어려우니."

"알았다, 인마."

성준은 즐거운 표정을 지으며 컴퓨터에 앉아 항공사 웹사이트를 뒤지기 시작했다.

CHAPTER 02
신형 기갑슈트 기간트

TIME
SLICE 타임 슬라이스

"잘 다녀와라!"

캐나다로 가는 비행기를 타기 위해 출국장으로 향하는 성준에게 두영이 말했다.

"알았다, 인마. 그런데 너, 괜찮은 거냐? 어머님이 아시면 아주 난리를 치실 텐데 말이다."

"걱정 마라. 같이 갈 사람들도 있으니까 말이야."

"사막 여행이라는 것이 쉽지 않다고 하던데, 같이 가면 좋았을 것을……."

밴프 국립공원으로 가기로 결정을 내린 후, 비행기 표를 예약하고 두영의 이모에게도 미리 이야기를 해놓은 터였다.

두영이 이집트로 수련을 위한 여행을 간다고 했을 때 취소

하고 싶었지만 그럴 수가 없는 형편이라 성준은 따라 나서지
못한 것이 못내 서운했다.

"내가 애냐? 너무 걱정 마라. 너도 내 걱정은 말고 좋은 시간
보내도록 하고."

"알았다. 이왕 이렇게 된 거 너도 의미 깊은 시간이 됐으면
좋겠다."

"그래. 비행기 시간이 다 된 것 같으니 이만 들어가라."

두영은 서둘러 성준을 출국시켰다. 이야기하느라 어느새 출
발 시간이 다 된 것이다.

"휴가 끝나면 보자. 연락 좀 자주 하고."

"알았다, 인마."

게이트로 들어서며 이야기하는 성준을 향해 두영이 손을 흔
들며 배웅을 했다.

"이제 떠나실 때가 됐어요."

게이트에서 성준의 모습이 완전히 사라지자 먼발치에 있던
써니가 다가오며 말했다.

"준비는 모두 끝냈나?"

"완벽하게 끝냈습니다."

"하지만 너무했어. 가문을 멸문시킨 자들을 연결시키다니
말이야."

"죄송합니다. 하지만 이왕이면 두 가지 성과를 얻는 것이 좋
을 것 같아서 그랬습니다."

"그렇긴 하지."

써니가 이란 쪽에서 계획을 꾸민 것은 나름대로의 이유가 있어서였다.

이란 쪽에 있는 비밀 시설이 써니의 가문을 멸문시킨 자들과 연관이 있을지도 모른다는 정보를 알아내고 네오클래스와 충돌시키려 했던 것이다.

말단에 불과한 조직이 운영하는 시설이지만 네오클래스와 부딪치다 보면 가문을 멸문시킨 자들의 정보를 알아내지 않을까 하는 생각에 일을 저지른 것이다.

두영은 듀크의 보고로 사실을 듣고 난 후 서운한 감이 없지 않아 있었지만 이제는 잊어버린 지 오래였다.

추적 마법을 이용해 상대하는 것도 좋겠지만 적에 대해 미리 알아놓는 것도 좋은 방법이었기 때문이다.

"이번에 누가 가는 거지?"

"오빠와 칼마는 이곳에 남고, 저와 동생들이 함께 갈 겁니다."

"다시 한 번 말하지만 우리는 그저 지켜보는 것뿐이야. 잘못 건드렸다가는 피해를 입을 수도 있으니까 말이야."

네오클래스 말고도 블랙워크의 숨겨진 자들이 나서는 일이었기에 두영이 다짐을 두었다.

써니나 제로나인의 구성원들은 아직 그들의 상대가 되지 않았기에 내린 조치였다.

"이번 일이 위험하다는 것은 저도 압니다."

"알았다니 됐어. 이제 그만 가자고. 우리도 출국할 시간이 된 것 같으니까 말이야."

다른 게이트에서 비행기를 타야 했다. 이미 네오클래스와 블랙워크가 이란으로 떠났기에 서둘러야 했다.

그렇게 비행기를 타고 이집트에 도착한 두영은 곧장 쿠웨이트로 향했다.

연계된 항공기를 이용했기에 딜레이 되는 시간은 거의 없었다.

아랍권 남자들이 그렇듯 치근대는 멀대같은 사내 하나가 공항 게이트에서 써니에게 박살이 난 에피소드를 빼놓고는 별다른 일 없이 일행은 쿠웨이트에 도착할 수 있었다.

쿠웨이트에 도착한 일행은 워마켓의 암상에게서 미리 구한 배를 통해 걸프 해를 따라 아래로 내려와 육지에 상륙하고는 최단 거리를 가로질러 이란 쪽으로 향했다.

걸프 해에서부터 비밀 시설이 있는 곳까지는 육로로 이동했다.

차량을 이용하지 않는 여정이었지만 일행이 가는 속도는 무척이나 빨랐다.

일행 전부가 능력자들인데다가 두영도 뒤지지 않는 능력을 보유하고 있어 하루에 거의 200킬로미터를 주파했기에 불과 이틀 만에 비밀 시설 인근에 도착할 수 있었다.

두영이 이토록 서두른 것은 최대한 빨리 떠났음에도 타이너보다 이틀 정도 뒤처져 있기 때문이었다.

최대한 서두른 탓에 다른 경로를 통해 이란으로 들어오고 있는 타이너 일행보다는 반나절 정도 앞설 수 있어 천만다행이었다.

"어느 정도 시간이면 설치가 가능하지?"

비밀 기지 근처에 도착하자 두영은 써니에게 물었다.

"이미 모두 준비해 와서 10분이면 돼요. 일단 놈들이 은신할 것으로 예상되는 주변에 감지기를 설치하고 기다리면 될 거예요."

"홀로그램을 설치해야 되니 빨리 서두르지."

비밀 시설 내에 잠입해 홀로그램도 설치해야 하고, 타이너 일행이 도착하기 전까지 은신할 것으로 보이는 지역에도 감시 장치를 설치해야 했다.

모두들 무척이나 지쳐 있었지만 최대한 서둘렀다.

비밀 시설을 잠입해 정보를 얻는 것은 주로 써니가 했다.

혹시나 몰라 두영이 써니에게 은신결을 베풀었기에 곳곳에 감시 장치들이 설치되어 있었지만 써니를 발견할 수 있는 것은 아무것도 없었다.

정보 획득과 함께 연구 시설 건물에 던져 넣기만 하면 알아서 작동하도록 세팅되어 있었기에 홀로그램 설치는 그다지 어려운 것이 아니었다.

감시 장치 설치도 빨리 끝났다.

어떤 곳에 은신할지 몰라 몇 군데 예상 지역을 대상으로 설치했는데 이미 어느 정도 준비를 해온 상태라 다행스럽게도 시간을 단축시킬 수 있었다.

써니가 홀로그램을 설치하고 돌아온 것은 감지기 설치가 막 끝났을 때였다.

"수고했어."

비트로 들어오는 써니를 향해 두영이 말했다.

"은신을 도와주신 덕분에 그다지 어렵지는 않았어요."

"저곳이 핵무기 비밀 실험 기지도 겸한다고 했었나?"

"그래요. 북한 쪽의 협조로 만들어진 기지라고 하더군요. 왼쪽은 기폭 장치를 실험하기 위해 만든 건물이고, 오른쪽에 있는 건물 지하에 비밀 기지가 있어요."

"저 안에서 만들어지고 있는 것이 정확히 무엇인지 알아낸 것은 없어?"

타이너 등이 관심을 가지고 있기에 정보를 더 알아낸 것이 있는지 물었다.

"그곳은 들어가기가 힘들었어요. 뭘 하는지 워낙 사람들이 많이 있어서요."

"다른 정보는?"

"저곳이 가문을 멸문시킨 자들과 관련이 있을지도 모른다는 것만 알아냈을 뿐, 아직은 이렇다 할 정보가 없어요. 하지만 부품이나 기계들을 보면 전에 말씀드린 기간트와 관련이 있을 것이 분명해요."

"기간트라……."

마법공학의 총아라고 할 수 있는 기간트는 생체 융합 슈트와 비슷한 개념의 무기 체계였다.

현대과학으로 말하자면 로봇 공학의 결정판이 바로 기간트였다.

기간트를 개발한 것은 써니의 가문에서 전해 내려오는 스피릿아머인 문라이트의 유실로 인해서였다.

써니의 고모를 통해 전해져 내려왔지만 전승자는 문라이트의 비밀을 지켜야 한다는 언약이 있었기에 써니의 가문에서는 기간트를 잃어버린 것으로 알았다.

해서 가문의 몇몇 사람들과 가주는 가문을 지킬 최후의 보루로 기간트를 개발했다.

마법무투술을 포기한 것도 기간트를 개발하기 위해 마법공학에 전적으로 매달린 영향 때문이기도 했다.

기간트는 써니의 가문이 멸문하기 전까지 거의 완성 단계에 와 있는 상태였다.

핵심은 스티브가 가지고 있는 마법공학에 담겨 있었지만 대부분의 자료들은 가문이 멸문할 당시 침입한 자들이 가져갔을 가능성이 높았다.

써니의 가문을 멸문시킨 자들과 관련이 있다면 아무래도 지하에 있는 비밀 시설에서 연구하고 있는 것이 기간트일 가능성이 커 보였다.

'어느 정도까지 연구가 진행됐는지는 몰라도 자료는 빼내야겠군.'

스피릿아머와 달리 기간트는 탑승형이기는 하지만 결코 뒤지지 않는 무력을 가졌다고 스티브에게 들었다.

두영은 그런 연구 자료라면 당연히 확보해야 한다고 생각했다.

듀크를 통해 개발되고 있는 생체기갑슈트의 완성도를 높이기 위해서도 필요한 일이었다.

"연구 자료를 확보할 수는 없을까?"

"이곳에 연구 결과가 있는지는 확신할 수 없었지만, 이번 일이 끝나면 한번 확인해 봐야 할 거예요."

"그러자고. 놈들이 오려면 시간이 좀 남은 것 같으니 잠시 쉬어두는 것이 좋겠어."

"보스도 좀 쉬세요."

써니의 동생들은 이미 자신들의 일을 끝내고 비트에서 명상을 하며 이틀 동안의 강행군으로 쌓인 피로를 씻고 있을 터였다.

써니도 피곤함이 몰려들었기에 한쪽 구석으로 가 가부좌를 틀고 명상에 빠져들었다.

타이너 일행이 모습을 드러낸 것은 어스름한 저녁이 다 될 시간이었다.

써니의 예상과는 달리 그들은 근처에서 은신하지 않고 어디선가 어둠이 되기를 기다렸다가 비밀 시설에 접근해 오고 있었다.

비트 안에서는 그들의 모습을 자세히 살필 수 없어 두영과 써니는 밖으로 나와 그들의 모습을 살폈다.

"움직임이 예사롭지 않군요."

"능력자들이니 그럴 것이다."

"감지기를 통해 확인했으면 좋았을 텐데 아쉽게 됐군요."

감지기가 설치된 곳을 지나거나 머물면 어느 정도 능력을 추측했을 수도 있었기에 써니는 아쉬움이 들었다.

상대의 능력에 대한 정보가 있다면 그만큼 상대하기 수월해지는 까닭이다.

"어쩔 수 없는 일이다. 놈들의 운이 좋다고 해야겠지."

"그럼 이제부터는 조심스럽게 지켜봐야겠군요."

"그래야겠지. 조금 있으면 모습이 드러나니까 어서 비트 안으로 들어가자."

간단히 친 것이라 결계의 기운이 사라지기 시작했다.

사막이 가까운 곳이라 황량하기 그지없어 위장을 하지 않는다면 금방 들킬 수 있기에 두영은 만들어놓은 비트로 서둘러 향했다.

어둠이 내리자 타이너 일행이 움직이기 시작했다.

비밀 기지를 빙 둘러쳐져 있는 철책 위에서 불빛이 환히 비추고 있었지만 위장복을 입고 움직이는 이들의 모습은 거의 보이지 않았다.

타이너 일행 중 제일 먼저 워커가 철책을 넘었다.

거의 날다시피 뛰어올라 넘은 워커는 철책 주변을 살피고는 일행에게 수신호를 보냈다.

너무 밝아 전부 움직이기가 곤란하다는 신호였다

"어쩔 수 없나 보군. 자드키엘!"

워커의 신호에 타이너는 자드키엘을 불렀다.

자드키엘도 이미 신호를 보았는지 고개를 숙여 보이고는 수인을 그려냈다.

영창이 필요한 마법과는 달리 자드키엘은 손동작을 통해 침묵의 언어로 불러내는 마법을 시전했다.

스스스!

철책 주변에 서서히 어둠이 내리기 시작했다.

서치라이트를 통해 불빛이 비춰지기는 했지만 철책 주변과 건물로 이어지는 이동로까지 순식간에 기이한 어둠이 내려앉았다.

"이동한다."

어둠이 움직임을 감추어줄 수 있을 정도가 되었을 때 타이너가 먼저 움직였다.

그의 움직임은 워커 못지않았다.

타이너가 움직이자 그와 동시에 자드키엘이 뒤를 따랐고, 워커가 데리고 온 수하들도 철책을 넘었다.

십여 명의 인원이 건물까지 도착한 시간은 촌각도 걸리지 않았다.

순찰을 돌고 있는 병사들과 순찰견들도 그들의 움직임을 알아차리지 못했다. 자드키엘이 불러온 어둠은 그들의 기척은 물론 냄새까지 지워 버렸기에 가능한 일이었다.

무사히 건물에 도착한 일행은 곧장 옥상으로 올라갔다. 시멘트 블록으로 만들어진 벽체를 손가락으로 찍어가며 올라가는 모습이 거미나 다름없었다.

이들이 향하는 목적지는 옥상에 있는 엘리베이터 기계실이었다. 엘리베이터를 통해 지하에 있는 비밀 시설로 들어가기 위해서였다.

"놈들이 들어간 모양이니 우리도 움직이자고."

"예."

타이너 일행이 기계실로 사라지자 두영과 써니도 움직이기 시작했다.

자드키엘이 만든 어둠이 사라지고 있었지만 두영이 결계를 이용해 자신과 써니의 신형을 감춘 탓에 두 사람을 찾을 수 있는 존재는 없었다.

두 사람도 타이너 일행이 이동한 경로를 따라 기계실로 들어갔다.

이미 엘리베이터가 지하로 내려간 터라 이동용 철선을 이용해 지하로 향했다.

만들어진 지 오래된 탓인지 비밀 시설은 그다지 좋은 편이 아니었다.

통로를 이루고 있는 전등들도 군데군데 깨지고 불이 나간 것이 여럿 있는 걸 보면 수리도 제대로 되지 않는 듯했다.

“꽤나 음침하군.”

“모르겠군요. 바깥과는 달리 이렇게 허름하다니. 마치 폐쇄를 앞둔 시설 같은데요.”

“그렇다면 이미 연구가 끝난 건가?”

“그럴 수도 있을 것 같아요.”

폐쇄해야 될 시설이라면 관리를 안 할 수도 있기에 써니는 낭패감이 들었다.

가문을 멸문시킨 원수들에 대한 단서를 놓칠 수도 있었기 때문이다.

“일단 살펴보자고.”

두영은 조심스럽게 앞으로 나갔다.

‘이런!!’

앞으로 걸어가던 두영은 앞에서 사람들이 빠르게 다가오고 있는 것을 느꼈다.

자신들보다 앞서 안으로 들어갔던 타이너 일행이었다.

‘주(呪)! 잠영(潛影)!’

두영은 써니를 급하게 끌어당긴 후 주법을 시전했다.

그다지 뛰어난 주법은 아니지만 급하게 움직이는 타이너 일행의 모습으로 봐서는 충분히 속일 수 있을 것이라 판단한 것이다.

타다닥!

두영과 써니의 신형이 어둠 속에 잠기자마자 타이너 일행이 빠르게 스쳐 지나갔다.

'어째서 저런 표정이지?

숨어 있던 두영은 창백하게 질려 있는 타이너의 얼굴을 볼 수 있었다.

옆에서 같이 달리고 있던 자드키엘이라는 여자의 얼굴도 마찬가지였다.

두 사람의 얼굴에서 나타난 공통적인 감정은 공포였다.

어째서 그들이 질려 있는지 알 수가 없었다.

'저 안쪽에 뭔가 있는 것인가?

기감을 열어 안을 살펴봤지만 특별한 느낌은 없었다.

"저들이 왜 저렇게 급하게 빠져나가는 걸까요?"

"모르겠는데. 이유를 알아보려면 안으로 들어가 봐야 할 것 같으니 들어가 보자고."

아마도 써니의 가문을 몰살시킨 자들과 관련이 있을 것이기에 두영은 타이너를 공포에 질리게 한 원인을 알고 싶었다.

예상치 못한 상황에 대비해 두영은 경계를 단단히 하며 조심스럽게 안으로 걸어 들어갔다.

통로를 따라 경계하며 한참을 걸어가자 붉은 암석으로 이루어진 문이 나타났다.

현대식 건물 지하에 있는 구조물과는 어딘가 언밸런스해 보이는 오래된 문이었다.

'원래 유적이 있던 자리에 만들어진 것인가?

기이한 상형문자들이 가득한 붉은색의 문은 아주 오래전 만들어진 고대의 유적이 분명했다. 적어도 수천 년 전에 만들어진 것으로 보였다.

"그들이 이 문을 연 것 같지는 않은데요."

"그런 것 같군."

써니가 가리키고 있는 부분에는 문의 색깔과는 달리 흰색의 점토 같은 것이 일직선을 이루고 있었다.

점토 선은 아주 깨끗했다.

눈처럼 흰 백색의 점토로 문과 문 사이의 틈을 메워놓은 것 같았다.

만약 문을 열었다면 떨어져 나간 흔적이 남아 있어야 하는데 아무렇지도 않은 것을 보면 타이너 일행은 이 문을 보고 후퇴한 것이 분명했다.

'이 문을 보고 놀라 도주했다는 건데, 상형문자가 가득한 이 문이 도대체 무엇이기에 타이너를 그리 놀라게 했는지 모를 일이지만 일단은 알아봐야겠다.'

유적이 무엇인지 듀크를 불러 알아보기로 한 두영이 텔레파시를 보냈다.

'듀크!'

텔레파시를 이용해 연락을 했는데도 응답이 없었다.

건물로 들어서기 전까지만 해도 감응이 됐었는데 이제는 그조차 되지 않았다. 붉은 문에 다가오는 순간 듀크와의 연락은 이미 끊어진 상태였다.

'연락이 되지를 않다니 이상한 일이로군. 뭔지 모르지만 중요한 것 같으니 일단 외워야겠다.'

이집트 문자와는 확연히 다른 글자들이었다.

문의 전면에 적혀 있는 상형문자들이 어떤 뜻인지는 모르겠지만 꽤나 의미가 깊은 것일 것이다.

의미를 해석하면 네오클래스에 대해서도 꽤나 많은 것을 알 수 있을 것이기에 두영은 일단 외워두고 밖으로 나가 듀크를 통해 알아보기로 했다.

"주(呪)! 염사(念寫)!"

눈에 비친 사물을 생각을 이용해 사진을 찍듯이 의식 속에 저장시켰다.

염사로 사물의 형상을 찍어놓으면 언제 어디서든 완벽하게 복원할 수 있기에 매우 편리한 주법이었다.

"헉!"

염사로 상형문자를 의식 속에 저장시키던 두영은 의미를 알 수 없는 영상이 뇌리로 들어오자 비명을 삼켰다.

영상과 함께 찾아온 고통이 두영을 괴롭히고 있었다.

*　　　*　　　*

왜 나에게 이런 고통이 찾아온 것인지 알 수가 없다.

죽고 죽이고, 처절한 전투는 또 무엇인지?

알 수 없는 영상 속은 온통 광란의 도가니다.

세상이 개벽하고 천지가 종말을 고하고 있었다. 모두가 광기에 젖어 자신의 형제를, 그리고 동료를 죽이고 있었다.

검을 든 자들은 살육을 자행하고 있는 중이다. 광기에 젖은 채 모든 이를 상대할 뿐이다. 오로지 적을 죽이는 광란에 동참할 뿐이었다.

누구의 의식인지는 모르지만 나 또한 마찬가지다.

몰려드는 자는 누구라고 할 것 없이 베고 있는 중이다.

무엇 때문에 이런 살육이 벌어지고 있는 것인지는 금방 알 수 있었다. 분지 한가운데 우뚝 솟은 첨탑 위의 물건들 때문이다.

살육의 현장에 있는 이들은 누구나 할 것 없이 첨탑을 향해 나아가고 있었다.

첨탑 위에서 찬란한 빛을 발하고 있는 일곱 자루의 검을 차지하기 위한 쟁투가 분지에서 펼쳐지고 있었다.

무한의 힘과 권능이 검들에게서 느껴진다.

저 검들만 차지할 수 있다면 세상에 홀로 우뚝 설 수 있다는 욕망이 마음속에 꿈틀거린다.

그렇다. 저것들은 칠대신검이다. 권능의 힘이 봉인되지 않은 상태의 온전한 칠대신검이다.

다가오는 자가 누구든 죽이고 죽였다. 끝없이 죽음을 선사하고 난 뒤 드디어 그중 하나를 손에 쥐었다.

욕망으로 물든 광기가 점차 사라진다.

끝없이 펼쳐진 분지 위에 피로 물든 시체가 가득하다. 일곱 자루의 신검을 차지한 이들이 죽인 자들이다.

인간을 비롯한 수많은 유사 종족들이 대지 위를 흐르는 피의 강물 속에 누워 있다.

　시선을 돌렸다. 나와 함께 검을 차지한 이들이 눈에 보인다. 인간을 비롯한 유사 종족들이다. 신검의 주인들이라는 칠대부족의 수장 중 여섯 명이다.

　나는 누구인가?

　누구의 의식을 공유하고 있는가? 그리고 이 피의 제전은 무엇인가?

　고통이 사라지며 의식이 점차 흐려져 간다. 이제는 내 자신으로 돌아오는 것인가?

＊　　＊　　＊

　"보스!"

　써니는 문에 있는 상형문자를 보고 있다가 갑자기 힘을 잃고 쓰러지는 두영을 붙잡았다.

　"크으!"

　머리가 빠개질 것 같은 고통에 두영이 신음을 흘렸다.

　"괜찮아요?"

　"잠깐 어지러워서……."

　두영은 환상 속에서 빠져나온 자신을 발견했다.

　또 다른 누군가가 되어 수없이 많은 자들을 도륙한 시간이 며칠은 되어 보였는데 그저 한순간 스쳐 가는 시간이었다.

　'도대체 어째서 그런 환상이 내게 나타난 것이지? 칠대신검에 얽힌 사연이 이 문에 담겨져 있는 것인가?

두영은 천천히 상형문자를 바라보았지만, 조금 전에 보았던 것과 같은 환상은 다시 나타나지 않았다.

'저 상형문자가 무엇을 뜻하는 것인지는 모르지만 분명 칠대신검의 비밀과 연관이 있을 것이다. 삼묘족에게 일어난 혈겁과도 관련이 있는 것이 틀림없다.'

어쩌면 삼묘족의 혈겁과 자신이 본 환상 속에 나타난 혈겁이 관련이 있을지도 모른다는 생각이 강하게 들었다.

이미 뇌리 속에 기억된 문자들의 비밀을 알아내야 할 것이 분명했다.

"안으로 들어가 봐야 할까요?"

써니가 두영에게 물었다. 타이너 일행의 심상치 않은 기색과 상형문자에서 보이는 알 수 없는 불안감 때문인지 써니의 표정이 안 좋아 보였다.

"안에 뭐가 있는지 들어가 봐야 할 것 같아."

두영은 반드시 확인해 봐야 할 것 같았다.

그는 손을 문에 대고 힘껏 밀었다.

몇십 톤의 탱크도 번쩍 들 만한 힘으로 밀었지만 문은 꼼짝도 하지 않았다.

빠가가각!

중심부에 있는 흰색의 점토 선이 두영의 미는 힘을 이기지 못하고 떨어져 내렸다.

갈라진 틈 같은 것은 없었다. 그저 점토로 메워진 곳에 작은 홈만이 파여 있을 뿐이었다.

"문이 아니었군. 그런데 어째서 이런 것으로 메워놓은 것이지?"

그저 문으로 만들어진 형상일 뿐 문이 아니었다. 점토로 틈을 메운 것은 쓸 데가 없는 것이었기에 이상하다고 생각하던 중에 변고가 일어났다.

콰콰쾅!!

우르르릉!

폭발음이 들리며 비밀 통로가 흔들렸다. 밖의 상황이 심상치 않다는 반증이었다.

"밖에서 무슨 일이 벌어진 것 같아요."

"일단 나가봐야 할 것 같군."

제로나인을 염려하는 써니의 모습에 두영은 밖으로 나가 상황을 살펴야 했다.

'이것이 무엇인지는 나중에 알아봐야겠다. 밖의 상황이 심상치 않은 것 같으니 누구도 살피지 못하도록 이곳에 결계를 쳐야겠다.'

두영은 밖의 상황을 먼저 살피기로 했다.

그렇다고 자신과 관련이 있을지도 모르는 현장을 그냥 놔둘 수도 없어 주법을 이용해 주변을 봉인하기로 했다.

"혈주(血呪)! 삼천쇄(三天鎖)! 금(禁)!"

손가락을 깨물어 허공에 피를 뿌린 두영의 입에서 혈주를 펼치는 영언(靈言)이 흘러나왔다

다른 주법보다 강력한 혈주에다가 찬황기를 섞어 금제를 가했다.

두영이 펼친 삼천쇄의 금제는 삼묘족의 대제사장이 된 오렌도 결코 해제할 수 없는 절대의 금제였다.

금제를 건 당사자가 직접 해제하거나, 결계를 유지시키는 기운의 근원인 두영이 소멸해 죽어야만 해제되는 금제였다.

"써니, 밖으로 나가자!"

찬황기가 빠져나간 탓에 안색이 창백해진 두영이 써니를 재촉했다. 자칫 제로나인과 타이너 일행이 부딪쳤다면 피해가 커질 수도 있기에 두 사람은 빠르게 지하를 빠져나왔다.

우우우웅!

두영이 사라지고 난 후 동굴이 울기 시작했다. 금제가 쳐진 안쪽에서 나는 소리였다.

흰색의 점토가 떨어져 나간 홈에서 뭔가가 흐르며 동굴에 진동음을 퍼뜨리고 있었다.

그것은 피였다. 너무도 붉어 검게 보이는 피가 홈을 따라 흐르며 문처럼 생긴 구조물에 새겨진 상형문자들이 빛을 발하고 있었다.

*   *   *

"이런!"

두영과 써니가 들어섰던 건물은 거의 다 부서져 내려 잔해

만이 남아 있었다.

여기저기 건물 잔해에 깔려 신음하는 자들이 눈에 보였다.

콰콰쾅!

갑작스러운 폭발음과 함께 대지가 진동했다.

폭발의 여파가 대지를 휩쓸었는지 누런 황토 바람이 건물이 있는 곳으로 몰아닥쳤다.

"일단 숨어."

밖에서는 지금 전투가 한창이었다.

상황이 심상치 않음을 느낀 두 사람은 몸을 숨긴 채 바깥의 상황을 주시했다.

'다행히 부딪치지는 않은 것 같은데, 저들은 누구지?

싸우고 있는 자들 중에 제로나인이 없다는 것에 안도한 두 영은 싸우고 있는 자들을 살폈다.

두 부류의 사람들이 치열한 격전을 벌이고 있었다.

'숨어서 지켜보는 것이 좋겠다.'

남의 싸움에 일부러 끼어들 필요는 없기에 두영은 써니를 폐허로 변해 버린 건물의 구석으로 잡아끌었다.

싸움을 벌이고 있는 이들은 타이너 일행과 터번을 둘러쓴 아랍인들이었다.

모두가 검은 복장을 하고 있는 아랍인들은 눈 밑에 흰색으로 기하학적인 문양을 그려 넣고 있었는데, 같은 조직에 소속되어 있는 이들이 분명했다.

양측은 막상막하의 공방을 벌이고 있었다.

칼을 들고 싸우고 있었지만 전투는 무시무시했다. 포격이 난무하고 총알이 빗발치는 전투와는 차원이 다른 모습이었다.

각자 인간의 능력을 벗어나는 모습을 보여주고 있었다.

아랍인들이 들고 있는 반월형의 칼인 샴쉬르에서는 강철도 베어버릴 듯한 기운이 줄기줄기 뻗어 나와 상대를 압박했다.

그들을 상대하고 있는 타이너 일행도 마찬가지였다.

어디에 숨기고 있었는지는 모르지만 모두 칼을 들고 아랍인들을 상대하고 있었다.

타이너를 비롯한 워커와 자드키엘은 강력한 공격으로 아랍의 전사들을 상대하고 있었다.

아랍전사들이 세 사람에게 집중되어 있었다.

워커의 수하들은 밀리는 기색이 역력했지만 세 사람의 활약 때문인지 공격하는 이들의 숫자가 얼마 없어 간신히 잘 버티고 있었다.

쾅! 콰쾅!!

두 부류의 공방으로 인해 파생된 강력한 기운에 건물들은 대부분 부서져 내려 속살을 내보이고 있었다.

인간 같지 않은 자들의 싸움으로 대피해 있던 사람들도 많은 피해를 입고 있었다.

대부분은 격돌의 여파로 발생한 충격파 때문에 죽어 있었고, 살아남은 사람들도 심각한 부상으로 인해 신음을 흘리고 있는 중이었다.

기운과 기운이 격돌한 탓에 비밀 기지는 점차 폐허가 되어

가고 있었다.

막고 막히는 공방이 지속되는 동안 아랍전사들의 공격이 점차 변하기 시작했다.

실력이 비슷하다는 것을 확인한 그들은 자신의 안위를 돌보지 않고 타이너 일행을 공격하기 시작한 것이다.

아랍전사들의 얼굴에는 필사적인 각오가 엿보였다. 어떻게 해서든지 타이너 일행을 죽이겠다는 각오였다.

거센 공세에 타이너 일행이 뒤로 점차 물러나기 시작했다.

"자드키엘, 어떻게 좀 해봐라!"

뒤로 밀려나며 두영이 숨어 있는 근처까지 온 타이너가 소리를 질렀다.

"알았습니다."

자드키엘이 뭔가 결심한 듯 고개를 끄덕이며 앞으로 나섰다.

우우우우!

풍성해 보이는 자드키엘의 옷자락이 풍선이 부풀 듯 부풀어 올랐다. 그녀가 가지고 있는 힘을 전부 끌어올렸기 때문에 벌어지는 형상이었다.

휘이익!

자드키엘이 휘두른 검에서 푸른색의 오러블레이드가 뻗어나와 전면으로 달려드는 아랍전사들에게로 향했다.

쾅!

폭발음과 함께 아랍의 전사들이 사방으로 비산했다.

자드키엘의 공격을 막아내기는 했지만 오러블레이드에 실린 힘에 내상을 입은 듯 아랍전사들은 비틀거리며 일어서고 있었다.

“헉, 헉! 두세 번밖에는 공격할 여력이 없습니다! 제가 연속으로 공격을 가하면 곧바로 떠나십시오!”

창백해진 안색의 자드키엘이 뒤도 돌아보지 않고 타이너를 향해 외쳤다.

“넌?”

“곧바로 따라붙을 생각이니까 걱정하지 마시고, 먼저 이곳을 떠나십시오.”

“미안하다.”

본신의 힘을 드러내기는 했지만 광기를 드러내지 않는 자드키엘을 향해 안타까운 눈빛을 보낸 타이너는 곧장 뒤로 빠져나갔다.

스르르르!

타이너가 자리를 뜨는 것을 보던 자드키엘의 몸이 서서히 허공을 떠올랐다.

염동력을 이용해 펼쳐 낸 역장이 그녀의 몸을 받쳐 올리고 있었다.

허공에 몸이 떠오른 채 검을 들어 올리는 그녀의 모습은 장엄하기 그지없었다.

“차앗!!”

기합 소리와 함께 검이 휘둘러졌다.

불씨가 될 만한 것은 아무것도 없었지만 검의 궤적을 따라 대기가 불타오르며 사방이 화염에 휩싸이기 시작했다.

불의 기운을 타고난 자드키엘의 전력을 다한 공격이었다.

아랍의 전사들도 자드키엘의 공격이 심상치 않음을 짐작하고 대비했지만 막는다는 것 자체가 역부족으로 보였다.

화르르르!

불길이 덮쳤다.

용암보다 더 지독한 불길이 휩쓴 자리에는 아무것도 남아 있지 않았다.

무엇이든지 녹여 버리는 열기가 아랍의 전사들은 물론이고 대지마저 녹였다.

자드키엘의 공격으로 발생한 불길은 지옥에서나 볼 수 있다는 겁화와 다름없었다.

그렇게 전력을 다한 공격이었지만 아랍의 전사들을 전부 죽이는 것은 불가능했다.

삼삼오오 모여 자드키엘의 공격을 막는 사이 그들을 방패 삼아 자리를 피한 자들이 있었다.

"헉! 헉!"

전력을 다해 공격을 쏟아낸 자드키엘이 서서히 떨어져 내리며 거친 숨을 토해냈다.

회심의 일격이었지만 반수밖에는 죽이지 못한 것이 아쉬운 듯 그녀의 눈이 잘게 떨리고 있었다.

'봉인만 해제하면 이까짓 것은 아무것도 아닐 텐데… 아직

은 아니다. 이 상태로도 조금은 더 버틸 수 있다.'

가지고 있는 전력을 쏟아낸 것이 아니었다. 적들을 충분히 상대할 수 있는 여력이 남아 있었다.

한 가지 확인을 해야 했기에 힘을 비축해 두고 있는 것이다.

그리고 자신이 위험해진다면 최후의 수단으로 봉인된 힘을 끄집어내면 될 것이기에 자드키엘은 천천히 숨을 골랐다.

쿵! 쿵!

'왔군.'

어느 정도 힘을 회복할 무렵 자드키엘은 대지를 울리는 소리를 들을 수 있었다. 무엇인가 육중한 물체가 가까이 다가오는 소리였다.

자신이 예상하고 있는 적들일지도 모른다는 생각에 자드키엘이 시선을 돌렸다.

방금 죽인 자들은 태양의 아들들이라 불리는 전사보다는 약했다. 진정한 강자들이 나타난 것이 분명했다.

"이, 이런!!"

고개를 돌린 자드키엘의 눈에 경악이 물들었다.

압도적으로 파괴적인 기운을 가진 그 무엇인가가 거대한 그림자를 드리우고 있었다.

"저것이었나?"

거대한 거인의 모습이 그녀의 시야에 들어왔다.

아무리 작게 잡아도 6미터가 넘는 키에 은빛으로 빛나는 거인의 모습은 신화에 나오는 타이탄과 흡사했다.

만화영화나 SF 영화에서 나올 법한 로봇이 자드키엘을 향해
붉은 눈을 번득이고 있었다.

"네오클래스에서 급했나 보군. 어찌 알았는지 모르지만 넌
이 자리에서 벗어나지 못할 것이다."

웅웅거리는 듯한 목소리가 거인의 모습을 한 로봇에서 흘러
나왔다.

'과학자들을 제거하러 왔는데 이곳에 역시 이런 비밀이 있
었나 보군. 저 안에 타고 있는 자들은 태양의 아들들이라는 전
사들이 분명하다.'

자드키엘은 로봇에서 흘러나온 말에 자신들이 특별한 비밀
에 우연히 접근했다는 것을 알 수 있었다.

'위험하기는 하지만 봉인을 풀고 상대해 보자. 나머지는 본
부에서 알아서 할 것이다.'

태양의 아들들이 저런 로봇을 만들어냈다면 네오클래스에
위협이 될 수 있기에 일단 성능을 알아보기로 했다.

그리고 상황을 알리기 위해 알파 팀에게만 특별히 지급되는
통신기를 가동시켰다.

자드키엘이 통신기를 가동시키자 성층권 밖에 있는 첩보 위
성이 신호를 수신하고 움직이기 시작했다.

네오클래스가 알파 팀 전용으로 운영하고 있는 비밀 위성이
활동을 시작한 것이다.

'됐다. 싸움은 이제부터다.'

인공위성과의 통신이 무사히 성공한 것을 확인한 자드키엘

은 자신에게 걸려 있는 봉인을 풀었다.

츠츠츠츠!

너무도 강력해 사용하기를 꺼려 하는 능력이었다.

자칫 잘못하면 자신의 힘에 휩쓸려 모든 것을 잃을 수도 있기에 평소에는 금제해 놓는 그녀의 진정한 능력이 깨어나고 있었다.

붉은 기운이 그녀의 전신에 흐르는 것을 보고 심상치 않은 기운을 느낀 것인지 로봇이 공격을 시작했다.

투투투투!

손을 들어 올린 로봇의 손가락 끝에서 발칸포가 발사됐다.

콰콰쾅!

콰콰콰쾅!

자드키엘의 주변이 폐허로 변하기 시작했다.

로봇이 발사한 것은 발칸포를 닮았지만 한 발 한 발이 고 폭탄급 위력을 발휘하는 작은 포탄들이었다.

"주변을 살펴라. 아니, 잠깐!"

포탄이 터지는 위력에 자드키엘이 죽었을 것이라 판단한 로봇이 움직이려다가 지휘관의 명령에 곧바로 멈추어 섰다.

붉은 광채가 솟아오르며 붉은 갑옷을 입은 자드키엘이 천천히 허공으로 떠오르고 있었다.

"호호호! 이런 기분은 정말 오랜만이군."

"역시 알파 팀 요원이로군."

교소가 섞인 자드키엘의 말에 로봇에서도 예상했다는 듯한 투의 말소리가 흘러나왔다.

“호호호, 재미있는 공격이었다. 그렇지만 날 건드린 것이 얼마나 큰 실수였는지 곧 깨닫게 될 것이다. 이제 봉인이 완전히 해제되었으니 내가 가진 힘을 보여주도록 하지.”

“알파 팀 요원들이 봉인을 해제하면 특별한 능력을 발휘하게 된다고 하더니 그런 모양이로군. 하지만 기간트는 네가 생각하는 것처럼 그렇게 만만한 존재가 아니다.”

자드키엘의 말에 기간트라는 로봇에서도 대답이 흘러나왔다. 그와 동시에 거대한 동체가 은빛의 광채에 휩싸였다.

슈아앙!

바람을 가르며 순식간에 기간트가 자드키엘의 전면에 쇄도했다. 거대한 덩치와는 다른 엄청난 속도였다.

쾅!

자드키엘이 있던 자리의 대지가 폭발하며 흙이 사방으로 비산했다.

달려들던 기간트의 주먹이 자드키엘을 가격하려 했으나 이미 자리를 피해 애꿎은 땅만 피해를 입은 것이다.

“차앗!”

기간트의 공격을 맞아 뒤쪽으로 피한 자드키엘이 건물 잔해를 박차며 허공을 날았다.

뒤로 물러난 후 곧바로 앞으로 튀어나온 것이었다.

자드키엘은 날아오르는 자세에서 주먹을 내뻗었다. 그녀의 주먹에서 붉은 기운이 맺히더니 손을 떠나 기간트의 머리에 떨어졌다.

콰쾅!!

쿵쿵쿵!

폭발음과 함께 기간트가 비틀거리며 뒤로 물러났다.

"크으! 대단하군. 특수 장갑으로 보호하고 있는데도 이런 충격이라니……."

기간트에 탑승해 자드키엘을 상대하고 있던 하마스는 내상으로 인해 울렁거리는 속을 진정시키며 자드키엘을 찾았다.

얻어맞기는 했지만 맞는 순간 자신도 힘을 쏟아내었기에 자드키엘이 어떤 상태인지 살펴봐야 했다.

예상대로였다. 충격을 받은 듯 자드키엘은 한쪽 무릎을 꿇고 자신을 노려보고 있었다.

거대한 기간트의 동체를 움직이고 있는 힘은 마법이 분명했다. 한 가문의 멸망으로 마법 기계가 사장된 지 거의 이십여 년이 지난 지금 시점에 나타날 리가 없었다.

예상하지 못한 곳에서 이렇게 나타났다면 네오클래스에서도 아직 완전히 정체를 파악하지 못하고 있는 태양의 아들들이라는 조직이 틀림없었기에 자드키엘의 가슴은 차갑게 식고 있었다.

"놀라운 속도와 위력이었다. 마법 기계가 사라진 지 오래거늘, 네놈들은 누구냐?"

천천히 일어선 자드키엘은 싸늘한 목소리로 하마스에게 물었다.

"네오클래스에서는 아직 우리에 대해 파악을 하지 못한 모양이로군. 하지만 머지않아 알게 될 거다. 우리를 알리는 뜻에서 네년을 첫 제물로 삼아주지."

네오클래스와는 예상보다 빠른 부딪침이었지만 어느 정도 예상하고 있는 일이었다.

자드키엘의 능력이 만만치 않지만 머지않아 도착할 기간트들과 힘을 합해 전력을 다한다면 충분히 제거할 수 있을 것이기에 하마스의 음성도 차갑기 그지없었다.

'놈이 시간을 끌고 싶어 하는 것을 보면 다른 기간트들도 있을 것이다. 저 정도의 운영 능력이라면 내가 불리하다.'

멀지 않은 곳에서 눈앞에 있는 기간트와 같은 종류의 힘이 활성화되고 있는 것을 느끼고 있던 자드키엘은 이미 하마스의 의도를 눈치채고 있었다.

'어느 정도 거리를 떨어뜨리고 최대한 놈의 능력을 알아낸 뒤 탈출해야겠다.'

탈출을 위해서라면 해제된 능력을 모두 사용할 필요는 없었다.

타이너에게 시간을 벌어준 이상, 기간트의 능력을 알아낸 뒤 탈출하면 그만이었다.

"기가 피어스!"

피피피피피핏!

마음을 굳힌 자드키엘은 자신의 기운을 뾰족한 송곳처럼 만들어 기간트를 향해 뿌렸다.

“리벌브 가드!!”

빛살처럼 날아드는 자드키엘의 공격에 하마스가 손바닥을 휘둘렀다.

퍼퍼퍼퍽!

기간트의 움직임이 끝나자마자 방패처럼 생긴 은빛의 원반이 여러 개 생겨나며 자드키엘의 공격을 막아냈다.

마나를 이용해 유형의 배리어를 생성시켜 공격을 막아낸 것이다.

은빛 광채는 기간트의 주위를 돌며 자드키엘의 공격을 막아내면서도 손상을 입지 않았다.

“메가 포이즈!”

콰콰쾅!

충격량을 높인 듯 빛살처럼 떨쳐 내는 자드키엘의 손길을 따라 주먹만 한 붉은 빛줄기들이 다시금 쇄도했지만 하마스가 만들어낸 가드를 뚫지는 못했다.

자드키엘의 공세는 계속해서 이어졌지만 하마스는 공격할 생각이 없는 듯 방어로만 일관했다.

연이어 공격을 해도 아무런 타격을 가할 수 없자 자드키엘이 공세를 멈추었다.

“하하하! 그 정도의 공격으로는 기간트의 방어막을 뚫을 수 없다. 그러니 그만 포기하고 항복하도록 해라.”

공세를 멈춘 자드키엘을 향해 하마스가 비웃음을 날렸다.

“기간트의 능력은 잘 봤다! 떨거지들이 오는 모양이니 나중에 본격적으로 붙어보도록 하지!"

다른 기간트들이 몰려오고 있다는 것을 알아차린 자드키엘은 하마스를 향해 일갈을 날린 후 빠르게 장내를 벗어나기 시작했다.

"서랏!!"

하마스도 자드키엘이 갑작스럽게 도주하는 모습에 놀란 듯하더니 곧바로 추격을 개시했다.

슈아아앙!

엄청난 속도로 질주하는 기간트의 움직임으로 인해 대기가 파열음을 토해냈다.

이대로 놓쳐 버린다면 자신들에 대한 정보가 네오클래스로 넘어갈지 몰랐다.

몇 가지 준비를 더 해야 했기에 아직은 기간트가 네오클래스에 알려져서는 안 되는 상황이었다.

자드키엘을 쫓는 하마스는 마음이 다급했다.

'알려진 것과는 성향이 전혀 다르군.'

적과 부딪치면 물러설 줄 모르고 끝장을 본다고 알려진 것과는 딴판이었다.

자신과 동료들이라면 충분히 자드키엘을 잡을 수 있다고 생각했는데 싸움에 미친 광전사라는 알파 팀 요원이 도주할 줄은 예상하지 못했다.

제일 빨리 기동한 자신 말고도 세 명의 동료가 기간트를 기동시키고 쫓아오고 있었다.

기간트의 기동 시간은 최대 한 시간이었다.

자드키엘과의 접전으로 기동 시간이 반으로 줄어버린 탓에 혼자만으로는 잡을 수 없다는 생각에 하마스는 동료들을 통신으로 호출했다.

[어디쯤 쫓아오고 있나?]

[5분 정도면 합류할 수 있을 거다.]

동료 중 한 명인 바티드가 대답을 해왔다.

[최대한 속력을 내라. 이대로라면 놓칠 수도 있다.]

[알았다. 조금만 기다려라.]

하마스의 책임은 동료들이 올 때까지 자드키엘을 놓치지 않는 것이었다. 동료들이 도착하면 충분히 잡을 수 있기에 서서히 기간트의 속력을 높였다.

*   *   *

거대한 동체를 자랑하는 기간트라는 로봇이 자드키엘을 쫓기 시작하고 얼마 지나지 않아서 세 기의 다른 기간트가 그 뒤를 따라 빠른 속도로 지나갔다.

"써니, 그들을 쫓는 것보다는 기간트라는 것들이 나온 곳을 한번 살펴봐야 할 것 같은데?"

자드키엘과 기간트와의 일은 우리와 상관이 없는 일이 되어버렸다.

기간트가 나타난 이상 반드시 확인해야 했기에 써니의 의향을 물었다.

"그래야 할 것 같아요. 기간트라는 물건은 본가에서도 거의 최종 연구만 끝났을 뿐, 제작하지 못했던 것이니까요."

써니도 찬성을 했기에 조용히 건물의 잔해를 빠져나와 기간트의 기운이 느껴졌던 곳으로 향했다.

다행히 미리 감지기를 설치했던 지역 중 하나가 기간트의 기운이 처음 느껴졌던 곳이기에 찾는 것은 어렵지 않았다.

그곳은 거대한 바위가 모자의 창끝처럼 나와 있는 언덕 앞이었다.

기간트가 남긴 것으로 보이는 거대한 발자국들이 보였다.

이동한 흔적도 없이 달랑 땅 위에 찍혀 있는 여덟 개의 발자국뿐이었다.

발자국이 있는 곳을 아무리 둘러봐도 자연의 풍상으로 인해 풍화된 암석만이 즐비할 뿐 흔적이 하나도 없었다.

'골치 아프군.'

결계를 유지하는 것도 아니고 어디에 기간트들의 기지가 있는지 파악은 불가능했다. 발자국 이외에는 그 어떤 흔적도 남아 있지 않아서 골치가 아팠다.

"도대체 어디가 출입구인지 알 수가 없군. 결계가 쳐져 있는 것 같지도 않고."

"영상 장비를 설치할 걸 잘못했나 봐요."

"할 수 없지. 기간트라는 것들이 돌아오기를 기다렸다가 뒤를 밟아야 될 것 같은데."

"그 수밖에 없겠네요."

너무 거리가 벌어진 탓에 자드키엘을 쫓는 기간트들을 추적하기는 어려웠다. 그녀를 잡거나 그러지 못하더라도 이곳으로 돌아올 것 같기에 일단 기다리기로 했다.

CHAPTER 03
새로운 블랙노바

TIME SLICE 타임 슬라이스
TIME SLICE 타임 슬라이스

슈아아앙!

두 사람이 비트를 파고 기간트가 돌아오기를 기다린 지 삼
십여 분이 지났을 무렵, 대기를 찢는 파열음이 멀리서 점차 가
까이 들려오기 시작했다.

기간트 중 하나가 돌아오고 있었다.

맨 처음 자드키엘과 접전을 벌였던 바로 그 기간트였다.

쿵!

하늘을 날아 다가온 기간트가 천천히 멈춘 후 언덕 아래에
내려서자 둔중한 소리가 대지를 울렸다.

'저러니 찾을 수가 없었지.'

대지 위에 발을 디딘 기간트의 몸집이 천천히 줄어들었다.

거의 사람만 한 크기로 줄어든 후에 기간트는 천천히 언덕을 향해 걸어가고 있었다.

"따라가 봐야 할 것 같은데."

"그래야겠군요."

비트를 빠져나온 두영은 써니와 함께 조심스럽게 기간트를 따랐다.

'어?'

언덕 위로 올라가던 기간트가 커다란 바위를 도는 순간 갑자기 사라져 버렸다.

놀란 두 사람은 최대한 소리를 죽이며 빠르게 뒤를 쫓아 올라갔다.

톱니바퀴를 뉘어놓은 것처럼 생긴 바위를 돌아섰다. 바로 앞은 거대한 절벽으로 가로막혀 있었다. 길이 없는데 기간트는 보이지 않았다. 바위로 인해 시야가 가려지는 틈을 타 사라진 것이다.

"어디로 간 거지?"

"분명 이 근처에 비밀 통로가 있을 거예요."

"한번 뒤져 보자고. 결계는 아닌 것 같으니 아마도 기관 같은 것이 있을 거야."

두영은 써니와 함께 근처를 뒤졌다. 하지만 틈새나 동굴 같은 것은 하나도 보이지 않았다.

"이상하군. 기관의 흔적이 전혀 보이지 않다니 말이야."

모든 것이 자연스러웠다.

인공적인 흔적은 전혀 보이지 않았기에 두영은 무척이나 당혹스러웠다.

"여길 보세요."

다시 한 번 살피고 있는 중에 써니가 바닥을 가리켰다.

그녀가 가리킨 곳은 톱니바퀴처럼 생긴 바위 근처의 바닥이었다.

"발자국인가?"

암반이 확실한 바닥에는 자연스러운 흔적이 하나 있었다.

풍상에 씻겨 흔적이 희미하기는 하지만 자세히 보면 분명 사람의 발자국과 비슷한 모양이었다.

"이상하지 않아요? 그자가 사라진 곳도 이 근처고, 이렇게 사람 발자국 모양과 비슷한 흔적이라니 말이에요."

"어쩌면 이것이 기관을 작동시키는 장치일지도 모르겠군."

"어떻게 작동하는 걸까요?"

"흔적으로 봐서는 무게로 작동하는 것 같은데……."

두영은 발자국으로 보이는 곳에 올라섰다. 하지만 아무런 반응이 나타나지 않았다.

"아까 그 기간트라는 것들의 무게가 상당했는데, 무게를 더 주어야 하지 않을까요?"

"그럴 수도 있겠군. 어디! 주(呪) 중(重)!"

두영은 발자국 위에 올라선 채 주법을 이용해 몸무게를 서서히 늘려 나가기 시작했다.

그르릉!

어느 정도 몸무게를 늘리자 땅속에서 기관이 반응하는 소리가 들려왔다.

소리가 나는 쪽을 바라보니 톱니바퀴처럼 생긴 바위에서 안쪽으로 들어간 바위 면 하나가 서서히 밀려들어 가고 있었다.

슈아아앙!

멀리서 대기를 찢는 파열음이 또다시 들려왔다. 2차로 자드키엘을 쫓던 기간트들이 돌아오고 있는 중이었다.

"일단 안으로 들어가자고."

"알았어요."

다른 기간트들도 비밀 문이 있는 곳으로 올라올 것이기에 두 사람은 급하게 안으로 들어섰다.

그러자 바로 앞에 발자국이 있었다.

두영은 다시 그 자리에 서서 바위 문을 열 때와 같이 주법을 시전해 몸무게를 늘렸다.

그르릉!

바위가 소리를 내며 원래의 상태로 돌아왔다.

문이 닫혀 어두워야 정상이었지만 마치 동굴처럼 되어 있는 빈 공간은 결코 어둡지 않았다. 천정에 박혀 있는 것들이 반짝이며 동굴 안을 밝히고 있었다.

'저기로 간 것 같은데.'

혹시나 하는 생각에 두영은 써니에게 텔레파시로 의견을 전했다.

'흔적이 그리로 나 있네요. 천연 동굴 같은데 길을 잃어버리

지 않으려면 흔적을 잘 쫓아가야겠군요.'

'가보자고.'

두 사람은 천천히 하마스가 남긴 흔적을 쫓아 안으로 들어가기 시작했다.

아래로 내려가는 구조로 되어 있는 동굴은 무척이나 길었다. 중간 중간에 여러 갈래로 다른 동굴이 나타났다.

'흔적이 사라졌군.'

세 번째 갈림길이 나왔을 때 하마스의 흔적이 사라지고 없었다.

'어떻게 하지요?'

'시간이 조금 걸리기는 하겠지만 사람들이 있을 테니 그들의 기운을 쫓을 수밖에는 없을 것 같다.'

'침입자를 저지하기 위한 트랩이 설치되어 있을 수도 있으니 조심하세요.'

'걱정 마.'

어디선가 흘러나오는 사람들의 기운을 쫓았다. 두영은 천천히 전진하기 시작했다. 가는 동안 여러 개의 갈림길이 나왔지만 워낙 선명한 기운들이라 두영은 올바르게 전진하고 있었다.

'거의 다 온 것 같은데.'

대충 지하 200여 미터를 넘게 내려왔을 때 두영이 써니에게 텔레파시를 보냈다.

귀로는 들리지 않지만 멀리 앞쪽에서 상당히 소란스러운 기척을 느낀 것이다.

'어마어마하군. 이런 곳이 지하에 있었다니…….'

결계를 이용해 은신하며 사람들의 기척이 있는 곳에 다다른 두영은 거대한 신전을 볼 수 있었다.

알라를 모시는 자들처럼 보였는데, 신전은 특유의 첨탑 같은 것은 보이지 않았다.

마치 고대 이집트의 신전처럼 보였다.

횃불이 얼마 켜져 있지 않아 전체적인 모습을 확인하기 어려웠지만 규모가 꽤 커 보였다.

사람들도 꽤나 많은 편이었다. 의식을 준비하는 듯 흰색의 터번을 두른 이들이 분주하게 움직이고 있었다.

'사람들이 꽤 많은 것 같은데.'

'그런 것 같아요. 그런데 그자들은 어디에 있는 거지요?'

'저기 신전 중심부를 봐.'

두영의 말에 안력을 집중하니 기간트를 타고 있던 자들을 볼 수 있었다.

거대한 동체를 자랑하는 기간트가 축소된 것 같은 갑옷을 입고 있는 자들이 마치 왕좌에 앉듯 신전 중심부에 마련된 돌로 만든 의자에 앉아 있었다.

'우리보다 늦게 왔는데 어떻게 저기에 있는 걸까요?'

분명히 셋은 자신들보다 늦게 들어왔을 것이기에 이상함을 느낀 써니가 물었다.

'사실 이곳으로 오면서 여러 개의 공간 도약 결계를 발견했지만 그냥 지나쳤었다. 공간 결계가 쳐져 있는 동굴로 들어서면 바로 이곳으로 오는 것 같았지만, 그곳을 이용하려 했다가는 발각될 수도 있어 그냥 내려왔으니 저들이 먼저 도착한 것도 이상한 것은 아니다, 써니.'

'그렇군요.'

두영의 설명에 써니는 뒤에 왔던 자들이 자신들보다 빨리 안으로 들어온 상황을 이해할 수 있었다.

'뭘 하려는 걸까요?'

'글쎄, 도대체 알 수가 없군.'

두영도 신전 앞에서 벌어지는 상황을 이해를 할 수가 없었다.

그들이 앉아 있는 자리 앞에 가면으로 얼굴을 가린 자들이 뭔가를 쌓고 있었다.

양 끝은 은백색의 금속체로 막혀 있고, 가운데는 투명한 원통인 물건들이 놓이고 있었던 것이다.

'혹시 원자로를 가동시키는 핵연료가 아닐까요?'

'그럴지도 모르겠군.'

두영도 의심을 하고 있는 참이었다.

완전히 밀폐된 듯 방사능을 감지할 수는 없지만 모양을 보면 핵연료가 틀림없어 보였다.

총 열여섯 개가 제단 위에 쌓이자 가면을 쓴 사람들이 썰물처럼 빠져나갔다.

사람들이 빠져나가고 자신들만 남자 의자에 앉아 있던 자들이 자리에서 일어나 제단으로 다가갔다.

제단에 다가온 그들은 각자 양손으로 핵연료 같은 원통형의 막대를 집어 들었다.

우우웅!

웅웅거리는 소리와 함께 노란 기운이 원통에서 흘러나와 그들에게로 흘러들기 시작했다.

'음! 에너지를 충전하는 건가?

두영은 기간트들의 몸에서 흘러나오는 강력한 방사능을 느낄 수 있었다.

기간트의 에너지 밀도가 높아지는 것이 느껴졌다.

방금 전 자드키엘을 추적하며 소모된 에너지를 보충하는 것이 틀림없었다.

담겨 있는 에너지를 모두 흡수하면 기간트들은 원통형의 핵연료를 바닥으로 떨어뜨리고는 다른 핵연료를 들고 에너지를 흡수했다.

타타탕!

에너지 보충이 모두 끝난 듯 기간트들이 마지막 원통을 바닥에 떨어뜨리자 경쾌한 금속음이 신전 안을 맴돌았다.

지이잉!

기계음과 함께 기간트들의 변형이 시작됐다.

기간트는 전과 같이는 커지지 않았다. 그저 틈새가 벌어지며 변형하는 것뿐이었다.

변형이 진행된 후 얼마 있지 않아 기간트 사이에서 사람의 모습이 나타났다.

벗겨진 기간트들이 서서히 허공으로 솟아올라 사람들을 뱉어내고 다시 원래의 모습으로 돌아가기 시작했다.

머리에 터번을 둘러쓴 사나이들이 허공에 있는 기간트들을 향해 손을 뻗었다.

그것이 신호인 듯 기간트가 노란색 빛에 휩싸이기 시작하고 빛은 점점 확장해 사나이들까지도 감쌌다.

잠시 후, 노란빛이 완전히 사라지고 난 뒤에 지금까지는 없었던 은백색의 검을 들고 있는 사나이들의 모습이 나타났다.

'저들이 들고 있는 검이 아까의 기간트라고 한다면 스피릿아머와 같은 기능을 가졌다는 것인데…….'

그들이 들고 있는 검들은 기간트가 변형된 것이 분명해 보였다. 검이라는 것도 그렇고, 갑옷의 형태로 착용하는 것까지 스피릿아머와 매우 흡사했다.

다만 조금 다른 것은 사람보다 약간 큰 크기인 스피릿아머와는 달리 거대한 동체로의 변형이 가능하다는 것뿐이었다.

'써니, 스피릿아머와 비슷한 것을 보면 기간트라는 것에 대해 좀 더 알아봐야 할 것 같다.'

'그래야 할 것 같아요.'

써니도 공감하는 듯 고개를 끄덕였다. 가문에서 연구해 온 것과 관련이 있기도 하지만 자신이 가지고 있는 문라이트와도 연관이 있는 것이 틀림없었다.

기간트를 입고 있던 자들이 천천히 신전 안으로 걸어 들어가고 있었다.

두영과 써니도 모습을 감추고 그들의 뒤를 따랐다.

＊　　　＊　　　＊

"잡는 데 실패했습니다."

신전 안으로 들어간 하마스는 일족의 장로인 아흐마드에게 보고했다.

아흐마드는 그동안 하마스와 전사들이 타고 있던 기간트를 만들어온 장로였다.

대장로에 이어 일족의 두 번째 서열을 차지하고 있었기에 하마스의 음성은 무척이나 공손했다.

"예상보다 더한 실력을 가진 모양이로구나."

"아닙니다. 힘의 봉인이 풀리면 물불을 가리지 않는다고 들었는데 접전을 벌이다 그대로 도주했습니다. 그리고 그동안 파악하는 것과는 달리 어느 정도 저와 비슷한 능력을 가진 것 같습니다."

"그렇더냐? 의외로군. 강대한 힘을 가지고 있는 네오클래스 광전사들이 전투에서 등을 보이다니……."

"아무래도 놈들이 약점을 극복한 것 같습니다."

"그런 것 같구나."

광기에 미쳐 자신도 돌보지 않고 적을 도륙하는 것이 네오클래스의 알파 팀 요원들이었다.

피에 미친 자들이라 대부분 능력을 발휘하면 적을 몰살시키든지 아니면 스스로의 광기로 인해 소멸하는 자들이었다.

그런데 냉철하게 도주를 택했다면 하마스의 말처럼 광기를 제어할 수 있게 되었다는 소리였기에 아흐마드의 눈빛이 가라앉았다.

“그리 염려하실 것은 없을 것으로 보였습니다. 기간트의 능력을 반도 끌어올리지 않았는데 충분히 상대할 수 있었으니 말입니다.”

“그런 것 같기는 하다만, 괜히 우리의 전력을 노출한 것이 아닌지 모르겠다.”

“어차피 조만간 부딪칠 자들이었습니다.”

“하긴, 장로회의에서 형제들이 피를 흘리는 것을 더 이상 좌시하지 않겠다는 결론을 냈으니까.”

“결정이 내려진 것입니까?”

아흐마드의 말에 하마스가 반문했다.

석유 자원을 확보하기 위해 되지 않는 이유를 내세워 이라크를 침공한 미국에 대한 응징이 결정되었다는 것이 믿어지지 않아서였다.

“네 소원대로 됐다. 기간트도 완성된 이상, 더 이상 참지 말자는 의견이 대세였다. 그리고 장로회의의 결정에 따라 성전이 선포됐다.”

“성전입니까?”

그것은 본격적인 반격이 시작되었다는 것을 의미하기에 하마스가 눈빛을 빛내며 물었다.

"그렇다. 큰 책임이 너에게 내려졌구나, 하마스."

"책임이라시면?"

자신에게 특별한 임무가 떨어질 것이라는 생각에 하마스가 물었다.

"형제들을 모두 모아 성전을 일으키게 되면 놈들은 분명히 반격을 할 것이다. 넌 기간트를 가지고 그들의 비밀병기들을 없애야 할 것이다."

오랜 세월 기다려 온 일이었기에 하마스의 눈이 빛났다.

이제부터 네오클래스나 유럽의 흡혈귀들을 응징할 시간이었다.

"알겠습니다. 모든 것이 알라의 뜻대로 흐를 것입니다."

"그동안 지켜봐 온 놈들의 힘은 상상을 초월하는 것뿐이었으니 아무리 기간트를 동원한다고 하더라도 조심해야 할 것이다. 특히나 기간트의 에너지 문제가 아직은 해결되지 않아 사용 시간이 한 시간밖에는 안 되니 말이다."

"염려 마십시오. 기간트는 무적입니다."

한 시간밖에는 사용하지 못하지만 전력을 다한다면 충분히 적들을 없앨 수 있다는 것이 하마스의 판단이었다.

"너무 쉽게 생각해서는 안 될 것이다. 내 곧 그 문제를 해결할 테니 무리하지는 말라는 뜻이다. 밖으로 나가면 장로회의에서 결정된 것을 알려줄 것이니 그대로 움직이도록 해라."

"그럼, 좋은 결과를 기다리겠습니다, 장로님."

하마스와 동료들은 아흐마드에게 예를 취한 후 곧장 신전을 나섰다. 이제부터 본격적으로 움직일 수 있기에 조금은 흥분된 상태였다.

"에너지 문제도 해결해야 하지만 나머지 열한 기의 기간트를 운영할 전사들을 찾아야 할 텐데 큰일이로군."

하마스 일행이 나간 후 아흐마드는 걱정스러운 눈빛으로 신전 안쪽을 바라보며 중얼거렸다.

지금까지는 원자력을 이용해 움직이고 있지만 조만간 에너지 문제는 해결할 수 있었다.

문제는 특별한 능력을 지닌 자만이 기간트를 탈 수 있다는 것이었다.

형제들 중에서 능력을 타고난 자들을 찾고 있지만 미국의 감시가 워낙 철저한지라 쉽게 찾을 수 없는 형편이었던 것이다.

"훈련 중인 아이들 중에 능력자가 나타나면 좋으련만, 할 수 없는 일이다. 지금은 성전을 위해서 기간트의 에너지 문제부터 해결하기로 하자."

능력자들을 찾는 것이 쉽지 않은 일이기에 이제 막바지에 이른 에너지 연구를 마무리 짓기로 한 아흐마드는 신전 안쪽을 향해 발걸음을 옮겼다.

*　　　*　　　*

'따라가야 하지 않나요?'

'그래야 할 것 같아. 하지만 써니는 이곳에서 기다려.'

'저도 가겠어요.'

기다리라는 소리에 써니가 반발했다.

'안쪽에서 흐르는 기운이 심상치가 않아. 나 혼자라면 어떻게 되겠지만 써니까지라면 놈들에게 들킬 확률이 높아. 그러니 나를 믿고 이곳에서 기다려.'

두영이 정색을 하며 텔레파시를 보냈다.

'알았어요. 대신 조심하세요.'

두영의 심각한 어조에 상황이 그리 만만치 않음을 인식한 써니는 두영의 뜻을 따르기로 했다.

'걱정하지 마. 나도 그리 호락호락하지 않으니까.'

써니를 남겨둔 두영은 천천히 아흐마드가 사라진 곳으로 향했다.

'분명 결계로 보호되는 공간이다.'

아흐마드가 사라진 곳은 신전 중심부에 있는 검은 공간이었다. 발걸음을 내딛자마자 아흐마드가 꺼지듯 사라져 버렸다.

두영은 공간을 나누는 결계가 쳐져 있음을 알 수 있었기에 조심스럽게 기감을 펼쳤다.

'이쪽이로군.'

두영은 한 걸음 차이로 놓여 있는 여러 개의 공간 중 아흐마드의 흔적이 남아 있는 곳을 그리 어렵지 않게 찾을 수 있었다.

‘이런 곳이 있다니?’

천천히 걸어 들어간 두영은 새로운 공간에 자신이 있음을 알 수 있었다.

공간 결계를 벗어나자 나타난 곳은 사방이 온통 사막인 곳이었다. 앞에 거대한 사구가 있었는데 방금 전 아흐마드가 지나간 듯 발자국이 나 있었다.

두영은 조심스럽게 사구를 올랐다.

사구 정상에 오른 두영은 조심스럽게 머리를 들어 주변을 살폈다.

‘저런 곳에 있었군.’

사구 위에서 바라본 전경은 뜻밖이었다. 거대한 오아시스가 녹색의 기운을 뿜어내고 있었던 것이다.

‘상당히 많은 사람들이 이곳에 거주하고 있는 것 같구나.’

오아시스 안에는 상당수의 사람들이 반월형의 검을 들고 수련하고 있는 모습이 보였다.

‘그자가 말한 아이들인 모양이로구나.’

놀랍게도 수련하고 있는 자들은 모두 앳되어 보이는 소년들이었다.

아흐마드에 의해 발탁되어 수련 중인 예비 전사들이었다.

‘저곳인가?’

두영은 오아시스 가운데 서 있는 작은 사원을 볼 수 있었다. 범상치 않은 기운이 흐르는 것으로 보아 기간트가 연구되고 있는 곳으로 보였다.

‘주(呪)! 천행비(天行飛)!’

두영은 모습을 감춘 채 주법을 시전해 오아시스로 움직이기 시작했다.

허공을 나는 천행비는 아무런 흔적을 남기지 않고 두영을 아흐마드가 들어간 곳으로 보이는 작은 사원으로 인도했다.

사원의 문은 굳게 잠겨 있었고, 문 앞에는 안광이 형형한 자들이 지키고 있었다. 문이 열려 있다면 모를까 안으로 진입하기에 어려움을 느낀 두영은 신형을 천천히 띄워 올렸다.

‘저곳으로 들어가야겠구나.’

사원 꼭대기 부근에 사람이 드나들 만한 작은 창이 있었다.

‘뭐 하는 것이지?’

환기창을 통해 사원 안으로 들어선 두영은 기하학적인 무늬의 카펫 위에 앉아 명상에 잠겨 있는 아흐마드를 볼 수 있었다.

어떤 재질로 만들어졌는지 모르지만 그가 앉아 있는 카펫에는 노란 황금빛 기운이 넘실거리고 있었다.

‘일단 지켜봐야겠구나.’

어떻게 벌어지는 현상인지는 모르지만 아흐마드의 머리 위에서 고밀도의 에너지가 모이고 있었기에 조금 지켜보고 싶었다.

두영은 한쪽 구석으로 가서 몸을 숨긴 후 아흐마드를 관찰했다.

아흐마드는 지금 정신을 집중해 기간트에 쓰일 에너지원을 만들어내고 있었다.

신의 보좌라 일컬어지는 마법의 카펫을 이용한 것으로, 자신의 의지를 통해 에너지를 결정화시키고 있었던 것이다.

아흐마드의 머리 위에서 황금빛 광채가 빛나기 시작했다. 마치 보석처럼 생긴 황금빛 투명체에서 빛이 나고 있었다.

아흐마드의 주변에서 흐르는 에너지들이 황금빛 결정으로 몰려들며 점차 빛이 강해졌다.

에너지가 농축되는지 결정은 점점 커지고 있는 중이었다.

'저자도 싸이킥포메이션이로구나.'

두영은 자신의 사촌동생인 성혜처럼 아흐마드가 싸이킥포메이션임을 알 수 있었다.

아흐마드는 임의로 에너지 변환 장치를 만들 수 있는 완전히 각성한 싸이킥포메이션이었다.

'저것이 뭔지 모르지만 저자에게 도움을 준다고 해도 이토록 빠른 시간에 노바를 만들어낼 수 있다니, 그 원탁과 같은 종류의 것인가?'

제커 대령이 운영하고 있던 비밀기지에서 탈취하듯 가져온 원탁과 같은 힘을 가졌을지도 모른다는 판단이 든 두영은 아흐마드가 명상에서 깨어나기를 기다렸다.

지금 탈취할 수도 있었지만 소란이 이는 것을 바라지 않기에 아흐마드가 자리를 비울 때를 기다리기로 한 것이다.

번쩍!

명상에 잠겨 있던 아흐마드가 눈을 뜨자 그의 눈에서 황금빛 광망이 줄기줄기 뻗어 나왔다.

노바에 흡수되지 못한 에너지가 그의 몸을 통해서 흘러나온 것이다.

잠시 뒤, 아흐마드의 눈에서 흘러나오던 빛이 잠잠해졌다.

툭!

그의 머리 위에 떠 있던 노란색 결정의 노바가 그의 품에 떨어졌다.

"휴우! 이제 겨우 숫자를 맞추었구나."

노바를 손에 쥔 아흐마드는 안도의 한숨을 내쉬었다.

원하던 숫자의 에너지원을 얻었기 때문인지 피로가 역력한 그의 얼굴에 희미한 미소가 맺혔다.

"장로들이 알기 전에 모든 것을 끝마쳐야 한다."

기간트의 새로운 에너지원에 대한 것은 그만이 아는 비밀이었다.

장로들 중에 적의 첩자가 있을 것이라는 게 그의 판단이었기에 일족을 지배하는 족장에게조차도 알리지 않고 계획을 추진해 왔다.

아흐마드는 품에서 방금 전 만들어낸 것과 같은 노바들을 꺼냈다.

타르르르!

모두 열두 개의 노바가 카펫 위에 펼쳐졌다. 아흐마드는 노바들을 하나하나 들어 정해진 위치에 놓기 시작했다.

그가 앉아 있던 자리를 중심으로 삼각형을 이룬 두 개의 노바를 움직여 마치 펜타그램을 그리는 듯 오각형을 만들었다.

우심부에도 두 개의 노바가 놓였다.

펜타그램을 형성한 노바들은 카펫 위에 그려진 문양들과 묘한 배치를 이루었다.

"이제 됐다. 반드시 성공해야 한다. 만약 실패한다면 모든 것이 끝이니까."

마지막 절차를 놓고 아흐마드는 무척이나 심각한 표정이었다. 실패한다면 일족은 파멸을 맞을 것이기 때문이다.

노바를 정해진 위치에 올려놓고 마음을 가다듬은 아흐마드는 무릎을 꿇고 뭔가 웅얼거리며 절을 하기 시작했다.

그것은 마치 신에게 경배하는 경건한 제사장의 모습과 같았다.

'마법의 양탄자가 따로 없군.'

아흐마드의 목소리에 반응하는 것인지, 아니면 그의 행동에 반응하는 것인지 카펫이 공중으로 떠오르고 있었다.

카펫 주변에 보이지 않는 에너지장이 있다는 소리였다.

두영은 아라비안나이트에서 나오는 이야기처럼 하늘을 나는 양탄자가 꼭 거짓은 아닌 것 같았다.

'시작인가?'

에너지장이 폭주하고 있었다.

우우우웅!

에너지장의 중심이 되는 곳은 허공으로 떠오른 카펫이었다.

스르르르!

카펫의 기하학적 무늬가 일정한 법칙에 따라 움직이고 있었
다.

서로가 교차하며 왼쪽에서 오른쪽으로 움직였다. 속도가 점
차 빨라지며 마치 회오리처럼 보였다.

물길의 교차로 생겨나는 와류의 중심처럼 중심부에 공동이
생겨나기 시작했다.

공동은 결코 노바가 그려내는 펜타그램을 넘지 못했다.

대신 검푸른 기운이 흘러넘치며 아흐마드가 만들어낸 노바
를 물들이고 있었다.

노란빛을 뿜어내는 노바가 점차 검은색으로 변해가고 있었
다.

'방식은 다르지만 똑같은 것이로구나.'

두영으로서는 익숙한 기운이다.

노란색 결정이 에너지 변환 장치인 블랙노바로 바뀌고 있었
다.

아흐마드가 만들어낸 결정이 완전히 검은색으로 물들자 카
펫의 중심부에 생겨난 공동이 점차 줄어들기 시작했다.

주변을 돌며 회오리를 형성해 내던 기하학적 무늬들도 어느
새 제자리를 찾았다.

무릎을 꿇고 연신 절을 하며 웅얼거리던 아흐마드는 피곤한
표정으로 허리를 세웠다.

그의 얼굴은 창백한 안색에 굵은 땀방울이 맺혀 있었으나
눈빛만은 살아 있었다.

오랜 염원이 드디어 결실을 맺은 탓이었다.

블랙노바!

스피릿아머를 기동시킬 수 있는 에너지원이기도 하지만 자신의 부족이 보유하고 있는 기간트 또한 에너지원으로 쓸 수 있는 물질이기도 했다.

블랙노바를 바라보는 아흐마드의 눈동자는 오랜 염원이 완성된 자의 만족스러움이 흐르고 있었다.

아흐마드는 한쪽에 있던 황금으로 만들어진 궤를 가지고 와 블랙노바를 담았다.

탁!

궤 안쪽에 붉은 공단으로 만들어진 각각의 자리마다 블랙노바가 자리하고 난 뒤 황금의 궤가 닫혔다.

"진정 오랜 시간이었다. 기간트에 탈 아이들만 찾으면 모든 것이 완벽하다."

궤를 품에 안은 아흐마드의 눈빛이 빛났다.

오랜 세월 핍박 받아온 형제들을 구할 수 있다는 사실에 기분이 좋아진 그는 곧바로 사원을 나섰다.

"재미있군. 이런 물건이라면 듀크에게도 도움이 될 것 같은데 말이야."

블랙노바를 만들어낼 수 있는 물건을 또 하나 발견한 두영은 신의 보좌라 불리는 카펫을 가져가기로 했다.

"이처럼 허술하게 둘 리는 없을 것이다."

아흐마드가 그냥 두고 갔지만 틀림없이 뭔가 방비를 했을 것이라 판단한 두영은 조심스럽게 주변을 살폈다.

원탁을 빼내며 생고생을 했던 기억이 선명한 탓에 다시는 그런 고생을 하고 싶지 않은 까닭이다.

두영은 카펫의 주변을 살피며 여러 가지 주술적인 방진을 발견했다.

은밀하면서도 견고한 방진이었다.

"꽤나 많은 주술로 보호하고 있기는 하지만 혈법을 이용하면 아무도 모르게 빼낼 수 있겠다."

보통의 방법으로도 해제할 수 있기는 하지만 시간이 오래 걸릴 것 같아 혈법을 사용하기로 했다.

"혈주(血呪)! 전이(轉移)! 허결(虛結)!"

두영이 혈법을 펼치자 아흐마드가 펼쳐 놓은 주술 사이로 피안개가 번졌다.

주술의 맥점을 찾아 허상의 결계로 연결시켰다. 카펫이 움직이는 것을 알아차리지 못하도록 하는 고난이도의 주술이었다.

두영은 천천히 손을 뻗어 카펫을 말아 쥐었다.

동그랗게 말아놓으니 그리 크지 않은 모습이 됐지만 길이만은 어쩔 수 없었다.

"공간 결계를 만들어도 그 안에 넣을 수 없는 물건이니 어떻게 한다?"

특별한 기운을 가진 물건이라 공간 결계를 흩어놓을 위험성이 높았다. 어쩔 수 없이 그냥 들고 나가야 했기에 두영은 주변을 살폈다.

"저거면 되겠군."

한쪽에 있는 탁자 위에 보라색으로 만들어진 끈 같은 것이 보였다.

양쪽 끝에 검은색 보석 같은 것이 달려 있는 것으로 보아 허리춤에 매다는 장식이 분명해 보였다.

두영은 등에다 카펫을 두르고 그 끈으로 허리를 돌려 묶었다.

"이제 기간트에 대한 것이 있나 한번 살펴볼까?"

기간트에 대한 정보를 얻어야 했기에 주변을 살폈다. 온통 회벽으로 만들어진 사원의 벽을 따라 탁자들이 놓여 있었고, 그 위에는 여러 가지 궤가 있었다.

두영은 궤짝들을 하나하나 열어 안을 살폈다.

"저게 마지막인데 없는 것인가?"

하나의 궤짝을 남겨놓고 지금까지 살펴봤지만 양피지로 되어 있는 문서들만 가득했고 기간트에 대한 내용은 하나도 없었다.

딸칵!

두영이 마지막 궤짝을 열었다. 역시 양피지가 들어 있었다.

"이거로군."

양피지를 살피며 드디어 찾던 것을 발견했다. 기간트 그림이 그려진 양피지였다.

"나머지 양피지도 중요한 것들 같으니 전부 가져가야겠다."

아흐마드가 들었다면 기절할 노릇이었겠지만 두영은 궤짝 안에 들어 있는 양피지를 모두 가져가기로 했다. 해석하지는 못했지만 안에 기록되어 있는 내용들이 전부 범상치 않아 보였기 때문이다.

"주(呪) 공간결(空間結)!"

두영은 주법으로 아공간을 만들었다. 그리고 궤짝 안에 들어 있는 양피지를 전부 쓸어 담았다.

"이제 빠져나가면 되는 것인가?"

사원 안에 있는 것들을 싹쓸이한 두영은 신형을 솟구쳐 자신이 들어온 창문을 통해 사원을 빠져나갔다.

밖에는 아흐마드가 수련 중인 아이들을 불러 모아 뭔가 일장 연설을 하고 있었기에 사원을 주시하고 있는 이는 아무도 없었다.

두영은 빠르게 써니가 있는 곳을 향해 달렸다.

'써니, 얼른 빠져나가자.'

공간 결계를 빠져나온 두영은 조심스럽게 숨어 있는 써니에게 텔레파시를 보냈다.

흔적이 남지 않게 조치를 했지만 언제 아흐마드가 사원으로 들어갈지 모르는 일이라 서둘렀다.

써니 또한 두영이 뭔가 일을 저질렀다는 것을 느꼈기에 빠르게 뒤를 따랐다.

아흐마드가 블랙노바를 이용해 기간트에 적합한 인재들을 찾고 있는 시간, 두영은 그렇게 아흐마드의 모든 것을 훔쳐 사원을 벗어나고 있었다.

기간트에 대한 자료를 입수한 두영과 써니는 제로나인과 합류한 후 남겨져 있는 흔적을 모두 지웠다.

감지기 등은 제로나인이 모두 회수했기에 사람이 머문 흔적만 없앴다.

혹시나 몰라 대지에 남아 있던 기억도 주법을 이용해 지워버렸다. 추적할 만한 단서를 남기지 않기 위해서였다.

두영 일행은 빠르게 현장을 벗어났다. 기간트라는 괴물을 상대해 봤자 좋은 결과는 없을 것이기 때문이었다.

두영 일행이 현장을 빠른 속도로 빠져나가고 반나절이 지났을 무렵 아흐마드는 자신의 모든 것이 사라졌음을 알 수 있었다.

"어떻게 이런 일이!!"

태어나 처음으로 아흐마드는 분노했다.

수련 중인 아이들 중 세 명이나 능력자를 발견해서 날아갈 것 같았던 기분은 이미 사라진 지 오래였다.

"하마스를 불러라! 어서!!"

아흐마드는 소리를 질렀다. 사원의 입구를 지키고 있던 전사들은 분노에 찬 아흐마드의 외침에 급하게 하마스를 찾았다.

장로회의의 결정대로 전사들을 찾기 위해 신전을 떠났던 하마스는 다급한 연락으로 인해 부랴부랴 돌아오지 않을 수 없었다.

'저분이 어째서?

신전에 있다가 결계를 뚫고 사원으로 온 하마스는 분노에 찬 아흐마드를 보며 의아함이 들었다.

어떤 경우에도 화를 내지 않던 현자의 분노는 그로서도 어색했기 때문이다.

"성지에 침입자가 있었다!"

"어떻게?"

신전에서 성지나 다름없는 이 안으로 들어올 수 있는 존재는 없었다.

자신도 아흐마드가 허락하지 않는 한 절대 들어올 수 없는 곳이었기에 묻지 않을 수 없었다.

"살펴봤지만 어떤 흔적도 남아 있지 않다. 대지의 기억조차 사라진 것을 보면 보통의 능력자는 아닌 것 같다."

"특급 능력자 같군요."

"그렇다. 하마스, 전사들을 풀어 어떤 놈인지 찾아라. 놈이 가져간 것들을 반드시 회수하도록 해라. 그리고 반드시 산 채로 잡아와라. 놈의 배후를 캐내야 하니까."

"알겠습니다."

분노에 찬 아흐마드의 지시에 하마스는 고개를 숙여 예를 취하고는 곧장 사원을 나섰다.

"어떤 놈인지는 모르지만 하마스와 전사들이라면 잡을 수 있을 것이다."

아흐마드는 기간트뿐만 아니라 전사들의 능력을 믿었다.

사막이 존재하는 한 전사들의 시야를 벗어날 존재는 없었다.

"어차피 중요 부분은 머릿속에 있는 기록들이라 유출이 되어도 상관은 없는 것이지만 여길 털어간 놈들이 네오클래스인지, 아니면 다른 존재들인지 모르겠구나. 이토록 완벽하게 대지의 기억을 지우다니……."

전사들을 믿기는 하지만 걱정이 되지 않는 것은 아니었다.

자신의 기운과 연결되어 있는 결계를 느끼지 못하는 사이에 뚫어버리는 것도 그렇고, 흔적을 완벽하게 지우는 것도 문제였다.

만약 자신들의 주적인 네오클래스라면 문제가 심각했다.

비밀리에 계획을 준비 중인 다른 곳도 뚫릴 가능성이 높았기 때문이다.

침입자를 반드시 생포해야 했다. 어떤 방법으로 결계를 뚫었는지 알아내야 하는 것이다.

*　　　*　　　*

최대한 빨리 벗어난다고 했는데 추적을 따돌리지 못할 것 같아 보인다.

주변 상공의 위성을 장악한 듀크의 연락에 따르면 우리를 추적하는 자들이 빠른 속도로 접근하고 있다고 하니 말이다.

‘어느 정도 시간이 걸린 것 같나?’

듀크에게 어느 정도 여유가 있는지 물었다.

—속도로 봤을 때 최대 두 시간이면 따라잡힐 것 같습니다.

듀크가 말한 대로라면 시간이 별로 없는 상태다.

하루 200킬로미터를 주파하는 속도를 따라잡고 있다면 예사 자들이 아니었기에 맞이할 준비를 해야 할 것 같다.

‘듀크, 나에게 최대한 유리한 지형이 어딘지 살펴서 알려줘. 산간 지형이나 협곡 같은 곳을 골라봐.’

—혼자 상대하실 생각이십니까?

내 생각을 알아차린 듯 듀크가 물어온다.

‘써니는 모르지만 다른 사람들은 피신시켜야 할 것 같다. 쫓아오는 자들이 한둘도 아니고, 완성되지 않은 상태라 잘못하면 허무하게 죽을 수도 있으니 말이야.’

—그렇지만 너무 위험합니다..

듀크가 경고했다.

지금 우리를 추적해 오고 있는 자들 중에 기간트를 운용하는 자들이 있기 때문인 것 같다.

‘어쩔 수 없다.’

—알겠습니다.

내 말이 단호했던지 듀크가 곧바로 명령을 수행하기 시작했다.

듀크에게 말한 대로 제로나인은 완성되지 않은 상태다.

나이도 나이지만 자신이 가진 능력을 제대로 활용하려면 아직도 많은 수련을 해야 한다.

이런 상태에서 기간트라는 신형 기갑슈트를 가지고 있는 자들을 상대한다는 것은 그야말로 섶을 지고 불로 뛰어드는 격이다.

지형만 유리하다면 충분히 상대해 볼 만하다. 혈전사와 상대하고 난 뒤 어느 정도 힘에 대한 조율은 끝내놓은 상태다.

게릴라식으로 싸움을 벌인다면 써니와 제로나인이 빠져나갈 시간은 충분히 벌 수 있을 터였다.

—앞으로 삼십 분 후면 적당한 장소가 나올 겁니다. 그곳에서 상대하면 위험을 최대한 줄일 수 있을 겁니다.

'좋아, 다른 자들도 쫓고 있을 테니 시선이 닿지 않는 곳을 찾아서 써니에게 루트를 알려줘.'

—제가 직접 말입니까?

'내 목소리로 변형해서 알려줘. 아직은 너에 대해서 아는 것은 곤란하니까 말이야.'

—그렇게 하겠습니다만 써니는 주군을 따르려고 할 것 같은데요?

'그럼 내가 설명하도록 하지. 써니도 기간트의 위력을 아니까 설득할 수 있을 거다.'

—알겠습니다. 저도 준비를 하겠습니다. 그러고 보니 이번이 처음이군요. 주군과 함께 싸우는 것이 말입니다.

'후후후, 나도 기대가 커. 메인타워와 함께 전투를 벌여보는 것이 얼마만인지 말이야.'

─그럼 새로운 탈출 루트를 찾아야 하니 잠시 후 뵙겠습니다.

듀크와의 통신이 끊어졌다. 이제 써니를 설득해야 할 차례다.

＊　　　＊　　　＊

타타탓!

'무슨 생각을 하는 거지?'

사막 지형을 말없이 달리고 있는 두영을 아까부터 지켜보고 있던 써니는 궁금함을 참을 수 없었다.

결계 안에 비밀리에 마련된 공간에서 벌어진 일도 그렇고, 이렇게 쫓기듯 탈출하는 것도 그녀로서는 의문투성이였다.

'써니, 달리면서 들어. 지금 우리는 쫓기고 있다.'

'그들인가요?'

'그런 것 같다. 한둘이 아니다. 자세한 이야기는 나중에 해 줄 테니 지금은 내가 지시하는 루트를 따라 이동해라.'

'유인할 작정인가요?'

'그래. 지금 놈들과 부딪친다면 네 동생들이 위험하다. 나 혼자면 충분히 빠져나갈 수 있으니 네가 동생들을 이끌고 먼저 가라.'

'저 아이들만으로도 충분히 빠져나갈 수 있으니 저도 남을게요.'

'아니! 네가 저들을 인도해. 혹시 유인에 넘어가지 않는 자들이 있을지 모르니까 말이야.'

예상대로 자신을 따르려 했기에 두영은 단호하게 써니의 청을 거절했다. 위험하기도 하지만 말한 대로 제로나인의 안전을 위해서이기도 했다.

'칫! 알았어요. 대신 다치지 않고 돌아와야 돼요?'

자신이 남겠다는 것을 거절한 것에 대해 불만이 많았다.

그렇지만 두영이 제안한 방법이 최선이라는 것을 아는 까닭에 수긍을 한 써니가 걱정을 하며 말했다.

'후후후, 걱정하지 마. 도망치는 데는 나름대로 일가견이 있으니까. 앞에 보이는 언덕부터 방향을 좌측으로 틀고 난 뒤에 곧장 남쪽으로 달려. 루트는 삼십분 간격으로 알려줄 테니 이탈하는 일이 없도록 하고.'

'알았어요. 몸조심이나 해요.'

갈라서는 포인트가 될 언덕에 가까이 오자 써니는 동생들에게 텔레파시를 보냈다.

'저곳을 지나며 우측으로 빠질 테니 모두 날 따라라.'

'알겠습니다.'

느닷없는 지시였지만 두영과 써니가 뭔가 대화를 나누었다는 것을 짐작한 제로나인은 곧바로 지시에 따랐다.

써니와 제로나인이 알려준 루트를 따라 이동을 시작한 후, 두영은 주변에 인식 장애 결계를 쳤다.

추적자들이 써니 일행을 추적하는 것을 방지하기 위해서 상당히 신경을 써 설치했다.

지금까지 달려오며 써니와 제로나인의 흔적은 깨끗이 지우고 자신의 흔적만 일부러 남겼다.

혹시나 술법이나 특이능력을 사용하는 자가 발견을 하더라도 결계 안의 사원에 침입한 자가 한 명뿐이라는 인식을 심어주었기에 추적자들은 자신만 쫓을 터였다.

“그럼 저쪽 협곡으로 가면 되는 건가?”

두영은 듀크가 선정한 전장으로 향했다.

산을 따라 협곡이 이어진 곳으로, 숨을 곳이 많을 뿐만 아니라 동체가 큰 기간트의 경우 기동이 불편한 곳이기에 게릴라전을 펼치기 쉬운 장소였다.

“재미있는 싸움이 되겠군.”

혈전사와의 싸움에서는 자신의 능력을 전부 발휘하지 못한 것에 대한 아쉬움이 있었다.

하지만 지금은 마음 놓고 싸울 수 있는 여건이 마련된 만큼, 두영은 자신이 가지고 있는 능력의 한계를 시험해 보고 싶었다.

“일단 간단한 부비트랩부터 설치해야겠군.”

자신이 싸울 전장에 대한 판단은 두영의 특기였다. 언제나 지형을 먼저 파악하고 싸워왔기에 협곡의 중요 포인트를 금방 확인할 수 있었다.

현장을 확인한 두영은 전술적 포인트가 되는 곳을 찾아 주법을 펼치기 시작했다. 시간이 그리 많지 않아 강력한 주법을 펼치기는 어려웠기에 간단하면서도 효과적인 주법을 설치해

놓았다.

─주군, 10분 거리입니다.

'이제 오는가 보군. 몇 가지 더 설치해야 하는데 어쩔 수 없 구나.'

듀크의 보고가 아니더라도 추적자들이 가까이 온 것이 느껴 졌다. 주법을 이용한 부비트랩 설치를 끝마친 두영은 빠르게 협곡의 초입으로 이동했다.

슈아아아아!

하마스와 그의 일행은 빠르게 두영이 기다리고 있는 협곡으 로 향했다.

'응?'

협곡 근처에 도달하자 전에 없이 위험을 경고하는 강렬한 느낌이 그의 전신을 떨게 했다. 협곡 안에서 누군가 자신들을 기다리고 있다는 것을 알 수 있었다.

"아직 진입하지 마라."

동료들이 협곡 안으로 진입하려고 하자 하마스가 멈추어 세 웠다.

"왜 그러냐?"

지척까지 쫓아왔는데 갑자기 멈추라고 말한 의도가 궁금해 바티드가 물었다.

"그냥 안으로 진입하면 위험할 것 같다."

"놈이 이 안으로 숨어들어 우리를 기다리고 있는 모양이로 군."

바티드를 비롯한 동료들도 하마스의 생각이 일리가 있음을 느낀 듯 고개를 끄덕였다.

“우리를 지체시키려는 것일 수도 있다. 곧장 쫓아가야 되는 것 아닌가 모르겠다.”

바티드가 하마스에게 물었다.

“아니, 놈이 뭔가를 준비해 놓은 것이 분명한 이상, 다른 전사들이 온 후에 뒤를 쫓는다. 성지 안까지 아무도 모르게 숨어든 것을 보면 절대 만만치 않은 놈이니 말이다.”

“포위할 생각인가?”

“무작정 공격하다가는 놈에게 반격을 당할지도 모르니 그 편이 안전할 것 같다.”

함정을 파고 기다릴 수도 있지만 다른 것도 염려되는 하마스였다.

단번에 제압하지 못한다면 큰일이었다.

침입자가 연구물을 없애는 극단적인 선택을 할 수도 있다는 생각에 무작정 공격하는 것에는 주저할 수밖에 없었다.

조직의 힘을 키워줄 자료들을 허무하게 잃어버릴 수는 없는 노릇이었다.

“다른 전사들이 오기까지 한 시간이면 되니 그것이 좋겠군.”

바티드도 수긍을 했다.

같은 위치에 있지만 가진 바 능력을 누구보다 잘 알기에 하마스의 의견을 따르기로 한 것이다.

“일단 놈이 이곳을 빠져나가지 못하게 감시를 해야 하니 한 명은 이곳에서 하늘의 그물을 펼치는 것이 좋겠다.”

하늘의 그물은 본신의 기운을 이용해 감시망을 펼치는 것이다. 한 사람의 전력이 고스란히 빠지지만 그만한 효과는 있었다.

이능력을 발휘할 수 있는 능력자라 할지라도 반드시 걸려들게 되어 있기에 하마스는 하늘의 그물을 펼치도록 했다.

'어떤 놈인지는 모르지만 대가를 치러주마.'

동료가 하늘의 그물을 펼치는 것을 지켜보다 하마스는 눈길을 돌려 협곡 안을 주시했다.

그의 눈 안에는 전에 없던 노여움이 불타오르고 있었다.

CHAPTER 04
육체의 새로운 진화

TIME SLICE 타임 슬라이스

곧장 협곡 안으로 들어올 줄 알았는데 예상이 빗나갔다.

대기하며 상황을 살피는 것을 보면 만만치 않은 자들이다.

기감을 펼쳐 살펴보는 방법도 특이하다. 마치 잘 다져진 네트워크처럼 동료의 의식을 연결하고, 사방으로 퍼지며 돌조각 하나까지 훑고 지나가니 말이다.

빠르게 퍼지는 기운을 보면 주의해서 상대해야 할 것 같다.

이상한 점이 발견되면 곧바로 위치를 들킬 수가 있으니 이럴 때는 자연왜곡이 가장 효과적이다.

주법을 이용해 다차원 왜곡장을 펼쳤다.

주변 지형을 수십 겹으로 나누어 다가오는 기감을 흘러들게 만들어 분산시켰다.

워낙 공간이 작아 왜곡되어 있다는 것을 느끼지는 못할 것이다.

―주군, 다른 자들이 합류하는 것 같습니다.

'나도 느꼈다. 모두 만만치 않은 자들인 것 같다.'

새로운 인력이 합류한 후 협곡 주위로 퍼져 나가기 시작했다. 안으로 들어오기보다는 일단 포위부터 하고 있었다.

포위가 완료된 후에는 공격조가 투입될 것이 분명하다. 위치가 발각되면 곧장 전 병력을 투입하려는 작전인 것 같다.

'얼마나 시간을 끌 수 있을까?

―주군의 다차원 왜곡장을 이용해 제가 계산한 대로 계속 변형을 시킨다면 놈들이 발견하기까지 최소한 세 시간은 끌 수 있습니다. 거기다가 주군께서 설치한 주법이 제대로 작동만 한다면 써니 일행이 탈출할 시간은 충분히 벌어주고도 남을 것 같습니다.

'그럼 이제부터 다차원 왜곡장을 맡길 테니 준비해.'

내가 익힌 주법은 고도의 계산이 필요한 것들이다.

그래서 주법을 유지하는 에너지는 내가 유지하기로 하고 활용은 듀크에게 맡겼다.

이미 듀크에게 혈법을 제외한 기본적인 주법에 대한 정보를 공개했었다.

에너지 체계를 유지하는 것은 어렵지만 술식에 대한 계산만 할 수 있다면 운용이 가능한 것이라 듀크에게 다차원 왜곡장을 맡겨 버린 것이다.

급속 변형에 필요한 술식 계산을 순식간에 해낼 수 있어 나보다 운영 속도가 몇 배나 빠를 것이기에 이 상황에서는 듀크가 운용하는 것이 훨씬 나았다.

─들어오기 시작했습니다.

'시작하자고!'

포위가 완료된 것인지 기간트를 운용할 수 있는 자들이 협곡 안으로 들어오고 있었다.

노이즈처럼 퍼지는 여러 가지 신호로 볼 때 기감을 퍼뜨리는 자를 중심으로 한 네트워크의 도움을 받는 것이 분명했다.

하마스를 비롯한 기간트 탑승자들은 네트워크를 통해 포위한 자들과 긴밀한 연락을 주고받으며 지형지물 하나하나를 세밀히 뒤져 나가는 것 같았다.

무척이나 세밀하고 끈질긴 자들이다.

*　　　*　　　*

협곡 안으로 들어온 자들은 모두 네 명이었다.

하마스를 비롯해 기간트를 탑승할 수 있는 자들이 주축이 돼서 두영을 찾기 시작했다.

기간트를 갑옷 형태로 변형시켜 에너지 소비를 줄인 네 사람은 네트워크를 이용한 초기 포메이션만 운용하며 협곡 안을 뒤져 나갔다.

[하마스, 예사 놈이 아닌 것 같다. 분명 이곳에 있는 것 같은데 흔적조차 발견할 수 없으니 말이다.]

[조심해라. 놈은 반격을 노리고 이곳을 전장으로 택했다. 자신이 없다면 이런 선택을 하지 않았을 것이다.]

[후후후, 그렇지만 이곳 악마의 침대에서 놈은 우리에게 사로잡히게 될 것이다. 이곳은 우리 안방이나 마찬가지이니 말이다.]

[하긴, 놈이 이곳을 택한 것은 탁월한 선택이었지만 우리가 상대라는 것이 놈의 결정적인 실수라고 할 수 있지.]

조직을 이끄는 전사들이 마지막으로 인증을 받기 위해 훈련하는 곳이 바로 악마의 침대라 불리는 이 협곡이다. 누구보다 지형을 잘 알기에 하마스를 비롯한 기간트 조종사들은 두영이 곧 잡힐 것이라 여기고 있었다.

'후후후, 흥미롭군. 이곳이 저들의 훈련 장소였던 것 같으니 말이야.'

듀크를 통해 하마스와 동료들의 통신을 중간에서 가로챈 두영은 그리 염려하지 않았다.

하마스 등이 잘 알고 있는 곳이라고 해서 그들에게 꼭 유리하다고 볼 수는 없었다.

오히려 자신들의 안방이라는 점 때문에 방심과 허점을 유도할 수도 있었던 탓이다.

특히나 자신이 펼쳐 놓은 주법은 상대의 사소한 실수도 놓치지 않고 빠져들게 하는 주법이다. 비록 기간트를 타고 있지만 충분히 상대할 수 있다고 두영은 생각하고 있었다.

'그렇지. 첫 번째는 저놈이다.'

두영은 움푹 파인 바위 아래쪽을 의심하며 조심스럽게 다가서는 바티드를 주목했다.

바티드가 다가서고 있는 곳은 약간 그늘이 져 있었다. 사람이 숨기 적당한 곳이지만 너무 뻔한 곳이었다.

그렇지만 만약의 경우를 생각해 살펴보지 않을 수 없는 지형이었다.

반격에 대비해 조심스럽게 다가가고 있었지만 이미 바티드는 주법이 펼쳐지는 범위 안으로 들어온 상태였기에 두영은 쾌재를 부르고 있었다.

'발(發)! 환몽연(幻夢煙)!'

두영은 조심스럽게 주법을 발동시켰다.

환몽연은 범위 안으로 들어온 상대를 혼란시키는 주법이다.

공간과 공간 사이의 거리를 느끼는 감각에 약간의 딜레이를 일으키는 것을 근간으로 한다.

주법에 빠져들수록 자신이 가장 두려워하는 존재를 불러오는 환각계열의 술법 중 하나였다.

'내가 잘못 봤나?'

환몽연에 들어선 바티드는 약간 이상함을 느꼈다. 하마스와의 거리가 조금은 멀어진 것 같다는 느낌이었다.

'으음, 퍼져 나가며 찾으려는 모양이로군.'

바티드는 대수롭지 않게 생각했다.

　조금 멀다고는 하지만 한 번의 도약이면 바로 도착할 수 있는 거리이기에 다시 바위 아래 그늘 쪽으로 다가섰다.

　‘별다른 흔적은 없구나. 그래도 일단은 살펴봐야겠지.’

　존재감은 없었지만 살펴봐야 했기에 바티드는 그늘 안으로 들어섰다.

　“뭐야?”

　갑자기 어두워져 버렸다. 동굴 안으로 들어온 듯 온통 캄캄한 암흑뿐이었다.

　“음! 이런 함정에 쉽게 빠져 버리다니.”

　현실 세계에서 멀어지는 듯한 기분을 느낀 바티드가 신음을 터뜨렸다.

　바티드는 자신이 함정에 빠졌다는 것을 알 수 있었다.

　기간트를 탈 전사로 선정된 후에 가진 바 실력에 상당한 진전을 이룬 자신이었다.

　동방의 술자 가문에서나 사용하는 결계에 빠져 버렸다는 사실에 자신에 대한 회의감마저 들었다.

　‘기간트를 탄 내 이목을 속일 정도라면 조심해야 한다.’

　흔적을 남기지 않은 결계도 그렇고, 이런 이계 공간 속으로 순식간에 자신을 끌어들인 상대에 대해 바티드는 오랜만에 긴장감을 느꼈다.

　“나와라!!”

　자신이 유리한 공간으로 불러들였으면 공격이 들어와야 할 시간이었다.

하지만 아무런 움직임도 없었기에 바티드는 두영을 향해 소리쳤다.

"후후후! 뭐가 그리 급한가? 천천히 하자고."

바티드는 그 순간 들린 비아냥거리는 목소리에 울화가 치밀었다. 하지만 그의 눈초리는 먹이를 찾는 뱀처럼 사방을 훑고 있었다.

'도대체 어디에 숨은 거지?'

어둠 속에서 들려오는 목소리는 확인했지만 그럼에도 위치를 찾을 수가 없었다.

결계를 이용한 것 같은데 기간트가 알려주고 있는 정보에는 그런 흔적이 전혀 없었다.

'일단 전방위로 공격을 해볼까?'

지면을 제외하고 전후좌우 사방을 향해 공격을 퍼붓다 보면 적을 노출시킬 수 있지 않을까 하는 생각이 들었다.

'아니다. 공간결계라면 괜한 헛수고다. 에너지를 낭비할 필요는 없지.'

특이한 결계인 것 같아 공격해 볼 생각을 거뒀다.

적이 노리는 것이 아무래도 자신이 착용하고 있는 기간트의 에너지를 소모시키려는 수작일 수도 있겠다는 생각이 들었다.

에너지가 떨어지면 기간트는 무용지물이라 동료들의 도움이 필요했다.

'일단 하마스와 연락을 시도해야 한다. 놈이 하늘의 그물을 차단하는 것 같으니 직접 연락을 해보면 성공할 수도 있다.'

　동료들과 연락이 되지 않는다는 것은 이번 추격전에 중심이
되는 네트워크를 차단당했다는 이야기였다.

　하늘의 그물은 매우 유용한 수단이다.

　하지만 적들이 자신들의 의식을 연결한 정신체계를 교란하
거나 차단한다면 눈뜬장님이나 마찬가지였다.

　에너지를 소모하기는 하지만 전투 모드로 전환한다면 별도
의 시스템으로 운영되는 것이 기간트였다.

　특수한 정신파로 공간을 넘어 연결되기에 하마스와 연락이
가능할 것도 같은 생각이 들었다.

　바티드는 기간트를 전투 모드로 돌렸다. 착용하고 있는 기
간트가 점차 변형되더니 거대한 동체를 드러냈다.

　[바티드!!]

　전투 모드로 변신하자마자 통신창을 통해 하마스의 음성이
뇌리를 울렸다. 바티드의 생각대로 다행히 연결이 되었다.

　[하마스?]

　[무슨 일이냐?]

　[이곳에 놈이 있다.]

　[바위 그늘에? 그곳에는 자네 혼자밖에 없지 않나?]

　커다란 바위 밑에서 갑자기 전투 모드로 돌변한 바티드를
보며 통신을 보낸 하마스는 바위 밑을 살폈지만 아무것도 없
었다.

　[내가 보인다는 말인가?]

　[그렇다.]

[결계에 빠진 것 같다. 여기는 온통 어둠뿐이다. 이곳에서 놈의 목소리를 들었다.]

[으음!]

제자리걸음을 하며 사방을 둘러보는 바티드의 기간트를 보며 하마스도 결계가 작동하고 있다는 것을 알 수 있었다.

[곧바로 잡아채서 빠져나갈 테니까 기동을 멈추고 손을 들어라.]

보통의 결계와는 달라 보였지만 미로진과 비슷해 보였기에 그다지 큰 위험을 느끼지 않아 기간트를 기동시켰다.

하마스의 기간트가 육중한 모습을 드러냈다.

하마스는 통신을 유지하며 바티드가 있는 곳으로 다가섰다.

'어?

결계를 자세히 살피려 바티드 주변에 다가가던 하마스는 무척이나 놀랐다.

갑자기 어둠이 찾아오며 바티드의 기간트를 찾을 수 없었다. 마치 어둠의 공간이 무한히 확장되는 것 같았기에 놀라지 않을 수 없었던 것이다.

두영이 펼친 것은 무척 간단한 것이지만 하나가 발동하면 조건에 따라 연이어 발휘하게 되어 있는 연차주술식이 가미된 주법이었다.

거기다가 이번에는 새로 발동된 주법이 기존의 것과 연계하며 그물이 얽히듯 기간트의 움직임까지 억제하고 있었다.

비단 움직임뿐만이 아니었다. 기간트에 장착되어 있는 각종 계측 장비들도 자신이 들어선 공간에 대한 정보를 제공하지 못하고 있었다.

[무슨 일이냐?]

통신도 끊겨 버리고, 하마스와 바티드가 움직이지 않고 멍하니 서 있는 모습을 본 다른 전사들은 이상이 생겼음을 알고는 급히 다가왔다.

하지만 그들이 도착하며 또다시 새로운 주법이 발동됐다. 여러 개의 주법이 연계되어 더욱 견고하고 강력한 함정이 완성된 것이다.

'제기랄!!'

뻔히 보이는 함정이 걸려들었다는 사실에 하마스는 어이가 없었다. 너무도 간단한 주법이라 발견하지 못한 것이 원인이었다.

복잡한 술식을 적용한 결계였다면 충분히 발견했겠지만 너무도 간단해 보여 위험 요인에서 제외된 것이 문제였다.

두영의 주법은 연계되기 시작하면 복잡한 연산에 의해 강력한 힘을 발휘하는 연차주술식이었던 것이다.

'모두의 힘을 합치지 않으면 이 결계를 깰 수 없을 것 같구나. 어떻게 해서든지 통신을 해야 한다.'

하마스는 계속해서 동료들과 통신을 시도했다. 그러나 돌아오는 것은 묵묵부답이었다.

'어쩔 수 없는 건가?'

자신을 잡고 있는 결계를 헤쳐 나가기 위해서는 한 가지 방법밖에는 없었다.

아직 밝혀져서는 안 되는 것이지만 하마스는 이대로는 안 된다는 생각에 기간트에 걸려 있는 봉인 일부를 해제하기로 했다.

'봉인 해제! 무기 타입, 블레이드! 온!'

키워드로 작용하는 하마스의 의지를 따라 그가 타고 있는 기간트의 오른손에서 푸른빛이 순식간에 솟아났다.

푸른빛은 빠르게 밑으로 뻗어 내려가며 하나의 형상을 만들어냈다. SF 영화에서나 간혹 볼 수 있는 광선검 같은 형태의 모습이었다.

푸른빛의 검은 스스로 자라며 두영이 펼친 주법의 술식 연산을 일부 잘라내 버렸다.

공간을 따라 걸쳐 놓은 연산술식 중 일부가 광선검이 자라난 탓에 틈이 생긴 것이다.

술식의 일부를 잘라내자 틈이 커졌다.

하마스는 자신의 움직임이 자유스러워졌다는 것을 느꼈다.

'타앗!'

휘이익!

오른손의 기동이 가능함을 느낀 하마스는 광선검을 휘두르며 자신의 주변에 펼쳐진 주법의 기운을 모조리 베어냈다.

혹시나 다른 동료들이 다칠까 봐 마구 휘두를 수는 없었지만 결계의 주축을 이루는 주법의 기운을 잘라냈기 때문인지 동료들이 보였다.

완전히 움직일 수 있게 된 하마스는 우선 동료 전사들을 살폈다.

가까운 거리였기에 하마스는 조심스러운 움직임으로 동료들 주변에 검을 휘둘렀다.

[고맙다.]

[만만치 않은 놈인 것 같으니 이제부터 조심해라. 그리고 첫 번째 봉인을 해제해라. 이곳에서 놈을 잡는다.]

전투 모드로 변화한 기간트를 제압할 수 있는 자라면 어려운 싸움이 될 것 같았다. 하마스는 고마움을 표시하는 동료들에게 주의를 당부했다.

* * *

대단한 기운을 가진 검이다.

연환으로 펼친 환몽연을 저리 간단하게 파훼하다니 특별한 능력을 지닌 것이 분명하다.

고밀도 에너지장에다가 알 수 없는 연산식을 적용하여 형체를 유지하고 있는 것을 보면 지금의 기술로 만들어진 것은 아닌 것 같다.

내가 살던 시대에도 이런 형태의 에너지 이용 기술은 극소수만이 사용했다. 대부분 눈앞에 보이는 기간트와 같은 크기의 전투형 로봇에 적용되고 있었다.

전사들이 직접 사용하지 못하고 전투형 로봇의 무기로 사용된 이유는 워낙 출력이 높아서였다.

고밀도 에너지 발생 장치의 크기를 작게 만들 수가 없었을 뿐만 아니라, 방출하는 에너지를 감당할 만한 보호구 개발이 어려웠기에 전투형 로봇만이 사용할 수 있었던 것이다.

아무래도 이제부터는 조심해야 할 것 같다. 주법까지 단번에 파훼하는 저런 검이라면 걸리는 순간 곧바로 황천행을 보장하니 말이다.

함정이 반밖에는 성공하지 못한 까닭에 이제부터는 본신의 힘으로만 상대해야 한다.

강력한 인식 결계와 감시 장치를 단 것 같아 일단 신형을 감추기 위한 은신결을 펼쳤다.

치고 빠지는 전략으로 시간을 벌다가 써니 일행이 무사히 추적에서 벗어나면 나도 이 자리를 벗어나야겠다.

*   *   *

파파파팍!

결계가 펼쳐져 있는 근처에 두영이 숨어 있다는 판단에 움직임을 회복한 네 명은 자신들이 타고 있는 기간트를 급가속시키며 사방으로 산개했다.

육중한 동체가 뿜어내는 강력한 힘에 대지가 부서지며 파편이 튀어 올랐다.

주법이 펼쳐져 있는 결계를 중심으로 백여 미터 정도 거리를 벌린 하마스 일행은 주변을 감시하며 모종의 준비를 하기 시작했다.

바티드를 비롯한 다른 전사들도 이미 에너지빔 형태의 검을 들고 있었다.

네 사람은 푸른빛으로 빛나는 검을 들어 올리더니 기수식을 취했다.

그들의 검에서 푸른 기운이 넘실거리며 빠르게 퍼져 나가더니 연결이 됐다. 에너지장을 이용해 결계 주변을 포위해 버린 것이다.

'제기랄!'

무척이나 빠른 대응이었다.

자리를 피한 후 게릴라 전법을 사용하려던 것이 무산되어 버린 탓에 두영은 당혹스러웠다.

사방을 에워싼 에너지의 그물이 중심축을 향해 천천히 조여 들기 시작했다.

허공까지 막아버린 탓에 피할 공간이 없었다.

[놈은 분명 이 안에 있다. 빠져나가지 못하도록 좀 더 세밀하게 유지해라.]

하마스는 동료들에게 통신을 보내 독려했다. 분명 결계 근처에 두영이 있을 거라는 판단에 이런 작전을 짠 하마스였다.

기간트에 봉인되어 있는 첫 번째 힘은 바로 자신들이 들고 있는 검이었다.

적을 벨 때 사용하기도 하지만 이렇게 에너지 역장을 만들어 공격하기도 한다.

주로 다수의 병력이나 능력자를 가두어놓고 제거할 때 사용하는 수법이었다.

에너지장이 천천히 조여들며 모든 것을 소멸시켰다. 땅 위에서 솟아오른 바위들이 녹아내리고, 식물과 작은 동물들이 한순간에 소멸했다.

기간트를 기동할 수 있는 동력원이 부족하기에 에너지장을 유지할 수 있는 시간은 고작 30분이다.

하지만 그 정도의 시간이면 자신들의 포위망 안에 갇힌 적을 쉽게 제압할 수 있을 것이라고 하마스는 판단하고 있었다.

"네놈은 갇혔다. 보면 알겠지만 이 에너지장은 모든 것을 재로 만들어 버린다. 모습을 드러내고 항복하지 않으면 죽여 버리겠다."

확성기에서 나오는 것처럼 하마스의 목소리가 기간트에서 흘러나왔다.

'제길! 어떻게 한다. 아직 완전하지 못한 몸이 말썽이로군.'

미래 시대의 자신 같았으면 기간트가 결계를 푸는 것과 동시에 자리를 이탈했을 것이다.

하지만 기간트의 속도만큼 움직일 수 없는 몸 탓에 벗어나지 못하고 갇혀 버렸다.

이 상태에서는 대항이 어렵다는 것을 알고 있는 두영은 대응 방법이 마땅히 떠오르지 않았다.

'그 방법을 써야 하나.'

굳이 대응책이 없는 것은 아니었다.

기간트들이 펼치고 있는 에너지장을 흡수하는 방법이 있었다. 그러나 상당한 위험을 동반하기에 고심을 해야 했다.

'듀크, 저들이 뻗어내는 에너지를 흡수하려고 하는데 조율할 수 있겠어?'

―위험합니다, 주군. 다른 곳으로 흘려버리고 빠져나가는 방법을 권고합니다.

'나도 알지만 그게 쉽지가 않을 것 같아. 여기 펼쳐져 있는 에너지장은 저들의 의지로 구현된 것이야. 의식을 파고들어 의지를 흐리게 하면 좋겠지만 기간트라는 괴물에 펼쳐져 있는 방어 라인을 지금 내 수준으로는 뚫기 어려워.'

―그 정도라니, 아예 괴물이로군요.

'그뿐만이 아닌 것 같아. 저들에게는 또 다른 힘이 있는 것이 분명해 보여. 그것까지 펼쳐진다면 여기서 뼈를 묻어야 할 거야. 그러니 네가 조절할 수 있는지 파악해 봐.'

―어느 정도나 되는지 한번 살펴보겠습니다.

듀크도 두영의 말에 일리가 있다는 판단을 내렸다.

두영의 변화된 몸이라면 에너지를 조율할 경우 흡수할 가능서도 있기에 빠르게 연산에 들어갔다.

―어느 선까지 저들이 에너지장을 유지할 수 있을지는 모르겠지만 30분 정도는 가능할 것 같습니다.

'동력원이 얼마냐가 문제가 되겠군.'

각자 네 개의 핵연료를 흡수했었다. 처음 기동을 시작한 이

후 한 시간 정도 지나 흡수한 것을 보면 그리 오래 유지하지는 못할 것 같다는 생각이 든 두영은 결정을 내렸다.

'듀크, 시행하자. 저들은 오래 유지하지 못할 거다.'

—알겠습니다, 주군. 그럼 곧장 시행하겠습니다. 충격에 대비하십시오.

두영의 명령을 받은 듀크는 주변의 에너지장을 두영의 몸으로 끌어들이기 시작했다.

고통스러웠지만 한 번에 흡수할 수 있는 양이 있기에 임계점을 조절하는 데 전력을 기울였다.

'이런!!'

자신의 의지와는 다르게 에너지장이 비틀리기 시작하자 하마스가 당혹성을 내뱉었다.

[비틀리고 있다. 최대한 정신을 집중해라.]

하마스는 다급하게 동료들에게 통신을 보냈다.

에너지장이 비틀려 틈이 생긴다면 애써 가두어놓은 두영이 탈출할 것이기에 하마스와 그의 동료들은 전력을 기울여 집중하기 시작했다.

'어, 어떻게 저런 일이……'

막 통신을 끝낸 하마스는 놀라운 광경을 목격해야만 했다. 포위망을 형성했던 에너지들이 한곳으로 집중하기 시작하더니 그 안에 사람의 형상이 보이고 있었다.

[하마스, 어떻게 저럴 수 있냐?]

푸른빛에 휩싸인 사람의 형상을 바라보는 다른 전사들도 기겁하지 않을 수 없었다.

강철이라 할지라도 불과 수초 만에 녹아 없어지는데 인간이 버티고 있었다. 대마법방어진이 새겨져 있는 기간트라 할지라도 자신이 만들어낸 에너지장 안에서는 고작 몇십 초를 견딜 수 있을 뿐이었다. 그런 힘이 집중되고 있는데도 인간의 육신을 가진 채 버티고 있는 것을 본 하마스는 지금까지 보아온 능력자와는 다르다는 것을 알고 소름이 끼쳤다. 자신들의 공격이 성공한 것이 아니라 위험에 노출되었다는 것을 알아차린 것이다.

[포위망을 풀고 산개해라! 어서!!]

하마스는 다급하게 소리를 질렀다. 에너지가 빠르게 고갈되고 있기도 하지만 인간 같지 않은 존재인 두영의 반격이 두려웠기 때문이기도 했다.

[하마스, 회수가 되지 않는다. 뭔가가 강제로 에너지를 뽑아내고 있다.]

바티드의 통신이 아니더라도 하마스 또한 알고 있었다.

에너지 공급을 중단시키는 명령을 내렸는데도 불구하고 기간트는 아직까지 에너지장을 유지하고 있었던 것이다.

기간트가 통제되지 않고 있었다. 적에게 탈취당할 가능성이 있어 독립된 존재로 운영되는 것이 기간트였다.

텔레파시를 통한 감응이나 어떠한 주술적 정신 공격도 방어할 수 있도록 만들어진 것이 바로 기간트다.

그런데 탑승자의 통제를 벗어나 스스로 에너지를 뽑아내고 있다니 말이 되지 않는 일이었다.

[이대로 가다가는 놈을 놓친다. 전사들은 포위망을 구축하고 놈이 빠져나가지 못하도록 막아라.]

이 상태라면 기간트는 동력이 떨어져 기동이 불가능해질 것이 분명했다.

빠르게 떨어져 가고 있는 게이지를 보며 하마스는 협곡 외부에 포위망을 구축하고 있는 전사들에게 명령을 내렸다.

막는 것이 불가능해 보였지만 그래도 어쩔 수 없었다. 기간트를 해제하고 자신들이 나서기 전까지 짧지만 시간의 틈을 메워야만 했다.

치지지직!

"크으으!"

뇌전처럼 몰아치는 에너지를 고스란히 흡수하고 있는 두영은 이를 악물며 참아내고 있지만 자신도 모르게 흘러나오는 신음은 막을 수가 없었다.

—얼마 남지 않은 것 같습니다. 참으십시오, 주군!

듀크 또한 전력을 다하고 있었다. 직접적인 접촉 없이 무한으로 뻗어가는 모든 경우의 수를 산정하며 에너지의 양을 조율했다.

방향성을 예측할 수 없는 에너지들을 일일이 조율해 한계를 넘기지 않고 흡수할 수 있도록 조절하기 위해 듀크는 자신이 가진 연산 능력을 모두 동원하고 있었다.

'크으윽! 얼마나 남은 것 같으냐?'

─길어야 이삼 분입니다. 문제는 흡수가 끝난 후입니다. 주군의 육체 활동 능력이 급격히 떨어질 것이 분명합니다.

'크으! 그럼 이곳으로 오고 있는 자들이 문제가 되겠군.'

두영은 협곡을 타고 내려오는 자들을 볼 수 있었다.

터번을 두른 채 달려오고 있는 자들은 거의 날듯이 움직이고 있었다.

이면 세계에서 활동하고 있는 능력자들이 분명했다.

고통이 점점 줄어들고는 있지만 생체 활동 능력은 거의 제로에 가까워지고 있었다.

에너지 흡수가 끝나고 체력이 완전히 떨어진 상태에서는 붙잡힐 것이 분명했다.

'좌표 이동은 아직 불가능하지?'

두영이 듀크에게 물었다.

─불가능합니다. 좌표를 통한 텔레포트는 인공위성을 통해 지구 전체의 좌표를 계산한 후에나 가능합니다.

최선의 방법은 텔레포트였다. 하지만 좌표 계산이 완벽하지 않은 텔레포트는 그야말로 자살 행위였다.

'그럼, 놈들을 속여야겠군. 두어 번 정도는 주법을 시전할 수 있으니까 말이야.'

─속이는 겁니까?

'기간트라는 저 괴물만 아니라면 가능할 것도 같아.'

에너지가 떨어지면 기간트는 움직일 수 없을 것이 분명했다. 주법으로 가체(假體)를 만들어 탈출하는 것처럼 보이고 난 뒤 숨어버리면 벗어날 수 있을 것이라 판단한 두영은 빠르게 주법을 이용하기로 했다.

"주(呪)! 암뢰(暗儡)! 산(散)! 은신결(隱身結)!"

에너지가 고갈되고 기간트의 몸체가 줄어드는 것과 동시에 두영은 흑요기를 이용해 암뢰와 은신결을 시전했다.

스르르!

두영의 몸이 꺼지듯 사라지며 검은 형체가 하마스 등이 만든 포위망을 뚫고 빠르게 사라져 갔다.

'저건!!'

하마스의 눈은 암뢰를 놓치지 않았다. 얼굴은 분간이 가지 않았지만 분명 인간의 형상이었다.

[놈이 동쪽으로 도주한다. 그쪽으로 포위망을 두텁게 하고 빠져나가지 못하도록 시간을 끌어라.]

하늘의 그물을 통해 내려진 하마스의 명령은 전사들에게 곧바로 전달됐다. 사방에서 달려오던 전사들의 움직임이 동쪽으로 향했다.

차차착!

파팟!

기간트의 변형이 끝나자 하마스는 곧장 암뢰가 달려간 방향으로 달리기 시작했다.

기간트를 운용하지 않았음에도 그의 발걸음은 한 번에 수 미터씩 뻗어 나갔다.

바티드를 비롯한 다른 전사들도 기간트의 변형이 완료되자

뒤이어 하마스를 쫓았다.

'됐다.'

암뢰의 유지 시간은 고작해야 10여 분이었다.

속임수가 통해 쾌재를 부른 두영은 바위가 녹아들어 까맣게 타들어간 장소에 몸을 숨겼다.

등잔 밑이 어둡다고, 기간트의 에너지장으로 인해 폐허가 된 곳에 몸을 숨긴 것이다.

두영이 몸을 숨기고 있을 무렵 하마스는 암뢰를 거의 추격했다. 앞에는 전사들이 있어 빠져나가기 힘들어 보였다.

'어떻게 했는지 모르지만 놈은 분명 내상을 입었다.'

도주하는 것을 보면 에너지장을 막아냈을지는 몰라도 타격을 입었음이 분명했다. 포위한 전사들만으로는 힘들지라도 자신과 동료들이 합세하면 충분히 잡을 수 있다고 생각했다.

"차앗!"

자신의 간격 안으로 암뢰가 들어오자 하마스는 기합을 지르며 대지를 박차고 올랐다.

쾌직!

대지가 부서지며 비산했다. 강력한 힘의 반동으로 인한 결과였다. 검으로 화한 기간트가 날카로운 빛을 뿜어내며 암뢰를 향해 날아들었다.

"이놈! 여기가 끝이다."

검의 궤적 안에 들어온 것을 확인한 하마스가 회심의 미소를 지었다.

휘익!

검이 그저 허공만 지나가 버렸다. 검은 형체의 암뢰는 곧바로 사라져 버렸다.

"아까 거기다."

두영이 자신들을 속였다는 것을 알아차린 하마스는 곧바로 신형을 돌렸다.

하마스가 곧바로 신형을 되돌려 두영을 공격했던 곳으로 방향을 틀자 그의 동료들도 재빨리 뒤를 쫓았다.

"어떻게 된 거냐?"

"놈이 우리를 속였다."

"뭐라고?"

"아까 그곳에 놈이 있어야 할 텐데……."

폐허가 되어버린 곳에 도착한 하마스는 일대를 뒤졌지만 아무것도 발견할 수가 없었다.

'놈도 무사하지는 못했을 것이다.'

속임수를 써서 이목을 따돌리려 했다면 부상을 입은 것이 틀림없었다. 일반 전사들을 동원한다면 충분히 잡을 수 있다는 판단이 들었다.

"이놈, 빠져나갔구나! 전역에 경계망을 펼치고 놈을 찾아라!"

하마스는 몰려오는 전사들에게 지시를 내렸다.

＊　　　＊　　　＊

국경 부근을 비롯해 전역에 걸쳐 전사들의 수색이 시작됐다. 대대적인 수색이 이루어졌고 경계망도 강화했지만, 두영의 행방은 오리무중이었다.

다들 지쳐 갔지만 두영이 사막 어디에선가 몸을 회복하고 있을 것이라 판단한 하마스는 경계망을 풀지 않았다.

그렇지만 하마스의 판단은 반만 맞았다. 몸을 회복하고 있는 것은 맞았지만 두영이 머물고 있는 장소는 엉뚱한 곳이었다.

사실 두영은 하마스가 전사들에게 지시를 내리고 수색 작전을 시작하는 순간, 기간트의 에너지를 흡수한 장소를 빠져나와 곧장 동쪽으로 움직였다.

그리고 남쪽으로 이동한 후 써니 일행에게 알려준 장소에서 배를 탈 수 있었다.

두영은 이미 사막이 아니라 공해상으로 포위망을 빠져나온 배 안에서 정양하는 중이었다.

"괜찮은 건가요?"

지난 이틀 동안 두영을 간호한 써니가 물었다.

"많이 좋아졌어. 배는 잘 가고 있는 거지?"

"완벽하게 따돌렸어요. 그런데 어떻게 그렇게 적들의 위치를 잘 알 수 있었던 거예요?"

오빠가 준 팔찌를 통해 들어오는 두영의 지시로 움직이는 동안 단 한 명도 추적자를 만나지 못했기에 써니가 물었다.

"친구 놈 덕분에 인공위성을 쓸 수 있었어."

사실대로 알려줄 수는 없기에 두영이 성준을 팔았다.

"그 사람이 투자한 회사에서 쓰는 것 말인가요?"

"그래. 덕분에 좀 도움이 됐지."

"그렇군요."

이면 세계의 사람들이라도 인공위성을 쓰는 것은 몇몇 특별한 가문뿐이었다.

그런데 두영이 비록 친구에게 빌리기는 했지만 인공위성을 이용해 자신들에게 정보를 제공했다는 사실이 써니로서는 대단해 보였다.

"며칠쯤 걸릴 것 같아?"

"홍콩 쪽으로 가서 곧장 비행기를 타니까 사흘 후면 보스턴에 도착할 거예요."

"다행이로군."

"그나저나 오빠가 그것들을 해석할 수 있어야 하는데 걱정이에요."

두영은 정양하는 동안 아흐마드에게서 빼돌린 양피지들을 함께 살펴봤지만 별다른 정보를 얻지 못했다.

고대어로 쓰인 탓에 해독하기가 그리 쉽지 않았던 것이다.

"그래도 예상보다 일이 훨씬 잘 풀렸어. 보스턴에 돌아가면 가지고 나온 자료들을 한번 살펴보자고."

듀크에게 해석을 맡겨놓기는 했지만, 상당한 시간이 걸릴 것이라는 답변뿐이었기에 보스턴에 돌아가는 대로 스티브에게 자문을 구하기로 했다.

기간트가 자신의 가문에서 심혈을 기울인 마법무구일지도 모른다는 생각에 애가 타는 써니의 심정은 알지만 듀크의 일까지는 말해줄 수 없었다.

"그래요. 오빠에게 보여주면 뭔가 나오겠지요."

오빠라면 충분히 해석이 가능할 것이라는 믿음을 가지며 써니가 고개를 끄덕였다.

두영과 써니 일행은 별다른 일 없이 홍콩에서 바로 비행기를 타고 보스턴에 도착할 수 있었다.

일등석을 예약해 놓았기에 비행기로 오는 동안 불편하지는 않았다.

보스턴에 도착해 두영은 성준에게 연락을 하고 난 후 일이 있다며 곧장 연구실로 향했다.

이번에 기간트의 에너지를 흡수한 일로 인해 손톱 밑에 숨겨두었던 세포가 변이를 일으키기 시작했기에, 자세히 알아보기 위해서였다.

써니는 곧바로 스티브에게로 갔다.

이번에 두영으로부터 얻은 양피지를 해석하기 위해서였다.

써니는 스티브의 연구실에 도착한 후, 지금까지 벌어졌던 일에 대해 이야기를 해주고 두영이 얻은 양피지를 보여주었다.

"이게 그거라는 말이냐?"

스티브는 양피지를 들고 하나하나 자세하게 살폈다.

"고대 수메르 어로군."

"수메르 어?"

"그래, 인류 최초라고도 전해지는 문명이지. 최초로 법을 만들고 맥주를 만들어 마셨던 자들이 수메르 인이다. 이건 그들의 언어를 빌려 쓴 거다."

"그렇구나."

스티브의 말에 써니는 오빠의 박학다식함에 놀랐다.

"해석을 하려면 시간이 좀 걸릴 것 같다. 그러니 일단 그놈들에 대해서 알아보는 게 좋을 것이다, 써니야."

스티브가 이란에서 만난 자들에 대해 알아볼 것을 권유했다.

"나도 그러려고 했어. 그쪽은 워낙 폐쇄된 곳이라 어렵겠지만 전쟁상인들이라면 어느 정도 정보를 얻을 수 있을 것 같아."

"그렇지만 조심해라. 테러를 아무렇지 않게 자행할 정도로 집요하고 지독한 자들이니 말이다."

"알았어. 그리고 너무 걱정 마, 오빠. 우리도 만만치 않으니까."

"그래, 보스가 있어 마음은 놓인다만 조심해야 한다."

자신을 걱정하는 오빠의 말에 써니는 오랜만에 푸근함을 느꼈다. 가문의 일로 의견이 엇갈려 한동안 소원했는데 이제는 그럴 일이 없을 것 같았다.

"그나저나 수련은 어느 정도 진척이 있어?"

이제부터 본격적으로 마법무투술을 수련할 생각이었던 써

니는 자신보다 먼저 가문의 비기를 수련하기 시작한 스티브에게 물었다.

"하하하, 요즈음 푹 빠져 산다. 가문의 비기를 이렇게 익힐 수 있다니 정말 꿈만 같은 시간이다."

무척이나 환해 보이는 표정을 보니 상당한 진척이 있는 것 같았다.

가문의 비기를 익히지 않은 상태에서도 이만한 연구실을 꾸릴 수 있는 실력을 쌓은 오빠라면 머지않아 가문의 비기를 익혀낼 것이 분명해 보였다.

"칼마는?"

"그 녀석은 아예 침식을 잊고 산다. 진척도 매우 빠른 편이고 말이야."

"하긴, 말은 안 했지만 무척 원하던 일이니까."

"마법에 대한 열정은 누구보다 강한 아이이지. 거기다 재능도 탁월하고. 머지않아 가문 역사상 최고의 마법사를 볼 수 있을 것이다."

"정말 열심인가 보네."

"그래, 너나 네 의동생들보다 더 열정적이다. 건강이 상하지 않을까 염려스러울 정도로 푹 빠져 사니 말이다."

"한번 봐야겠어."

"아직은 아니다. 마법 결계 속에서 수련하는 중이니 적어도 열흘 후에나 나올 거다. 그러니 그때 보도록 해라."

"언제 들어갔는데 아직까지 있는 거야?"

"열흘 전이다."

"너무 무리하는 거 아닌가?"

스티브가 가문의 비기를 이용해 설치한 마법 결계는 인식을 조작해 시간의 흐름을 느리게 하는 마법진이다.

시간에 대한 인식이 느려지기는 하지만 그 외에 다른 것은 정상이라 깨달음이 있어야 하는 마법을 수련하는 데는 최적의 장소였다.

그렇지만 인식을 제어하는 것이 강제인 이상 한 번에 열흘 이상 수련한다는 것은 큰 문제가 있을 수 있기에 써니가 걱정을 드러냈다.

"무리이기는 하지만 그동안 내가 모아놓은 영약들로 녀석의 체력이 떨어지지 않도록 하고 있는 중이니 너무 걱정하지는 마라. 그리고 너와 네 의동생들 것도 준비해 놓았으니 수련 때 사용해라."

"고마워, 오빠."

자신이 이란에서 일을 마무리 짓는 동안 오빠가 많은 준비를 했다는 것을 안 써니는 무척이나 고마웠다.

"그나저나 보스는 그 제니언이라는 자를 어떻게 할 작정이라더냐?"

"모르겠어. 개인적으로도 아주 중요한 일이라 아직 거리를 두지 않을 작정인가 봐. 놈들이 아무리 보스를 어떻게 하려고 해도 특급 능력자를 상회하는 능력을 가지신 분이니까 아무 일 없을 거야."

“그렇기는 하겠지만……..”

기간트들과 싸웠다는 자드키엘에 대해 이미 들은 바 있는 스티브는 걱정이 되지 않을 수 없었다.

아무리 두영의 능력이 출중하다고 해도 이면 세계의 인물들이 본격적으로 등장하기 시작한 것이다.

특별한 능력을 가진 이들이 개입하기 시작한 이상 미리 대비하지 않는다면 심각한 위험 상황에 부딪칠 수 있었다.

“걱정 마, 오빠. 보스가 연구실로 곧바로 간 것도 아마 이번 일을 통해 뭔가 특별한 깨달음을 얻었기 때문인 것 같으니까.”

“깨달음?”

“잘은 모르겠지만 그런 것 같아. 비행기를 타고 오는 동안 내내 자기만 했는데 풍기는 기운이 시시각각 변했어. 너무 급격한 변동이라 내 힘으로 파장이 퍼지는 것을 막아야 할 정도였으니까.”

“그 정도라는 말이냐?”

잠이 든 상태에서 외부에 노출될 정도로 기운의 변화가 심했다면 동생의 이야기대로 새로운 깨달음을 얻은 것이 분명했다.

동생이 느끼는 정도라면 아주 특별한 것으로 생각되었다. 자신이 걱정하고 있는 일들은 일어나지 않을 확률이 높기에 안심이 되었다.

‘어느 정도 능력을 지녔는지 지금도 측량하기 어려운데 또다시 깨달음이라니, 도대체!’

스티브는 두영이 인간 같지 않아 보였다. 이면 세계의 특별한 능력자를 모르지 않는 자신이었다. 그러나 두영만큼 특이한 존재는 찾아보기 힘들었다.

자신의 계측에도 전혀 파악할 수 없는 능력은 둘째 치고, 볼 때마다 성장하는 것 같은 능력은 경이 그 자체였다.

*　　　*　　　*

공항에서 곧바로 실험실로 돌아온 두영은 주법을 이용해 실험실에 설치된 CCTV와 도청 장치 등도 모두 막아버렸다.

그리고는 장비들을 이용해 몇 가지 측정을 실시했다. 아직 휴가라 아무도 들어오는 이가 없어 편하게 실험을 할 수 있었다.

생각대로 변화가 시작되고 있었다.

아주 느리기는 하지만 손톱 밑에 숨겨두었던 세포가 변이를 시작하며 기존의 세포를 잠식하고 있었던 것이다.

"듀크!"

─말씀하십시오, 주군!

"너와 계측 장비를 연결하고 검사를 실시해 봐. 이 장비로는 정확히 파악할 수 없으니까 말이야."

─알겠습니다.

듀크가 연결 상태를 확인하기 시작했다. 그리고는 두영의 몸에 달린 계측 장비를 통해 신체의 변화를 파악했다.

─현재 유전자 변이가 진행 중입니다. 가장 많은 변화가 진행되고 있는 것은 혈액입니다. 뇌의 변화도 감지가 되고 있습

니다.

"어떤 형태냐?"

―저로서도 파악이 불가능합니다. 아마도 이번 에너지 흡수가 연관이 된 것 같은데 제 정보에는 없는 물질로 변화하고 있는 중이라 변이 정도를 파악하기가 매우 어렵습니다.

"으음!"

두영이 신음을 흘렸다. 듀크도 파악하지 못한다면 큰 문제였다. 자칫 위험한 상황이 발생할 수도 있는 일이기 때문이다.

"완전히 변이를 마치기까지는 얼마나 시간이 걸릴 것 같나?"

―변화가 감지된 시기부터 현재까지의 진행 정도를 보면 대략 일주일 정도 걸릴 것 같습니다.

"일주일이라……. 좋아, 듀크 넌 스티브가 준 통신기를 통해 계속 측정하도록 해줘. 이상이 생기면 곧바로 이야기를 해주고. 난 정신 계통에서 어떤 변화가 일어나는지 알아볼 테니까 말이야."

―알았습니다, 주군.

듀크와 통신을 끝낸 두영은 계측 장비를 떼어내고 휴게실로 갔다.

사람이 들어올 것을 대비해 주법을 시전하여 별도의 공간을 만든 두영은 안으로 들어가 가부좌를 틀고는 자신의 정신 상태를 점검하기 위해 명상에 빠져들었다.

몸이 진화하고 있었다.

아카식레코드를 간직한 데이터들이 세포들과 접속해 정보를 전달하고, 특별한 물질들이 세포 내로 주입되고 있었다.

그 물질들은 모두 네 가지였다.

두영은 자신의 정신세계로 들어간 후, 이런 사실을 곧바로 알 수 있었다. 아카식레코드로부터 전해지는 정보들을 통해서였다.

두영으로서도 네 가지 물질은 알고 있는 것들이 아니었다.

아카식레코드에도 나와 있지 않는, 하나같이 특이해 보이는 물질들이었다.

그나마 안심이 되는 것은 그다지 자신에게 해가 되지 않아 보인다는 것이었다.

두영은 자신의 몸이 변해가는 과정을 조용히 지켜보았다.

세포 전체가 하나의 의식으로 연결되어 가는 과정은 매우 빠르게 진행됐지만 두영은 그것들이 의미하는 바를 한순간에 알 수 있었다.

자신의 몸은 변해가고 있었다. 대를 이어 연구해 오던 무한의 신체로 자신이 접어들고 있다는 것을 직감적으로 느꼈다.

자신이 절대, 혹은 신비의 극한이라 불리는 우주의 비밀 중 하나를 손에 넣었다는 것을 깨닫고 있었다.

CHAPTER 05
준동

TIME
SLICE 타임 슬라이스

두영이 자신의 신체 변화를 인식하며 새로운 진화를 겪고 있을 무렵, 네오클래스의 근거지가 있는 에어리어51에서는 인공위성에서 보내온 자료로 인해 비상사태가 발생했다.

자드키엘과 전투를 벌이고 있는 기간트의 모습이 담긴 영상은 결코 무시할 수 없는 것이기에 네오클래스의 삼대신비라 일컬어지는 자들이 모두 모여 있었다.

바로 네오클래스의 의장이자 침묵의 사원의 주인인 마트암, 혈탑의 수장이라고 할 수 있는 타론, 그리고 사자의 터널을 지배하는 케루난이었다.

"어떻게들 생각하는가?"

한 번도 자신의 구역을 벗어나지 않고 침묵의 사원에 앉아 네오클래스를 지배하는 마트암이 어둠 속에서 말했다.

'이제는 완전히 동화됐나 보군. 역대 의장 중 이렇게 완벽하게 어둠에 동화된 존재는 없었건만……'

제일사자이자 의장에 이어 네오클래스의 서열 2위인 타론은 나직한 의장의 목소리를 들으며 새삼 무서운 존재라는 것을 깨달았다.

마트암은 분명히 자신들과 같이 있지만 침묵의 사원이 만들어낸 어둠 속에 있는 그를 자신의 힘으로도 찾을 수 없었다. 자신의 능력을 초월해 버린 의장을 보고 속으로는 무척이나 놀라고 있던 타론은 태연한 척 표정을 감추며 목소리가 들려온 방향을 쳐다보다 입을 열었다.

"그들이 새로운 스피릿아머를 개발한 것 같군요."

"자네도 스피릿아머라고 생각하는군. 케루난, 자네는 어떤가?"

마트암의 물음에 타론 앞에 앉은 이가 대답했다. 사자의 터널이라 불리는 네오클래스의 중심축 중 하나를 장악하고 있는 케루난이 입을 연 것이다.

"저 또한 마찬가지입니다. 태양의 자손들이 스피릿아머를 만들어냈다면 문제가 심각해질 수도 있을 것 같습니다."

검은 로브를 입고 있어 모습을 확인할 수 없지만, 스피릿아머를 태양의 후예가 가지고 있다는 사실에 케루난은 무척이나 곤혹스러운 듯했다.

무덤덤한 어조로 말하기는 했지만 그로서도 무척이나 놀라운 일이었다.

"자세한 내용은 자드키엘이 돌아오면 확실히 알 수 있겠지만, 영상으로 나타난 모습으로 볼 때 자드키엘과 전투를 벌였던 존재는 스피릿아머가 분명해 보이네."

마트암으로서도 두 사람과 같은 생각이었기에 어조가 무척이나 굳어 있었다.

"어떻게 할 생각이십니까?"

앞으로의 계획에 대해 타론이 물었다.

"일단 놈들의 세력부터 파악해야겠네. 그동안 우리에게 테러로만 일관하던 놈들이 이제 본격적으로 활동을 시작한 것 같으니 말이네. 알파 팀 요원들이면 충분할 것 같은데 자네가 수고해 주겠나?"

의장이 이런 식으로 말할 때는 반드시 따라야 하는 명령이나 마찬가지였다. 권유하는 것처럼 보이지만 사실은 반드시 이행해야 한다고 못을 박는 것이다.

'아직 준비가 안 된 모양이로군.'

자신의 휘하이기는 하지만 언제부터인가 의장의 수족으로 전락한 알파 팀이었다.

의장인 마트암이 움직이고자 한다면 자신의 의견을 무시하고 움직일 수 있었다.

그럼에도 이렇게 의견을 묻는 것을 보면 네오클래스 전체를 아우를 힘이 아직 준비되지 않았다는 것을 느낄 수 있었다.

'어디 한번 확인을 해봐야겠군.'

　타론은 의장의 힘을 확인해 보고 싶었다. 만약 다른 힘을 필요로 한다면 아직 네오클래스를 손아귀에 넣을 수 있는 기회가 있을지도 모르는 일이었다.

　"알파 팀 요원들로도 부족할 것 같은데 괜찮겠습니까?"

　"그렇기는 할 것이네. 자드키엘이 힘을 제대로 발휘하지 못한 것을 보면 말이야."

　마트암도 타론의 말에 동의하는 듯했다. 자드키엘은 발군의 실력을 가진 요원이다.

　그런 그녀가 쫓기듯 도망쳐야 했다면 알파 팀으로서도 태양의 후예들을 상대하기 힘들다는 것을 인식한 것이다.

　"저희 쪽에서도 힘을 보태겠습니다."

　타론의 걱정스러운 말투에 케루난이 나서며 말했다.

　"사자의 터널에서 말인가?"

　"그렇습니다. 이번 일도 어찌 보면 저희의 일이나 다름없지 않겠습니까? 휘하에 있는 아이들이 알파 팀 요원들을 돕는다면 놈들을 충분히 상대할 수 있을 겁니다."

　"그렇기도 하겠군."

　사자의 터널은 네오클래스에서 운영하고 있는 첩보 조직이다.

　전 세계를 상대로 네오클래스의 적이 될 만한 자들을 찾아내 사전에 섬멸시키는 것이 이들의 주된 임무다.

　사자의 터널에 걸려들지 않은 조직이 나타났다면 케루난의 책임이나 마찬가지인 일이었다.

"피의 탑의 알파 팀과 사자의 터널이 합작을 한다면 놈들을 충분히 상대할 수 있겠군. 좋아, 그 일은 그렇게 처리하도록 결정난 것으로 하겠네."

"그럼, 태양의 후예와의 전쟁이 선포된 것이로군요."

"그렇지. 봉인되지 않은 스피릿아머의 힘을 손에 넣은 이상 놈들은 이제 이 세계에서 소멸되어야 하네. 스피릿아머의 비밀이 밝혀짐으로 인해 다시 과거와 같은 전철을 밟아서는 안 되니까 말이네. 이제부터 천 년의 전쟁이 다시 시작되는 것이지."

네오클래스의 의장인 마트암이 결정을 내렸다. 네오클래스를 이루는 중심축인 세 사람의 합의로 내려진 결정이다.

세상을 종말로 몰아넣을지도 모르는 전쟁이 드디어 시작되고 있었다.

스피릿아머에 얽혀 있는 비밀은 세상에 나와서는 안 되는 것이다.

봉인의 이상 유무를 확인하고, 칠대부족에 의해 해제되는 것을 막는 것은 네오클래스가 생기고부터 내려온 절대 사명이다.

세계를 지배하는 힘의 원천은 자신들을 제외하고 그 누구도 알아서는 안 되는 일이었기에 네오클래스는 세계를 피의 도가니로 몰아넣을지도 모르는 전쟁을 시작하려 하고 있었다.

*　　　*　　　*

명상에 잠긴 지 사흘은 지난 것 같다. 아직도 변화는 지속되고 있다.

변화가 끝나야 하건만 시간이 계속 지나고 있는 것은 알 수 없는 물질들 때문이다.

사실 변화를 이끄는 촉매 역할을 하고 있는 네 가지는 물질이라고 말하기도 어렵다.

물질이라기보다는 정신체에 가까운 것들이 분명해 보인다. 거의 존재에 가까운 의지라고 할 수 있다.

그저 아무런 목적 없이 의지를 유지하기 위해 세포 속으로 파고들고 있는 중이니까 말이다.

네 가지 물질이 정신체라는 것을 알게 된 것은 물질적인 특성을 가지지 않았다는 것을 확인했기 때문이기도 하지만, 변화를 재촉하는 정체불명의 네 존재로부터 전해지는 여러 가지 정보를 통해 내 상태를 알 수 있었기 때문이다.

불가사의한 존재들로 인해 내가 그렇게 가지고 싶어 하던 파워슈트의 기능도 이미 세포 곳곳에 녹아든 지 오래라는 것을 파악할 수 있었다.

거기다가 라본 행성에서 얻은 것, 그리고 칼 스미스로 인해 미지의 공간에서 얻었던 것들도 모두 함께 녹아들었다는 사실도 알 수 있었다.

몸의 변화에 대한 정보는 얻었지만 걱정이 되지 않을 수 없다. 네 존재로 인해 내 몸에 대해 나조차 알 수 없는 상태로 진입해 가고 있는 중이니 말이다.

어째서 내게 이런 현상이 일어나는지 미칠 노릇이다.

내가 원하는 것은 아카식레코드에 기록되어 있는 능력들과 그것들을 완벽하게 구현할 수 있는 최상의 신체뿐인데 말이다.

잘못하면 제니언 교수가 알아차릴 수도 있는 일이니 빨리 끝나면 좋으련만.

얼마나 시간이 지났는지 모를 일이다.

이제 하나둘 존재감들이 사라져 간다. 내게 쏟아붓고 있는 힘들이 이제 한계에 다다른 것 같다.

불가사의한 존재들로부터 전해지는 의지가 점차 사라지고 있으니 말이다.

이것들이 나를 어떻게 바꿔놓았는지 모르겠지만 내가 원하던 신체의 진화는 몇 개의 벽을 이미 넘어선 것 같다.

이제 난 인간의 한계를 초월한 미지의 세계로 초대된 것이다.

*   *   *

전신에 퍼져 자신을 바꾸어놓았던 정신체들의 존재감이 사라졌다는 것을 확인한 두영이 감았던 눈을 떴다.

푸르스름한 광채가 두영의 눈에 잠시 머물다가 사라져 갔다. 심유하게 변해 버린 두영의 눈은 마치 심해를 보는 것처럼 아무것도 느껴지지 않는 무심함을 담고 있었다.

"이제 끝이 난 건가? 시간이 얼마나 지났는지 모르겠군."

두영은 자리에서 일어나 벽에 걸려 있는 전자시계를 바라봤다. 시계의 액정에 나타난 날짜는 명상에 들기 전에 보았던 것보다 일주일이나 지나 있었다.

"곤란하게 됐다. 일주일이나 지났다면 성준이도 이미 돌아왔을 텐데……."

성준이 밴프 국립공원에서 돌아오기로 했던 날보다 하루가 더 지났음을 확인한 두영은 눈살을 찌푸렸다.

휴가가 끝나면 제니언 교수의 눈을 피해 다시 한 번 자신의 손톱 밑에 있는 세포를 검사하기로 한 까닭이다.

"지금 실험실에 있을 테니 일단 나가보자."

두영은 자리에서 일어났다. 신체의 변화를 알아보는 것 보다 성준을 만나 사과하는 것이 지금은 더 큰 일이었다.

"해(解)!"

휴게실에 펼쳐 놨던 결계를 풀기 위해 주법을 펼쳤다.

삼천기를 사용하려고 했는데 전혀 다른 기운이 뻗어나가 순식간에 결계를 풀어버렸다.

"이것인가?"

백선기와 흑요기, 그리고 그것을 아우르는 찬황기도 아닌 제사의 기운이 결계를 풀어버리자 두영은 놀라지 않을 수 없었다.

삼천기를 사용하는 것에 비해서 비교도 되지 않을 만큼 작은 기운으로 결계를 풀어버렸다.

새삼스럽게 자신의 변한 신체에 대해 의아함을 느꼈지만 나중에 알아보기로 마음을 먹은 터라 일단 휴게실을 나서 실험실로 가야 했다.

'화가 많이 난 모양이구나.'

실험실로 가는 긴 창을 통해 두영은 안에서 서성거리는 성준을 볼 수 있었다.

비밀번호를 누르고 지문 인식을 통해 신분을 확인한 두영이 실험실 안으로 들어갔다.

"너, 인마!!"

"걱정했냐?"

소리를 지르는 성준의 목소리에 두영이 덤덤하게 대답했다.

"그걸 말이라고 하냐? 중동에 난리가 났는데 말이다."

이면 세계의 일이라 소란이 있을지언정 별다른 사태는 발생하지 않을 것이라 생각했는데 의외의 말이었다.

"중동에 난리가 나다니 무슨 말이냐?"

"그래, 인마! 난 네가 여행 가서 죽은 줄 알았다."

"주야장천 수련에 매달리다 이제 돌아오는 길이라 무슨 소리인지 모르겠다."

결계로 인해 세상과 완전히 단절된 채 명상에 잠겨 있었던 두영은 듀크로부터도 연락을 받지 못한 터라 무슨 일이 일어났는지 조바심이 났다.

"이틀 전에 중동에서 전쟁이 터졌다. 이스라엘하고 미국, 그리고 중동 국가 전부하고 말이다."

"뭐!!"

"인마! 세계 3차대전이 일어났다는 말이다."

"어찌 된 일인지 소상히 말해봐라."

성준이 세계대전이 일어났다고 생각할 정도라면 심각한 문제였기에 두영이 바짝 다가섰다.

"어떤 일 때문인지는 모르지만 미국의 특수부대가 이란에 들어가 작전을 펼친 모양이더라."

"그래서?"

"작전 중에 엄청난 사상자가 났고, 그중 몇 명이 포로로 잡혔는데 미군 특수부대라는 것이 밝혀져서 이란이 선전포고를 했다. 그렇게 처음에는 이란과 미국이 붙었는데 하루가 지나지 않아 사우디아라비아와 쿠웨이트가 이란 측에 가담해 전쟁이 확산돼 버렸다."

"두 나라는 미국에 호의적이잖아?"

친미계 성향이 뚜렷한 두 나라가 갑자기 이란과 공조해서 전쟁에 가담했다는 것이 무척이나 이상했다.

"이슬람 세계에 대한 미국의 핍박을 더 이상 보고 있지 않겠다고 하더라. 더 이상 중동의 자원을 얻기 위해 미국이 싸움을 거는 것을 좌시하지 않겠다는 뜻을 천명하며 군대를 동원했다고 하더라."

"이상한 일이로군. 사우디아라비아와 쿠웨이트도 상당한 이익을 보고 있는데 말이야."

"모두들 의아하게 생각하는 부분이다. 미국과 이란이 전쟁 상태에 돌입하자 제일 먼저 이스라엘이 전쟁 참가 의지를 밝혔다. 그리고 가자지구를 침공했지. 팔레스타인이 이란과 연계해 테러리스트를 양성하고 있다면서 말이다. 그러자 두 나라가 갑자기 전쟁 참가 의지를 밝혔다. 이스라엘과는 달리 선전포고까지 하면서 자국 내 있는 미군 기지를 공격했다. 문제는 두 나라에 있는 미군들이 막강한 전력을 가지고 있는데도 불구하고 전멸했다는 것이다."

"전멸? 정말 심상치가 않군."

"그래, 정말 심상치가 않다. 사람들은 누구 할 것 없이 세계대전이 일어난 것이라고 하더라. 전쟁에 참가한 나라들이 협상을 전혀 하지 않으려고 할 뿐 아니라 계속적으로 무력 충돌을 하고 있는 중이거든."

"난리가 났겠군."

"난리뿐이겠냐? 지금 세계는 혼란의 도가니다. 주요 에너지원인 석유의 이동이 완전히 중지됐으니 말이다. 그런 일이 일어났는데 네 녀석은 아랍 여행을 간다고 해놓고 돌아오지 않으니 내가 미칠 뻔했다, 인마! 도대체 어디 갔었던 거냐?"

"일주일 전에 돌아왔었다. 잘 쉬고 있는 네 녀석에게 연락하기도 그래서 요 며칠 주변에 있는 산을 돌아다니며 수련을 하다 이제야 돌아오는 길이다."

사실대로 이야기할 수도 없어 수련을 핑계로 댔다.

"팔자도 좋다. 세상은 난리가 났는데……."

“그나저나 제니언 교수는?”

“연락이 오기는 했는데 이곳으로 오지는 못할 것 같다고 하더라. 연구는 실리콘밸리로 가서 계속 진행하라고 하기는 했는데 어떻게 해야 할지 모르겠다. 전쟁이 난 상황에서 계속 연구를 해야 할지, 아니면 연구를 접고 한국으로 돌아가야 할지 말이다.”

“또 무슨 일이 일어난 거냐?”

“미국 내에서 테러가 빈발하고 있다. 뉴욕 월가도 그렇고 워싱턴에서도 테러가 일어났다. 실리콘밸리도 예외가 아니다. 몇몇 회사들이 폭탄 테러를 당했다고 하더라.”

“정말 심각하구나. 일단 조금 기다려 봐라. 몇 가지 알아봐야 할 것이 있으니 말이야.”

“뭘 알아보려는데?”

“너도 같이 가자. 이제는 너도 알아야 할 시점이니까.”

상황이 어떻게 돌아가고 있는지 알기 위해 스티브에게 갈 생각이었다.

이제는 성준이도 사건의 중심에 섰으니 알아야 할 것 같아 같이 데리고 가기로 했다.

“나도?”

“그래, 가보면 안다.”

자신을 데리고 가려는 두영을 보며 성준은 뭔가 있음을 깨닫고는 주저없이 뒤를 따랐다.

실험실과 얼마 떨어지지 않은 까닭에 써니가 있는 스티브의 아지트에 도착하기까지는 금방이었다.

"우와!! 이런 곳이 있었어?"

스티브의 아지트 겸 실험실에 도착한 후 성준은 어마어마한 시설에 놀람을 감추지 않았다.

일반 세상에는 한 번도 등장한 적이 없는 여러 가지 실험 장치들과 고도의 계측 장비들이 갖추어져 있는 실험실은 성준에게 있어 신세계나 마찬가지였다.

"걱정했습니다, 보스!"

아지트로 찾아온 두영을 스티브가 정중히 맞았다.

"이야기는 대충 들었습니다. 어떻게 된 상황입니까?"

"가시죠."

스티브의 안내에 두영이 발걸음을 재촉했다.

'꽤 연배가 있는 것 같은데, 두영이에게 존대를 하네?'

나이 지긋한 스티브가 두영을 어려워하는 것을 보면서 성준은 조금 의아했다. 보스라고 부르는 것도 그렇고 마치 주종 관계를 보는 것 같았다.

'이번 전쟁에 대해 알려주려는 모양이다. 중요한 일인 것 같으니 나중에 물어보자.'

묻고 싶은 것이 많았지만 상황이 심상치 않아 보여 말없이 두영의 뒤를 따랐다.

상황실로 들어온 스티브는 지금까지 일어난 사건들을 설명하기 시작했다.

이란의 선전포고와 미국의 참전, 아랍동맹의 결성과 이스라엘과 미국의 동맹 등 중동에서 벌어진 전쟁의 실체에 대한 설명이었다.

전쟁은 기간트와 알파 팀 요원들 간에 벌어진 싸움에서 기인했다.

두 조직은 비밀기지가 있던 곳에서 엄청난 전투를 벌였다고 한다. 자드키엘과 기간트의 싸움은 일대가 완전히 폐허로 변하게 만들 격렬한 전투였다.

전투도 전투였지만 이로 인해 문제가 발생했다고 한다.

보통 이면 세계의 인물들이 전쟁을 벌이면 감춰지는 것이 일반적인 일이었으나 이번에는 그렇지를 못했다.

전투는 비밀기지가 있는 사막에서부터 이어져 도시가 있는 곳까지 진행됐다고 한다.

전쟁이나 다름없는 전투는 알파 팀의 일방적인 패배로 끝이 났다. 하지만 이로 인해 이란은 엄청난 피해를 입어야만 했다.

전투에서 밀린 알파 팀 요원들이 도시 쪽으로 도주하기 시작했고, 뒤를 쫓는 기간트들로 인해 일반인 희생자가 거의 2만여 명이나 되었던 것이다.

이란 정부에서 소식을 통제했지만 트위터 같은 소셜네트워크로 그들의 싸움이 세상에 알려져 버렸다.

아직은 인터넷에 올라온 동영상을 반신반의하는 추세지만 점차 사실로 굳어가고 있었다.

두 조직 간의 전투가 그렇게 끝이 나버린 후에 이란에서 암약하고 있던 미국의 정보 조직이 발견되었다.

그들이 싸움의 주체였다는 것이 알려지자 이란에서는 곧바로 미국에 선전포고를 하고 홍해 인근에 있는 미국의 항공모함을 향해 미사일을 발사했다.

사전에 격추되어 피해가 없었지만 미국은 즉각적으로 반격을 가했다.

이란의 주요 거점들을 폭격하기 위해 전폭기들을 발진시킨 것이다.

그러나 전폭기들은 폭격에 성공하지 못했다. 이란 상공으로 들어서는 순간 모조리 격추되어 버린 것이다.

미국의 입장에서는 충격이 아닐 수 없었다. 이란에서는 비행기 한 대 날아오르지 않았는데 전폭기와 이를 호위하던 전투기들이 한 대도 살아남지 못하고 격추되었던 까닭이다.

미군의 작전이 실패하고 얼마 지나지 않아 이스라엘이 이란에 대한 선전포고와 아울러 가자지구를 침공했다.

전면전이나 다름없는 침공으로 팔레스타인은 제대로 된 저항도 해보지 못하고 개전 하루 만에 영토의 반을 잃어버렸다.

그러자 사우디아라비아, 쿠웨이트가 선전포고와 동시에 참전을 했다.

평소 우호 관계를 맺고 있어 미국의 편을 들 것이라는 예상과는 달리 이란과의 동맹을 내세우며 자국에 있는 미군과 미군기지에 대한 즉각적인 공격을 감행했다.

　이스라엘과 팔레스타인의 분쟁에도 줄곧 큰소리를 내지 않던 두 국가가 갑자기 적으로 돌변해 미국을 공격한 사실은 미국 행정부를 긴장으로 몰아넣었다.

　전혀 예상치 못한 사태에 미국은 중동에 대한 판단을 내리기 어려웠다.

　지금도 전쟁은 지속되고 있었다. 제공권을 확보하지 못한 미국은 상륙전을 감행한 후 이란을 향해 진격 중이었고, 이스라엘은 인접한 아랍국을 공격하고 있었다.

　"심각하군요."

　"그렇게 심각하지는 않은 것 같습니다. 이란과 아랍 쪽의 반격도 만만치 않으니 말입니다. 특히나 전쟁 초기에 이스라엘의 모사드가 와해된 것이 아랍국들에게 여유를 제공했습니다."

　"모사드가요?"

　"한날한시에 모사드 요원들이 모두 제거된 것으로 보입니다. 이스라엘이 참전하게 된 것도 이란이 선전포고를 하자 누군가에 의해 전멸해 버린 모사드 때문입니다."

　"그들입니까?"

　"그런 것 같습니다."

　"네오클래스의 움직임은 어떻습니까?"

　"그들도 당황하는 것 같습니다."

　"알파 팀이 그들에게 당한 것 때문인가요?"

　"자료를 한번 보십시오."

스티브는 인공위성에서 촬영된 것으로 보이는 화면을 모니터 위에 띄웠다.

"보면 아시겠지만 기간트라 불리는 로봇의 전투 능력은 보스와 써니가 보았던 때와는 확연히 다른 차원의 전투력을 보여주고 있습니다."

"어마어마하군요."

알파 팀 요원들의 전투력도 인간의 범주를 벗어난 것이었다.

위성에서 보이는 것으로 봐서는 알파 팀 요원들의 능력은 자신이 보았던 자드키엘의 능력을 상회하고 있었다.

붉은색 갑주를 걸친 알파 팀 요원들이 공격을 할 때면 엄청난 폭발과 섬광이 일어났다.

하지만 그뿐이었다.

기간트가 보여주는 전투력은 그들을 훨씬 상회하는 수준이었다.

기간트들은 알파 팀 요원들의 공격을 거침없이 튕겨냈고, 그로 인해 거대한 크레이터들이 곳곳에 생겼다.

자신들의 공격이 통하지 않았기에 알파 팀 요원들은 서너 명이서 기간트 한 대를 상대하고 있었다.

'만약 저 정도의 전투력을 그때 발휘했다면 살아남지 못했을 것이다.'

차원이 다른 전투력을 보며 두영은 가슴을 쓸어내렸다. 자신이 상대했던 때와는 그야말로 천양지차였다.

"써니가 가지고 온 자료와 비교해 볼 때 완전히 다르다고 할 수 있습니다. 아마도 뭔가 획기적인 일이 있었던 것 같습니다."

스티브의 말에 두영은 결계 안에서 있었던 일이 떠올랐다.

'블랙노바로 에너지원을 바꾼 것만으로 저렇게 전력이 높아진 것인가? 그럴 리가 없을 것이다. 그것만으로 저렇게 전력이 높아지지는 않았을 것이다.'

블랙노바도 한계가 있는 것이다.

에너지를 생산할 수 있는 임계점이 원자력이나 핵융합보다 훨씬 높기는 하지만 저 정도까지 늘어나는 것은 아니었다.

스티브의 말대로 자신이 알지 못하는 일이 일어난 것이 분명했다.

"그런 것 같군요. 그런데 써니는 어디 갔나요?"

"테러로 인해 어수선하기는 하지만 칼마와 함께 워싱턴으로 날아갔습니다. 미국의 향후 대응에 대해 알아볼 것이 있어서 말입니다."

"네오클래스 때문이군요."

"아무래도 상황이 심각한 것 같습니다. 거의 전멸하다시피 한 알파 팀 요원들 때문에 네오클래스에서 전면에 나서려 하는 것 같습니다. 그리고 블랙워크도 움직임이 심상치 않은 것을 보면 이젠 전쟁에 나서려는 것이 분명합니다."

"으음!"

예상외로 상황이 심각했다. 세계대전이 일어난 마당이다.

거기다 이면 세계의 인물들과 워마켓의 삼대세력 중 하나가
나서고 있었다.

"보셔야 할 것이 있습니다."

상황 파악이 제대로 되지 않아 고민하는 두영을 향해 스티
브가 말했다.

"뭐죠?"

"전에 주신 것에 대한 해석이 끝났습니다. 이번 전쟁과 관련
이 깊은 내용인 것 같습니다."

"이번 전쟁과 말입니까?"

"그렇습니다. 이번 전쟁이 시작된 원인을 알 수 있는 내용이
기록되어 있었습니다."

"봐야겠군요."

전쟁의 원인이 기록되어 있다면 당연히 봐야 했다.

"이쪽으로 오십시오."

"두영아!"

스티브가 안내하려 할 때 성준이 두영을 불렀다.

"조금만 기다려라. 네가 궁금해하는 것은 다 설명을 해줄 테
니 말이다."

지금까지 설명을 들으며 의아해하는 것을 알고 있었지만 두
영은 성준에게 기다려줄 것을 부탁했다. 양피지를 해석한 내
용을 보는 것이 먼저였기 때문이다.

"알았다."

"미안하다. 일단 먼저 확인해야 할 것이 있어서."

두영은 양해를 구하고 스티브에게로 다가가 그가 건네주는 해석본을 읽어나갔다.

"이, 이럴 수가!!"

해석본을 읽어나가는 두영이 자신도 모르게 경악성을 내뱉었다. 그것에 담겨져 있는 내용이 너무도 충격적이었기 때문이다.

그동안 자신이 찾고자 했던 비밀이 담겨 있었기 때문에 놀라지 않을 수 없었다.

삼묘족의 혈겁과 스피릿아머에 대한 비밀, 그리고 자신이 현 시대로 오게 된 타임 슬라이스에 대한 비밀이 고스란히 담겨 있었다.

*　　　　*　　　　*

권능의 힘을 이용해 세상을 다스리는 칠대부족의 지배자들은 자신들을 창조한 신들을 거부했다.

그들은 신들을 이 세상에서 지우기 위해 한곳에 모였다.

신을 죽이기 위한 음모는 무척이나 치밀했다.

지배자들은 세상으로부터 떨어져 그 누구도 알지 못하는 공간을 만들어냈다.

지배자들은 그곳에서 신들을 죽일 수 있는 계획을 세웠다.

그들의 첫 번째 계획은 자신들의 피와 권능으로 신을 소멸시킬 무구를 만들어내는 것이었다. 그렇게 신을 파멸시킬 수 있는 무구가 만들어졌다.

신들에게 죽음을 내릴 수 있는 수단이 만들어지자 지배자들은 그것을 사용하게 될 자들을 선발하기로 했다.

그렇게 피의 탑이 세워졌다. 가장 위대한 자들이 대결을 벌일 장소가 만들어진 것이다.

세상에서 벗어난 공간에 피의 탑이 세워지고 난 뒤에 지배자들을 비롯한 칠대부족의 수많은 용자들이 검을 쟁취하기 위해 싸움에 나섰다.

신을 죽일 수 있는 무구들이 자리한 피의 탑 주변에서는 수많은 나날 동안 혈투가 지속됐다.

피! 피! 피!

광기와 욕망이 지배한 자리에는 모든 것이 피로 물들었다. 새로운 신으로 등극할 수 있는 자리였기에 수만 명의 용자들이 그 자리에서 자신의 피를 바쳤다.

피로 점철된 광기의 전투가 끝나고 난 뒤, 피로 덮여 붉게 물든 대지를 바라보는 피의 탑 정상에는 무구의 주인이 될 일곱 명만이 남았다. 이미 전능한 능력을 지녔던 칠대부족의 족장들이 최후까지 살아남은 것이다.

그들이 최후의 승자로 남은 것은 당연했다.

피의 탑은 혈투에 참여한 자들의 피 속에 녹아 있는 권능을 응집시켜 지배자들에게 전하기 위한 목적으로 세워졌기 때문이다. 신들을 소멸시키는 것과 함께 비어 있는 신들의 역할을 대신하기 위해서는 부족들이 가진 힘이 필요했기에 피의 탑이 세워졌던 것이다.

힘과 무구들을 손에 쥔 그들은 그렇게 신을 죽이러 떠났다. 자신들의 창조주를 향해 도전장을 던진 것이다.

하지만 신들은 결코 죽지 않았다. 신들의 힘은 너무나도 강대했다. 피로 쌓아올린 권능과 파멸의 무구들을 가진 그들이었지만 신들의 손짓 아래 너무도 허무하게 무너져 버렸다.

그렇지만 지배자들은 살아남았다. 자신을 배반한 이들을 응징할 만도 하건만 창조주인 신들은 도전해 온 이들을 너그러이 용서했다.

신들에게 패배한 칠대부족의 수장들은 피의 탑으로 돌아온 후에도 도전을 포기하지 않았다. 바닥난 힘을 회복한 후 새로운 힘을 찾아 나섰다. 그리고 건드려서는 안 되는 존재들에게 손을 대고야 말았다.

지배자들은 세 마리의 신묘(神猫)를 섬기는 존재들을 찾아 영혼의 선혈로 파멸의 무구에 힘을 채웠다.

영혼의 선혈은 다른 차원의 힘!

지배자들은 그 힘으로 신들의 시간을 갈라 버렸다.

신들이 속해 있던 조각난 시간들은 어둠과 혼돈의 공간으로 떨어져 나갔다. 시간의 조각들을 따라 신들은 이 세상에서 완전히 사라져 버렸다. 세상에 생명이 탄생된 이후, 창조주의 대리자로서 영혼을 조율하던 존재들을 통해 신들을 이 세상에서 몰아내 버리는 데 성공한 것이다.

그때부터 세상은 지배자들의 것이 되었다. 모든 것이 그들의 뜻에 따라 움직이고 조율되었다.

그러나 그것은 끝이 아닌 시작이었다.

수많은 시간이 흐른 어느 날!

분노한 신들의 목소리가 세상에 울려 퍼졌다. 배신자들을 찾아 이 세상으로 다시 돌아와 모두를 파멸시킬 것임을 천명하는 광기 어린 신들의 외침이었다.

시간의 조각 속에 묻힌 채 사라져 간 신들의 목소리가 이 세상에 전해진 까닭을 그 누구도 알지 못했지만 신들의 귀환이 있을 것임을 안 세상은 숨을 죽였다.

그렇게 세월이 지나갔다.

그렇지만 분노한 신들은 나타나지 않았다. 신들을 상대할 힘을 준비하고 있었건만 아무런 전조도 나타나지 않았다.

세상은 다시 평온으로 빠져들었고, 다시 지배자들의 뜻대로 흘러가기 시작했다.

하지만 어느 순간, 지배자들은 누구나 할 것 없이 분노한 신들의 염원을 담은 존재가 소리없이 이 세상에 돌아왔음을 느낄 수 있었다.

광기로 가득한 신들의 분노를 간직한 존재가 어느 사이엔가 시간의 흐름 속으로 와 있었던 것이다.

신들의 분노를 간직한 존재라면 자신들을 파멸시키는 것은 시간문제였다. 지배자들은 위기를 느꼈다.

분노한 신의 광기를 간직한 존재, 세상을 파멸로 몰아갈 존재를 막기 위해 그들은 고심하기 시작했다. 그리고 삼묘의 선혈로 적셔져 봉인된 무구들의 힘만이 자신들을 파멸시킬 존재를 막을 수 있다는 것을 알았다. 삼묘의 영혈을 깨워 이 세상에 잔재로 남겨진 신들의 힘을 빼앗는다면 그나마 가능성이 있다고 깨달은 것이다.

*　　　　*　　　　*

신을 없애고 세상을 지배한다는 자체가 너무나 황당하다.

신에게 도전했던 자들로 인해 세상이 이렇게 변했다는 사실에 어이가 없을 뿐이다.

그러나 믿지 않을 수도 없다. 삼묘족의 혈겁은 분명 일어났던 일이니까 말이다.

생각할수록 심각한 문제가 아닐 수 없다. 괜히 신이라 불리는 것이 아닐 것이다.

분노한 신들의 의지를 간직한 존재가 이 세상에 돌아왔다면 남겨진 기록대로 어쩌면 이 세상은 파멸의 길로 들어서 있는지도 모른다.

칠대부족의 지배자들이라는 자들은 삼묘의 영혈이 스며든 스피릿아머를 해결책으로 여기는 모양이다.

양피지에 쓰인 대로라면 분노한 신을 감당하기 위해 봉인된 스피릿아머를 풀려고 하는 것 같지만 그것만으로 신들의 분노를 잠재울 수 있을지는 미지수다.

그나저나 말미에 남겨진 글대로라면 스피릿아머에는 시간을 조각내는 것 말고도 남들이 알지 못하는 여러 가지 다른 힘이 있는 것 같다.

특히나 삼묘의 영혈이라는 것이 신경 쓰였다. 신이 남긴 힘의 잔재를 빼앗을 수 있는 것이라고 하니 말이다.

어째서 스피릿아머에 그리 목숨을 거는지 이제야 어느 정도 알 것 같다.

세상을 지배하기 위해 신들을 내친 자들이 원하고 있는 것은 아마도 신들이 이 세상에 남기고 간 강대한 신력일 것이다.

스피릿아머를 통해 신들이 남긴 힘을 가지는 것은 물론, 내쳐진 신들의 의지를 간직한 존재 또한 막아낼 수 있을 것이라 생각하는 것 같으니 말이다.

어쨌든 삼묘의 영혈들을 덧없이 쓰러져 가게 만든 원흉들을 드디어 찾아냈다.

후후후! 스승님께 좋은 소식이 될 것 같다. 그렇게 찾으려고 애를 쓰셨는데 말이다.

그리고 이제부터는 스피릿아머에 신경을 좀 더 써야겠다. 혈겁을 일으킨 원흉들을 찾을 수 있기도 하겠지만 삼묘의 영혈로 인해 이 세상에 다시 신들의 힘이 부활할지도 모르니 말이다.

*　　　*　　　*

스티브가 준 해석을 보고 모든 것을 알게 된 두영은 우선 자신의 스승인 오렌에게 이 사실을 알리기로 했다.

기록대로라면 그 옛날 삼묘족의 혈겁을 자행한 자들이 살아 있는 것이 분명했다.

그것도 신에 버금가는 힘을 지닌 채로 말이다.

아직은 섣불리 그들을 건드릴 때가 아니었다. 혈겁의 원흉들을 찾고 있을 오렌에게 경고를 해주려는 것이다.

그리고 앞으로는 스피릿아머에 대해 더 알아보기로 했다.

우선 써니가 가지고 있는 문라이트나 안젤라가 가지고 있는 스플렌더에 대해 알아야 했다.

본래의 힘이 봉인된 것 말고도 알지 못할 비밀이 간직되어 있는 것도 문제였다.

당연히 칠대부족의 수장들이 가지고 있어야 할 스피릿아머가 두 여자에게 있다는 것은 분명 이유가 있을 것이 분명했던 까닭이다.

"조용한 곳이 없겠습니까? 제가 본 것을 알려 드려야 할 분이 있어서 말입니다."

"별실이 하나 있습니다. 그곳이라면 누구에게도 방해받지 않을 겁니다."

심각한 두영의 표정에서 심상치 않음을 느낀 스티브가 얼른 대답했다. 스티브는 두영에게 자신이 연구하는 곳을 내주기로 한 것이다.

"거기로 가도록 하지요."

스티브가 이렇게 말할 정도라면 공간 결계를 쳐놓은 곳이 틀림없었다. 자신이 그 안에서 주법을 펼친다면 아무도 오렌과의 대화를 알지 못할 것이 분명했다.

"따라오십시오."

"그리고 저와 이야기를 좀 나누었으면 합니다. 써니 문제로 말입니다."

스티브의 안내를 받아 그의 개인 연구실로 들어가기에 앞서 두영이 말했다.

스피릿아머가 써니의 가문과 모종의 관계가 있을 것 같기에 몇 가지 확인할 것이 있었던 것이다.

"그렇게 하십시오."

스티브는 자신의 동생인 써니와도 깊은 관계가 있다는 것을 이미 알고 있었기에 순순히 두영의 제의에 따랐다.

두영은 곧바로 찬황기를 이용해 스티브의 개인 연구실로 오렌을 호출했다. 두영은 오렌과 연결이 되자 자신이 보았던 내용을 하나도 빠짐없이 들려주었다.

이야기를 다 들은 오렌이 불같이 화를 냈다.

"죽일 놈들! 신을 몰아내고 세상을 차지하기 위해 불쌍한 그들을 모두 죽인 것도 모자라서 그렇게 이용을 했더란 말이더냐?"

칠대부족이 흉수일 거라고 생각하면서도 증거가 없어 내심 참아왔던 오렌이다.

그동안 애써 참아온 분노가 폭발한 것인지 오렌이 분출하고 있는 힘은 성지를 잇고 있는 두영의 정신마저도 흔들리게 만들었다.

"참으십시오, 스승님. 그들이 삼묘족을 피로 씻은 것은 단순히 신들을 이 세상에서 몰아내기 위한 것만은 아닐 게 틀림없습니다. 그러니 지금은 자중하고 놈들의 속셈을 알아내야 할 때입니다."

"으음!"

신음을 흘리기는 했지만 오렌은 더 이상 분노하지 않았다.

두영의 말대로라면 마냥 분노해서는 안 되는 일이었다. 세상의 파멸이 목전에 다가왔다 하지 않았던가.

세상을 조율하는 삼묘의 뜻을 받드는 대제사장으로 상황을 냉철히 살필 필요가 있었다.

"알았다. 말해보거라."

"무엇보다 삼묘족을 피로 씻은 그자들이 아직 살아 있는 것이 분명합니다. 신들이 사라지고 난 뒤 그들의 권능을 대신해온 것 같으니 말입니다."

어느 정도 오렌이 진정되었음을 느낀 두영은 자신이 생각하고 있는 것을 말했다.

"그럼 앞으로 주의를 해야겠구나."

신들을 이 세상에서 몰아낸 자들이 아직 살아 있다면 자신으로서도 쉽게 감당하지 못할 것이기에 오렌은 두영이 말하고자 하는 뜻을 알아차렸다.

"그렇습니다. 그들은 아직 존재하고 있는 것이 분명합니다.

제가 본 기록대로라면 신들의 분노를 가지고 이 세상에 나타난 존재도 그렇고, 스피릿아머를 통해 뭔가를 얻으려는 저들도 수상하기 그지없습니다. 분명! 우리가 알지 못하는 무엇인가가 있는 것이 틀림없습니다. 놈들의 속셈을 알지 못한 채 잘못 건드렸다가는 자칫 세상이 파멸로 치달을 수 있습니다. 그러니 앞으로 상황을 좀 더 지켜보며 놈들의 음모를 알아내는 것이 좋을 것 같습니다."

"알았다. 네 생각이 나보다 낫구나. 자중하도록 하마. 그럼 메우에게 말해 지금부터 활동을 자제하도록 지시를 내리마."

지배자란 자들의 숨겨져 있는 속셈을 모르고 복수를 위해 나서는 것은 그리 좋은 생각이 아님을 깨달은 오렌은 두영의 의견을 따라주었다.

"고맙습니다, 스승님!"

"그나저나 안젤라라는 아이와 써니라는 아이가 칠대무구의 주인들이라니 자세히 살펴보아라. 삼묘의 영혈을 이용해 지배자란 자들이 무엇을 했는지, 그리고 무엇을 원하는지 말이다."

"그렇지 않아도 그리할 생각입니다."

오렌에게 연락을 한 후 곧바로 안젤라를 찾아볼 생각이었다.

가문이 풍비박산이 난 써니와는 달리 엘프들이 오랫동안 터전을 이어온 아리안이라면 자신이 본 양피지와 같은 기록이 남아 있을 것이라고 생각하고 있었다.

"조사할 때 신중을 기해야 할 것이다. 네 말대로라면 아리안이라는 곳에는 우리가 알지 못하는 비밀이 감춰져 있을지도 모르니 말이다.”

“너무 염려하지 마십시오. 이제는 삼묘의 뜻을 어느 정도 감당할 수 있을 것 같으니 말입니다.”

전에 없이 자신감 넘치는 목소리였다.

‘이 아이가 혹시? 아니다. 그럴 리가 없다. 영법은 나조차도 이제 겨우 초입에 들어선 경지거늘…….’

두영이 주법의 두 번째 단계인 혈법에 이어 세 번째 영법(靈法)을 깨달은 것이 아닌가 하는 생각이 들었지만 오렌은 이내 고개를 흔들었다.

오랜 세월 성지에 머물며 수련해 온 자신도 이제 겨우 구체적인 그림을 그릴 뿐이었다.

“다음 단계의 경지를 깨달은 모양이구나?”

“그런 것은 아닙니다. 영법은 아직 저에게도 무리라고 할 수 있는 경지이니 말입니다. 하지만 제 몸 하나는 지킬 수 있는 힘을 얻은 것 같습니다.”

“새로운 힘이라는 말이냐? 위험하지 않겠느냐?”

있을 수 없는 일이라 오렌이 놀라 물었다.

지금 두영으로서는 영법이 아니라면 새로운 힘이 생겨날 여지가 없었다. 거기다가 새로운 힘을 얻었다 할지라도 불완전한 신체 때문에 스스로 자멸할지도 모르는 일이었다.

삼묘의 뜻을 이어받고 자신의 모든 것을 전한 두영이었다. 오렌으로서는 걱정이 되지 않을 수 없었다.

"후후후, 걱정하지 마십시오. 드디어 제가 원하던 몸을 이제
야 손에 넣었으니 말입니다."

"저, 정말이냐? 하하하! 잘됐구나, 잘됐어!"

두영이 원하던 몸을 완성했다는 사실에 오렌은 진심으로 기
뻐해 주었다.

"고맙습니다."

"불가능하다 생각했거늘, 그런데 어떻게 그렇게 된 것이
냐?"

오랜 세월 가르치며 두영이 절실히 원하던 것을 알게 되었
지만 불가능하다고 생각했었다.

자신이 가진 능력을 모두 동원한다 하더라도 결코 가능하지
않은 일이었다. 그런데 원하던 몸을 얻었다고 하니 오렌으로
서는 궁금하지 않을 수 없었다.

"저도 잘 모르겠습니다. 이란에 다녀온 뒤로……."

두영은 명상에 잠겼을 때 자신에게 일어난 일을 오렌에게
이야기했다. 이야기를 듣는 동안 오렌의 표정이 수시로 바뀌
었다.

"의지를 가진 존재가 네 몸을 바꾸어놓았더란 말이냐?"

"그렇습니다. 어떤 존재인지는 모르지만 불완전한 그들이
제 몸을 바꾸어놓은 것만은 틀림없습니다."

"도대체 알 수가 없구나. 그런 의지들이 네 몸속에 존재했다
니 말이다. 어떤 존재들인지는 모르겠으나 앞으로 잘 살펴보
도록 해라. 지금 상태에서는 해가 되지 않을 것 같지만, 어떻게

바뀔지 모르는 일이니 말이다.”

“그렇지 않아도 항상 살피고 있습니다.”

“그래.”

스스로 조심하고 있는 것 같기에 오렌은 어느 정도 마음이 놓였다.

“이제 그만 들어가 봐야 할 것 같습니다, 스승님. 조만간 성지를 열어드릴 수도 있을 것 같으니 그때까지만 참아주십시오. 메우 형과 다른 사람들에게도 조심하도록 해주시고요.”

“알았다. 세상이 격변에 들었으니 조심하도록 하마.”

“그럼 성지를 열어드릴 때 다시 연락을 드리겠습니다.”

“알았다. 조심하도록 해라. 내가 예상한 것보다 음모의 골이 더 깊은 것 같으니 말이다.”

“알았습니다.”

아직도 여력이 많이 남았지만 급한 일이 있기에 두영은 오렌과의 연결을 끊었다.

“일단은 써니부터 만나봐야겠다.”

아리안으로 가기 전에 우선 문라이트에 대해 자세히 알아보는 것이 좋을 것 같았다. 개인 연구실을 나선 두영은 곧장 성준과 스티브가 있는 곳으로 나왔다.

스티브가 초조한 눈빛으로 두영을 기다리고 있었다. 옆에 서 있는 성준도 뭔가 고민하는 표정이 역력했다.

‘뭘 생각하는지 모르지만 성준이가 충격을 받은 모양이로구나.’

두영은 성준이 자신에 대해 알게 되어 충격을 받았다고 생각했다.

'일단 써니의 일부터 확인하자.'

성준이 마음을 가라앉히기 전까지 시간이 있을 것 같아 두영은 써니의 일부터 처리하기로 했다.

"문라이트가 어떻게 써니에게로 이어졌는지 말씀해 주실 수 있겠습니까?"

두영이 묻자 스티브도 생각하고 있었다는 듯 입을 열었다.

"물으실 줄 알았습니다. 저도 자세히는 모릅니다. 다만 몇 가지 제가 알고 있는 사실을 알려 드리겠습니다. 문라이트가 가문에 들어온 것은 약 천여 년 전입니다. 당시 마법무투술을 극한까지 익히신 분이 가문에 계셨는데 그분께서 수련을 떠나셨다가 우연히 얻으셨다고 합니다. 가문으로 들어온 문라이트는 지금까지 가문의 여자들을 통해 내려오고 있었습니다. 그렇게 문라이트가 이어지고 있다고 생각했습니다. 하지만 고조부께서 확인했을 때는 아무도 가지고 있지 않았습니다. 언제 어디서 사라진 것인지 아무도 모르게 말입니다. 가문의 사람들은 문라이트가 없어졌다고 생각했는데 고모에게 이어졌더군요. 써니도 고모에게서 그것을 전해받기는 했지만 저와 마찬가지로 더 이상 자세한 것은 알지 못할 것입니다."

"그렇군요."

스티브의 모습을 보면 숨기는 것이 없는 것 같았다. 그도 문라이트에 대해 더 이상 알지 못하는 것이 분명했다.

‘스티브도 그렇고 써니도 모르고 있다면 오래전부터 스피
릿아머가 누군가에 의해 지배자의 손을 벗어나 세상으로 흘러
나왔다는 것인데……. 그리고 어느 순간 사라졌다가 다시 돌
아오고… 분명 뭔가 있다.’

지배자들의 손에 있어야 할 스피릿아머가 세상에 나온 단서
를 찾을 수는 없지만 써니의 문라이트뿐만 아니라 블랙캣 손
에 있는 혈작검도 그렇고 안젤라도 가지고 있는 것을 보면 의
도적으로 세상에 흘러나온 것이 분명했다.

신도 죽일 수 있는 권능을 지녔다는 스피릿아머들이 봉인된
채 세상에 나왔다.

써니가 가진 문라이트처럼 스피릿아머들이 사라졌다가 다
시 나타났다면 음모가 있는 것이 분명했다.

두영이 생각에 잠겨 있는 사이 성준의 눈빛이 묘하게 빛나
고 있었다.

두 사람의 대화를 들으며 자신의 가문에서 벌어진 일도 결
코 무관하지 않다는 것을 확인할 수 있었다.

‘두영이도 스피릿아머와 관련이 있었다니 놀라운 일이다.
그렇다면 가문의 일을 말해주어도 될지도 모른다.’

두영과 함께 스티브의 아지트로 온 후부터 성준은 그저 꿀
먹은 벙어리였다.

이곳에서 알게 된 사연이 자신과도 밀접한 관계를 가지고
있다는 것을 알았기에 조심스러웠다.

그러다가 스티브와 두영이 전설로 전해지는 스피릿아머에

대해 이야기를 할 때는 심장이 멈추는 줄 알았다.

'일단 모든 것을 털어놓고 저 녀석 생각을 알아보도록 하자.'

지금의 상황이 가문의 보검과도 관련이 있다는 것을 확인한 성준은 두영에게 이야기하기로 마음먹었다.

"두영아!"

두 사람의 대화를 지켜보고 있던 성준이 입을 열었다.

"아, 미안하다."

자신이 하고 있는 일에 대해 설명을 해준다고 약속했던 두영은 성준에 대해 잊어버리고 있었던 것을 기억해 내며 미안해했다.

"아니다. 그런데 한 가지 물어볼 것이 있다."

"뭐냐?"

"저 양피지에 있는 내용이 정말 사실이냐?"

두영이 오렌과 통신을 위해 자리를 비운 사이 성준은 스티브에게 양해를 구하고 해석본을 보았던 터라 사실 여부를 물었다.

"그래, 사실인 것 같다."

"그렇구나."

이미 믿고 있었지만 두영의 입으로 다시 한 번 사실을 확인한 성준의 안색이 심각하게 굳어졌다.

'내내 심각하더니, 무슨 일이 있었나?'

스티브와 해석본을 보며 대화를 나눌 때부터 심각한 표정이던 성준이 뭔가를 결심한 것처럼 보였다.

두영은 성준이 자신에게 양피지의 내용이 사실인지를 물어본 이유가 궁금했다.

'서, 설마! 저 녀석, 스피릿아머에 대해 알고 있었던가?

머뭇거리며 굳은 성준의 얼굴을 보며 두영은 심상치 않은 호흡법을 익히고 있는 성준이 스피릿아머에 대해 알고 있다는 느낌을 지울 수가 없었다.

"할 말이 있는 모양이니 한번 이야기해 봐라."

"저 안에 기록된 내용을 보면 아무래도 우리 가문도 관련이 있는 것 같다."

"가문? 혹시 너희 집도 스피릿아머와 관련이 있는 거냐?"

아무래도 심상치 않아 두영이 물었다.

"그런 것 같다. 우리 가문에는 대대로 천호검이라 불리는 보검이 전해져 내려온다. 아마도 저 안에 적혀 있는 스피릿아머라는 것과 관련이 있는 것이 분명해 보인다. 봉인되어 있지만 신령을 부를 수 있다고 했으니까 말이야."

"으음!"

놀라운 일이었다. 짐작한 대로 성준의 가문도 스피릿아머와 관련이 있는 것이 분명했다.

"천호검의 당대 계승자는 어머님이신데 그것 때문에 가문에 사달이 났었다. 내가 미국으로 오고 나서 얼마 지나지 않은 후의 일이었지."

성준은 자신의 가문에서 벌어진 일들에 대해 두영에게 이야기해 주기 시작했다.

써니의 가문에서 벌어졌던 혈겁과 비슷한 이야기였다.

비밀 속에 가려진 술자 가문이자 고려 왕실의 적통을 이은 가문이었고, 누군가가 가문의 수호신물인 천호검을 노리고 침입해 혈겁을 일으켰다는 이야기였다.

"나도 들은 이야기지만 장로 중 한 명이 외세를 끌어들여 가족들을 죽이고 천호검을 빼앗으려 했다. 그것 때문에 어머니가 그놈들과 대적하다 큰 상처를 입으시기도 했고. 가문에 사달이 일어났지만 혈겁을 일으킨 배신자들과 아직도 전쟁 중이라서 돌아가고 싶어도 그럴 수가 없었다. 놈들에게 난 맛있는 먹이나 다름없으니까. 아직 위험이 해소된 것이 아니라서 아버지는 내가 이곳에서 힘을 기르기를 원하셨다. 가문의 최후의 보루가 되어달라고 말씀하셨지. 그래서 지금까지 믿을 만한 장로님의 도움을 받아 힘을 기르고 있는 중이었다."

"도대체 어떤 자들이……."

스피릿아머로 인해 많은 사건이 있었던 것이 분명했다.

사령사에 있어야 할 혈작검이 블랙캣 손에 있는 상황도 그렇고, 스피릿아머인 문라이트와 천호검도 누군가가 노렸다는 것이 마음을 무겁게 했다.

"그런 일이 있었다니 놀라운 일이로군요."

옆에 있던 스티브도 상황의 심각성을 느낀 모양이었다.

"골치 아프군요. 모두가 심상치 않은 것 같으니."

정보가 충분하지 않아 두영도 상황을 판단하기 곤란했다.

“이제 어떻게 하는 것이 좋겠습니까? 저기에 쓰인 대로라면 제 가문도 그렇고 친구 분의 가문도 습격받은 그 이면에는 보이지 않는 손길이 작용하고 있었던 것이 분명해 보이니 말입니다.”

“일단 정확한 상황을 파악하기 위해서는 몇 가지 더 알아봐야 할 것 같습니다. 그다음에 어떻게 움직일지 생각해 보기로 하죠.”

스티브의 말처럼 음모가 있었던 것이 분명했다. 누군가 조직적으로 스피릿아머를 노리고 있는 것이 틀림없었다.

‘일단 안젤라에게 가보자. 아리안에서도 비슷한 상황이 발생했다면 이건 심각한 문제니까. 어쩌면 지배자들이 활동을 시작한 것인지도 모른다.’

아무래도 자신이 알지 못하는 거대한 움직임이 암중에 일어나고 있었던 것 같다. 그것도 오랜 시간에 걸쳐 아주 치밀하게 말이다.

두영은 칠대부족의 수장이라던 지배자들에게 신경이 쓰였다.

안젤라가 있는 아리안으로 가서 두 가문과 비슷한 일이 있었는지 확인을 해보고 엘프들이 남겨놓았을지도 모르는 기록을 찾아보기로 했다.

“아무래도 안젤라에게 가야겠습니다. 그곳에서도 같은 상황이 있었는지 확인을 해봐야 할 것 같습니다. 잘하면 의외의 단서를 얻을 수도 있고요.”

“그렇겠군요. 만나보시는 것이 좋을 것 같습니다.”

써니로부터 안젤라가 스피릿아머 중 스플렌더의 주인이라
는 말을 들었기에 스티브도 찬성을 했다.

두영은 스티브의 아지트를 빠져나와 곧장 아리안으로 향했
다. 다른 어떤 상황보다 급했기 때문이다.

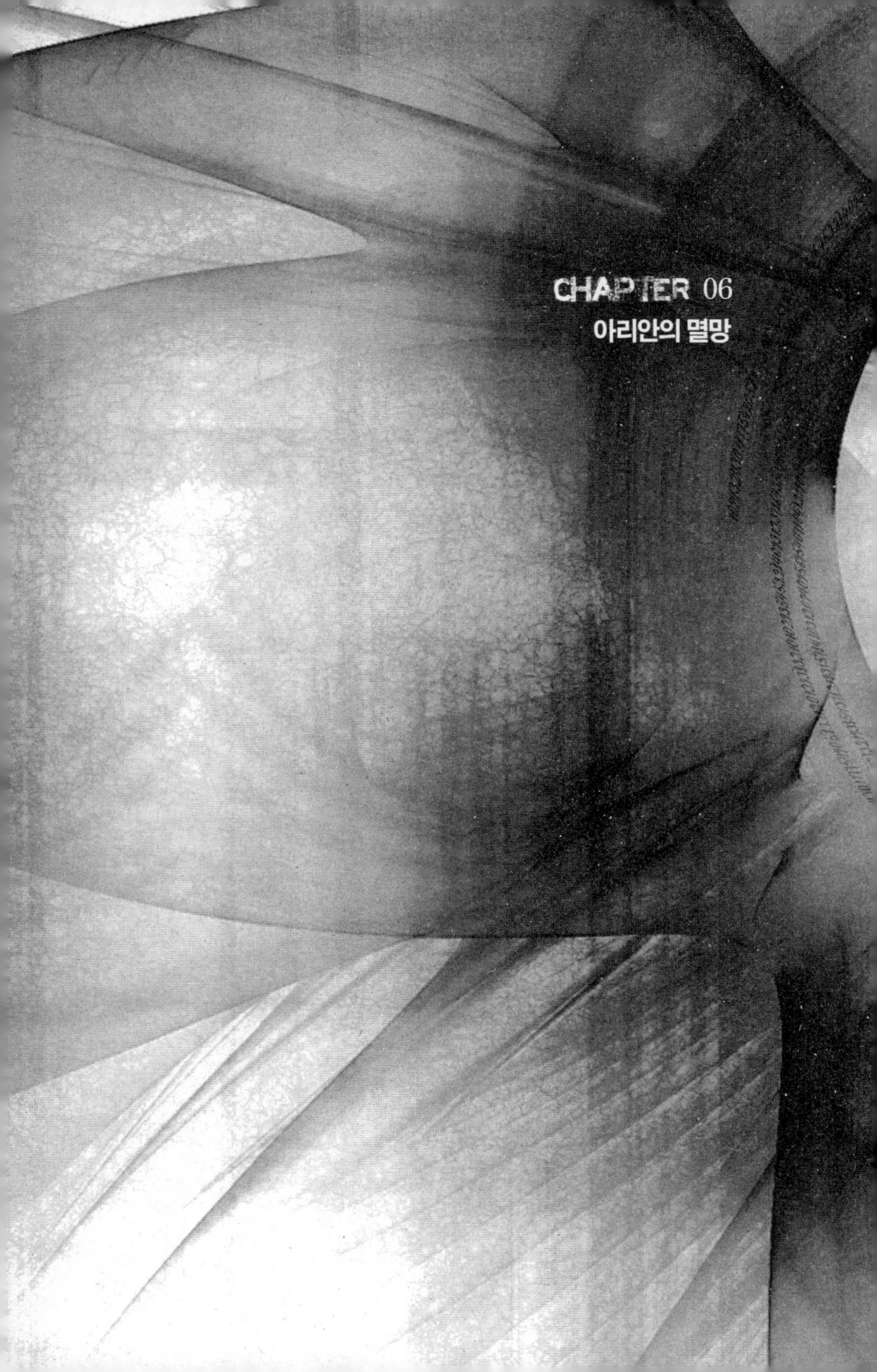
CHAPTER 06
아리안의 멸망

TIME
SLICE 타임 슬라이스

스티브의 아지트를 떠난 두영은 곧장 공항으로 향했다.

듀크로 하여금 예약을 해놓도록 했기에 비행기는 수월하게
탈 수 있었다.

개인용 제트기를 전세로 이용했기에 곧장 아리안 근처에 있
는 공항으로 직행할 수 있었다.

비행기를 타고 아리안이 있는 곳으로 향하는 동안 두영은
알 수 없는 불안감에 걱정을 가눌 수가 없었다.

'듀크, 아직도인가?'

―그렇습니다. 전혀 연락이 되지를 않는군요.

'큰일이군.'

비행기를 타고 오는 동안 듀크를 통해 계속해서 아리안에

연락을 취하고 있었지만 도통 연결이 되지를 않고 있었다.

모든 통신이 두절된 상태다.

'가르시아가 지키고 있는데, 설마 무슨 일이 벌어진 것은 아니겠지.'

가르시아라는 별종으로 하여금 아리안을 지키도록 해놨다. 명색이 드래곤인 가르시아라면 어지간한 침입자는 막아낼 수 있을 터였다.

하지만 가르시아와도 아무런 연락이 되지 않는 것을 보면 일이 벌어졌을 수도 있다는 생각이 들었다.

—조금 있으면 공항에 도착할 것 같습니다, 주군!

'알았어.'

듀크의 연락에 두영은 내릴 준비를 했다.

선회하는 비행기 창을 통해 밖을 보니 활주로가 보였다. 개인이 만들어놓은 활주로로, 아리안의 엘프들이 가끔 이용하는 곳이었다.

선회한 후에 착륙을 끝내자 두영은 비행기에서 내려 아리안을 향해 달렸다.

한 시간에 400킬로미터 이상을 달릴 수 있기에 자동차를 이용하지 않고 주법을 발휘했다. 덕분에 산길이지만 채 30분도 되지 않아 아리안이 있는 근처에 당도할 수 있었다.

"제기랄!! 일이 벌어졌구나."

결계로 둘러싸인 엘프들의 성지 앞에 선 두영은 전과는 다른 분위기를 느꼈다.

인간들의 발길을 막기 위해 아리안으로 들어가는 입구에 쳐져 있던 결계가 파괴되어 있었던 것이다.

침입자의 정체를 알아보기 위해 입구 주변을 세밀하게 살펴본 두영은 곧바로 아리안을 향해 달렸다.

"내가 늦었구나."

입구를 통과해 안쪽으로 들어가자 처참한 광경이 눈에 들어왔다.

검에 베인 듯 팔다리가 잘리거나 목이 잘린 엘프들의 시체가 여기저기 널브러진 채 아리안에 가득했다.

아직도 피비린내가 진동하는 것을 보면 침입자가 들어온 지 얼마 되지 않은 것 같았다.

위험한 일이 발생하면 가르시아가 봉인되어 있던 곳으로 피하라고 안젤라에게 일러두었기에 두영은 빠르게 가르시아가 머물고 있는 곳을 향해 달렸다.

쾅!!

콰콰쾅!!

엄청난 폭발음이 들려왔다.

거의 5미터에 육박하는 괴물체들이 각종 무기로 가르시아가 있는 곳의 결계를 파괴하기 위해 공격하고 있었다.

생체기갑병기의 다운그레이드라고 할 수 있는 양산형 기갑병기들이었다.

"차앗!!"

가르시아가 봉인된 곳의 결계를 이루는 마나가 흔들리고 있는 것을 본 두영이 신형을 날리며 호령무를 시전했다.

금이 가기 시작한 결계가 깨지기 전에 적들의 시선을 자신 쪽으로 돌리려 했던 것이다.

하늘로 날아오른 두영의 주먹에 검은 기운이 맺히더니 곧장 기갑병기들의 머리로 떨어져 내렸다.

콰콰쾅!!

강력한 폭발음이 들리며 세 대의 기갑병기가 비틀거리며 물러났다.

아리안을 보호하기 위한 결계 안으로 진입하며 엘프들의 저항을 철저히 말살시켰던 기갑병기들은 난데없는 공격에 두리번거리며 자신들을 공격한 상대를 찾았다.

동료들밖에 없는 공간!

두영은 어느새 공중으로 신형을 이동시킨 후 다른 기갑병기들을 공격하고 있었다.

흑요기의 기운을 실은 호령무의 사호조에도 별다른 피해를 입지 않았다는 것을 확인한 후였기에 두영의 손에는 어느새 고풍스러운 검 한 자루가 들려 있었다.

미래 시대 두영이 애병으로 사용했던 제혼이 드디어 모습을 드러낸 것이다.

[놈이 배후로 돌았다! 산개해라!]

아리안으로 들어와 마지막 목표물을 찾다가 불의의 일격을 받은 맥글레인은 당황하지 않고 부하들에게 명령을 내렸다.

파파팟!

기갑병기에 타고 있던 맥글레인의 수하들은 명령이 채 끝나기도 전에 이미 사방으로 산개하며 흩어졌다.

거대한 동체의 기갑병기답지 않은 빠른 움직임으로 산개한 맥글레인의 수하들은 검을 들고 있는 두영을 확인했다.

'허!'

몰트란은 헛웃음을 삼키지 않을 수 없었다.

고작 검 한 자루를 들고 자신들을 상대하려는 두영이 가소로웠다.

고출력 레이저로도 흠집조차 내기 힘든 키메라슈트를 고작 검 한 자루로 대적하려 하다니 말이 되지 않는 이야기였다.

두영의 모습에 기가 찬 것은 몰트란뿐만이 아니었다.

[몰트란, 방심하지 마라! 예사 놈이 아니다. 모두들 주의해라.]

맥글레인은 방심하고 있는 부하들에게 주의를 주었다.

방금 전 머리에 강력한 충격을 받았던 탐과 레빌, 그리고 게링이 아직도 그 여파를 벗어나지 못하고 비틀거리고 있었다.

맨몸으로 생체기갑병기에 강력한 충격을 줄 수 있다는 것은 예사로운 자가 아니라는 뜻과 같았다.

예상치 못한 최상급 능력자가 분명했기에 수하들에게 경고를 한 것이다.

"어떤 놈들이기에 이런 잔악한 짓을 저지른 것이냐?"

분노에 찬 목소리로 두영이 물었다.

'으음!'

목소리만으로도 가슴이 두근거렸다.

브라보 팀의 해체로 인해 알파 팀에 들어간 후 처음 의장을 보았을 때의 느낌과 비슷한 기운이 두영에게서 퍼져 나오고 있었다.

맥글레인은 두영의 목소리에서 엄청난 기운을 느낄 수 있었다.

허물 수 없는 절대적인 강함이 두영에게서 느껴졌다.

[전 대원은 들어라. 기갑병기를 최대 출력으로 맞춰라. 저자는 이면 세계의 능력자 중에서도 특급 능력자가 틀림없다. 뒤로 50미터 빠지고 나서 산개한 후에 놈에게 레일건을 쏟아붓는다.]

맥글레인의 경고가 아니더라도 이미 방심은 사라진 뒤였다.

이면 세계의 특급 능력자를 상대하는 지침을 귀가 따갑도록 들었을 뿐만 아니라, 어떻게 상대해야 하는지 반복 훈련을 해 온 터였다.

최상급 능력자가 분명함을 확인한 후였기에 맥글레인의 명령에 즉각적으로 반응했다.

파파파파팟!

생체기갑병기들이 뒤로 빠르게 물러났다.

맥글레인의 수하들이 다급히 양산형 기갑병기의 출력을 최대로 조정하자 거대한 몸체가 붉은 빛에 휩싸였다.

이이잉!

찰칵!

　기괴한 소음과 함께 양산형 기갑병기의 눈에서 레일건의 총신이 튀어나왔다.

　슈슈슈슈슝!

　타깃에 대한 지정은 마친 터라 레일건은 모습을 드러내자마자 곧장 발사됐다.

　섬광과 함께 대기의 파동이 후폭풍처럼 몰아닥쳤다.

　전차도 한 방에 풍비박산 날려 버리는 집중 포화가 두영에게 날아들었다.

　"주(呪)! 금강(金剛)!"

　맥글레인과 그의 수하들의 빠른 대처와 레일건에서 총신이 드러나자마자 두영은 주법을 시전해 방어막을 만든 후 다급히 있던 자리를 빠져나왔다.

　콰쾅!

　콰콰콰쾅!

　두영이 있던 자리에 엄청난 폭발이 일어났다.

　바닥을 파고든 레일건이 대지를 부숴 버렸다. 흙과 바위가 사방으로 비상했다.

　"호락호락 당할 것 같으냐! 차앗!"

　레일건의 표적에서 벗어난 두영은 휘날리는 흙과 바위를 뒤로하고 게링이 있는 곳을 향해 빠르게 접근한 후 제혼을 휘둘렀다.

　슈캉!!

　두영의 움직임은 눈에 보이지 않을 정도로 엄청난 속도를 내고 있었지만 게링의 반응 또한 그에 못지않았다.

커다란 덩치와 어울리게 거의 2미터에 달하는 거대한 검신이 어느새 제혼을 막아서고 있었다.

"막았다고 생각하느냐? 차앗!"

서걱!

게링이 막기는 했지만 두영은 이미 예상한 듯 맞대어진 제혼을 그대로 밀어붙여 대검을 잘라내고는 한 바퀴 회전하며 검을 내뻗었다.

'헉.'

대검을 가르고 자신이 타고 있는 조종실을 향해 제혼이 날아오자 헛바람을 삼킨 게링은 다급히 뒤로 물러났다.

'어떻게 이런 놈이!!'

푹!

'컥!!'

공격을 피했다고 생각하던 게링은 불로 지지는 듯한 통증이 가슴으로부터 차오르는 것을 느낄 수 있었다.

공간을 접듯 다가온 두영의 제혼이 양산형 기갑병기의 장갑을 뚫고 그의 가슴에 틀어박혀 있었다.

'이, 이런!!'

누구도 예상하지 못한 결과였다.

두영이 대검을 잘라 버리고는 뒤로 빠지는 게링의 가슴에 검을 틀어박아 넣고 있었다.

기갑슈트를 타고 있어 인간의 몇 배에 달하는 감각을 보유한 상태인데도 공격을 막을 수가 없었다.

맥글레인은 인간 같지 않은 두영의 모습에 고개를 흔들었다.

"으드득! 이곳이 네놈들의 무덤이 될 것이다."

게링이 탄 양산형 기갑병기에서 제혼을 뽑아 든 두영이 이를 갈며 맥글레인을 노려보았다.

[네, 네놈은 누구냐?]

맥글레인의 음성이 확성기를 타고 장내에 흘러나왔다.

"내 정체를 묻기 전에 네놈들의 정체부터 밝혀라. 어째서 이런 짓을 저지른 것이냐?"

[네놈이 기고만장했구나. 원한다면 죽음을 내려주지.]

확성기를 통해 흘러나오는 맥글레인의 목소리에는 분노가 실려 있었다.

[플라즈마를 가동시킨 후 힘을 합쳐 놈을 상대한다.]

[알겠습니다.]

[예!]

지이잉!

찰칵!

차차차착!

맥글레인의 지시에 양산형 기갑병기들의 모습이 바뀌기 시작했다.

거대한 모습이 점차 줄어들더니 어느새 보통의 사람처럼 체형이 줄어들었다.

2미터에 가까운 크기로, 중세시대 판금 갑옷을 입고 있는 기사의 모습과 비슷했다.

피처럼 붉은색의 갑주를 입은 모습을 보면서 두영은 조금 전보다 상대하기 까다롭다는 것을 알 수 있었다.

5미터에 달하는 크기였을 때는 아무리 빨라도 인간의 감각과 혼재되어 크기에 대한 적응이 끝나지 않았는지 사각이 존재했었다.

그러나 지금은 달랐다. 인간형으로 변신한 후였기에 사각이 전혀 존재하지 않았다.

체형이 줄어 스피드를 이용한 공격의 여지가 줄었을 뿐만 아니라 좀 더 단단해 보이는 모습이었다.

그렇게 완벽한 중세기사의 모습을 한 맥글레인 일행은 천천히 두영을 압박하며 포위망을 좁혀왔다.

'이대로 섣불리 상대했다가는 내가 당한다.'

상대해야 할 적은 십여 명!

크기가 줄었을 뿐인데 하나같이 강렬한 기운을 흘리고 있었다.

집약되고 응축되어 파고들 틈이 없는 기운을 내포하고 있는 적들의 시선이 두영에게 부담감으로 다가왔다.

'할 수 없지. 어쩌면 이번이 나를 시험해 볼 수 있는 기회가 될지도 모르니까.'

두영은 맥글레인과 그의 수하들을 대상으로 자신의 힘을 측정해 보기로 했다.

세포 변이를 통해 얻게 된 무한의 능력이 이제 세상에 첫선을 보이려 하고 있었다.

'응?'

두영이 본신의 힘을 이끌어내자 맥글레인은 의문이 들었다. 방금 전까지 볼 수 없었던 현상이 나타나고 있었다.

상대가 가만히 서 있는데 잔상이 보였다. 마치 두 사람인양 두영의 모습이 겹쳐 보였다.

'고장을 일으킬 리는 없는데……'

기갑슈트를 착용한 후 인간의 영역을 벗어난 확장된 감각이 오류를 일으킬 가능성은 제로였다.

잔상처럼 겹쳐 보인다는 것은 상대가 뭔가를 하고 있다는 증거였다.

적으로 대치한 상황에서 상대가 준비를 끝낼 때까지 기다린다는 것은 사치였다.

파파팟!

단 세 걸음에 50미터 거리를 단숨에 압축했다.

쉬익!

상단에서 하단까지 가공한 거력을 담은 검이 공간을 갈랐다.

'걸리는 것이 없다.'

분명히 검으로 베었건만 베이지 않는 형체를 가진 괴이한 상대였다.

실체를 가지지 않는 허상도 분명 아니었다. 존재하지만 결코 존재하지 않는 이상한 상태였다.

파팟!

이상을 눈치챈 맥글레인은 직각으로 꺾어지며 신형을 우측으로 뺐다.

서걱!

'크윽!'

미처 신형을 뒤로 빼기도 전에 왼 팔뚝에서 불로 지지는 듯한 고통이 밀려들었다. 어느새 상대의 검에 베인 것이다.

오러블레이드로도 잘라지지 않는 기갑슈트가 반듯하게 잘려 벌어져 있었다.

스르르!

뱀파이어의 혈정으로 만들어진 기갑슈트답게 금방 원상태로 회복했지만 타격은 결코 줄어들지 않았다.

키메라슈트라 이름 지어진 기갑슈트의 복원력은 착용자의 생명력을 원천으로 하는 까닭이었다.

파파팟!

'이런!!'

공격이 실패하고 옆으로 신형을 빼는 것과 동시에 수하들이 연이어 적을 향해 검격을 날리는 것이 보였다.

합공이 시작된 것이다.

자신의 공격이 워낙 빠른 속도로 이루어진 탓에 수하들에게 적의 실체를 말할 사이도 없이 이루어진 합공이었다.

붉은 빛을 띠는 검의 궤적을 따라 핏빛 섬광이 일어나며 상대를 덮쳐 갔다.

한 사람이 최대한 그릴 수 있는 검의 궤적은 모두 열두 개!

상대는 이미 검강의 그물 속에 갇힌 상태였지만 맥글레인은 불안함을 떨칠 수 없었다.

쉬이이이!

찰나에 교차되며 이어지는 검격 사이로 마치 바람이 빠지는 듯한 소리가 들렸다.

중심을 향해 일직선으로 짓쳐들던 붉은 빛의 궤적들이 사방으로 흩어지고 있었다.

'상처가 똑같다.'

검격을 가한 후 반대 자리로 이동해 적을 바라보고 있는 수하들의 모습이 한결같았다.

모두들 자신과 같이 왼쪽 팔뚝에 상처를 입고 있었다.

자체 복원 능력을 가진 덕분에 다시금 원래의 상태로 회복하고 있었지만 비틀거리는 것이 다들 어느 정도 타격을 입은 모습이었다.

"이런, 상대가 준비도 안 됐는데 기습이라니! 하지만 실수한 거야. 이까짓 어설픈 공격을 가지고 기습이라니 말이야. 쯔쯔!"

변화를 끝마친 두영은 주변을 돌아보며 혀를 찼다.

'어떻게 한 거지? 공격을 하지 않은 거란 말인가?'

맥글레인은 믿을 수 없었다. 상대는 분명히 수하들에게 공격을 하지 않았다. 자신과 수하들의 공격을 그저 흘리기만 했다. 그런데 공격을 하던 자신들이 상처를 입었다. 말이 되지 않는 소리였다. 마치 설명을 해달라는 듯 맥글레인은 의아한 눈으로 두영을 바라보았다.

"궁금한가 보군."

자신의 의문을 아는 듯한 두영의 물음에 맥글레인이 고개를 끄덕였다.

"어둠의 칼날이라는 것이다. 상대의 가장 취약한 부분을 파고드는 놈이지. 내가 네놈들을 두고 무방비 상태로 있었다고 생각하면 곤란하지."

"아, 아무것도 없었는데……."

믿을 수 없다는 듯 맥글레인의 목소리가 떨렸다.

"그건 지옥에나 가서 알아보도록!"

팟!

의아해하는 맥글레인을 향해 두영이 움직였다.

서격!

검은 그림자가 아른거린 후 눈앞에 빛이 번쩍였다.

"크윽!"

신형을 완전히 피할 사이도 없이 가슴에 극통이 일었다.

기갑슈트와 함께 오른쪽 갈비뼈가 단번에 잘려 버렸다. 몸을 트는 것이 조금만 늦었어도 심장을 베일 뻔했다.

'제기랄!'

혈정의 근원인 심장으로부터 피가 끓어오르며 빠르게 기갑슈트를 회복시키자 머리가 어지러웠다.

맥글레인은 연이은 공격에 대비해 애써 몸을 피하며 두영의 행방을 찾았다.

"저, 저럴 수가!"

자신을 공격하던 두영은 그 자리에 없었다. 어느새 수하들 사이를 날아다니고 있었다.

망자가 될 자들을 찾아다니는 사신처럼 검은 그림자로 변해 사방을 휘젓고 있지만 수하들은 전혀 막지를 못하고 있었다.

"크아아악!"

"아아악!"

수하들이 죽어가고 있었다.

자신과는 달리 피하지 못하고 피의 근원인 심장이 베여 버린 탓에 처절한 비명과 함께 죽어나가고 있었던 것이다.

"피해라!!"

이대로 가다가는 전멸을 면치 못할 것 같기에 맥글레인이 다급하게 소리를 질렀다.

하지만 상대가 더 빨랐다.

검은 그림자는 어느새 두 개로 분화되어 폭풍처럼 남아 있는 수하들을 덮쳐 갔다.

잠깐 사이에 수하들이 당해 버렸다.

가슴이 갈라진 채 밖으로 드러난 심장은 반으로 쪼개져 검붉은 선혈을 쉴 새 없이 토해내고 있었다.

기갑슈트는 복원되지 못하고 있었다. 힘의 근원인 심장이 파괴된 탓이었다.

스스스!

　"후후! 네오클래스에서 이런 것을 만들어내다니 재미있군. 피를 끓어오르게 해서 원래의 상태로 회복한다는 말이지."

　어느새 맥글레인의 눈앞에 나타난 두영이 미소를 지어 보이고 있었다.

　"으으으!"

　맥글레인은 태어나 처음으로 공포를 느꼈다.

　항거할 수 없는 절대적 강함에 수족조차 움직이기 힘들었다.

　특히나 자신을 노려보고 있는 무심한 두영의 눈동자는 공포스럽기까지 했다.

　'크으, 이렇게 허무하게 당할 수는 없다.'

　복원되어 가는 것을 보면서도 아무런 행동도 하지 않고 있었다. 이렇게 쓸데없는 말을 지껄이고 있는 것을 보면 자신에 대해 방심하고 있는 것이 분명했다.

　죽어나간 수하들의 피가 기갑슈트로 스며들고 있는 중이다. 힘의 근원인 혈정이 만들어지고 있는 상태였다.

　조금만 시간을 끌어 수하들의 피가 완전히 혈정으로 변하면 자신에게도 기회가 생길 것이 분명했다.

　맥글레인은 시간을 끌기 위해 두영을 노려보며 물었다.

　"어떻게 그런 움직임이 가능한 거지?"

　"모르지. 나도 내 몸에 대해서는 잘 모르니까 말이야."

　의미 모를 답변이었다. 자신조차 모르는 힘이라니 의문이

일 수밖에 없었다.

"그렇게 시간을 끌 것 없다. 기다려 줄 테니까 힘을 회복해라."

"알고 있었나?"

"물론. 심장을 가르자마자 피가 저 갑옷에 스며들더군. 아마도 힘을 모으는 모양이라고 생각했지. 아니면 그렇게 세팅되어 있거나. 하지만 널 보니 확실하더군. 대지를 통해 죽은 자들의 힘이 너에게로 집중되고 있는 것을 보면 말이야."

"그것을 알면서도 기다리다니 대단한 자신감이로군."

"후후후, 자신감이라……. 뭐, 그럴 수도 있겠지. 한 가지 확실한 건, 내가 예전에 사신으로 불렸다는 것이다. 앞으로도 그럴 것이고."

자신의 의도를 뻔히 읽고 있었다. 방심까지 하고 있지 않다면 자신에게는 기회가 없었다.

'제기랄! 이곳이 내 무덤이 될 것 같군.'

맥글레인은 자신의 죽음을 예감했다.

알아차리지 못하게 수하들의 죽음으로 만들어진 혈정을 서서히 끌어 모으고 있었지만 소용이 있을지 의문이었다.

'죽어도 찍소리는 내고 죽어야겠지?'

상대가 알고 있으니 최대한 빨리 모으기로 했다.

그저 미미한 반항에 불과하겠지만 죽기 전 어떻게 해서든지 타격을 주고 싶었다.

맥글레인은 자리에서 일어나 손을 내밀었다. 수하들이 남긴 혈정을 흡수하기 위해서다.

휘이이잉!

맥글레인을 중심으로 돌개바람이 불기 시작했다.

그와 함께 사방에 쓰러져 있던 그의 수하들의 몸에서 피처럼 붉은 안개가 솟아올랐다.

기갑슈트에 흡수되어 좀 더 높은 상태로의 진화를 마친 혈정이었다.

붉은 안개가 그들의 몸에서 솟아오른 후 중심으로 흘러들어갔다.

전신에 충만해 가는 힘은 차원을 달리 했다. 끓어오르듯 전신을 지배하는 피의 힘에는 상상치 못할 에너지가 담겨 있었다.

'어쩌면 살 수 있을지도 모른다.'

예상치 못한 힘은 맥글레인에게 자신감을 불어넣고 있었다.

"이제 끝났나?"

붉은 안개가 맥글레인의 몸속으로 스며들자 두영이 물었다.

"물론. 방심하지 않는 것이 좋을 것이다."

"후후후, 방심! 기대해 보지."

힘이 깃들어 있는 맥글레인의 목소리에 두영이 웃으며 대답했다.

'역시! 먼저 공격해 나가야겠다.'

자신보다 강자인 두영을 상대하기 위해서는 먼저 공격하는 것이 좋겠다는 판단이 들었다.

“차앗!”

맥글레인이 빠르게 선공을 가했다.

순식간에 신형이 사라지며 붉은 기운이 투망처럼 두영을 덮쳐 갔다.

강막처럼 얼기설기 얽힌 검의 기운이 자신을 덮쳐 오는 것을 보면서도 두영은 가만히 서 있었다.

콰쾅!

커다란 폭발음과 함께 사방으로 흙이 비산했다.

운석이 충돌한 크레이터처럼 두영이 서 있던 자리를 중심으로 사방 십여 미터가 파이는 폭발의 흔적이 생겼다.

‘놈이 사라졌다.’

피의 강막이 닿기 바로 직전 신형이 사라지는 것을 본 맥글레인은 빠르게 주변을 훑으며 두영의 존재를 확인했다.

‘어디지?’

어디에도 두영의 느낌은 존재하지 않았다.

조금 전 선명히 느껴지던 존재감이 환상으로 느껴질 정도로 아무것도 느껴지지 않았다.

‘공격을 시작할 것이다.’

존재감이 사라졌지만 분명 자신의 근처에 있었기에 맥글레인은 긴장을 풀지 않고 반격에 대비했다.

쉬아악!

“엇!!”

갑자기 오른쪽에서 싸늘한 살기가 밀려들었다.

아무것도 없는 공간에서 갑자기 튀어나온 살기는 맥글레인을 대경실색하게 만들었다.

살기뿐이라면 다행이겠지만 그에 앞서 전신을 갈라 버릴 듯한 기운이 쇄도하고 있었기 때문이다.

'도망쳐야 한다.'

감히 막을 생각을 하지 못했다. 그저 피해야 한다는 생각만 들었다.

생각과 동시에 맥글레인의 신형이 이동했다.

서격!

땅이 갈라지며 깊은 속살을 드러냈다. 손가락 한 마디 두께만 한 흔적이 거의 십여 미터나 길게 남았다.

'미치겠군.'

간신히 피하기는 했지만 맥글레인은 등골이 서늘했다.

피한 자리에 남겨진, 깊이를 알 수 없는 흔적을 보니 직격을 당했다면 자신의 생명은 그대로 소멸하고 말았을 것이 분명했다.

공격은 끝난 것이 아니었다.

연이어 여러 곳에서 방금 전의 살기가 느껴졌다. 그에 앞서 날카로운 기운이 쇄도하듯 덮쳐 왔다.

슈슈슈슉!

파파팟!

사방에서 쏟아져 들어오는 기운을 감당할 방법이 없었기에 맥글레인은 빠르게 움직이며 피할 수밖에 없었다.

망아지가 널뛰듯 피하고는 있지만 언제까지 피할지 자신이
없었다.

스가가가각!

사방이 갈라지고 있었다.

그다지 크지 않은 흔적이었지만 결코 막을 만한 기운이 아
니었다. 걸리는 것은 무엇이든지 베어버리는 기운이었다.

'아무것도 없는 공간에서 불쑥불쑥 나타나 땅을 갈라 버리
는 기운이라니!!'

환장할 노릇이었다.

두영의 존재감도 확인하지 못하고 그저 피해야만 했다.

갑작스럽게 가해지는 공격에 맥글레인은 피하기에만 급급
했다.

"헉! 헉!"

연이어지는 공격을 피하느라 숨이 가빠졌다.

공격이 어찌나 순간적으로 이루어지는지 반격은 시도해 볼
생각도 하지 못한 채 피하다 지쳐 버렸다.

"으으으!"

심장에 무리가 갔는지 찌르르 고통이 밀려왔다.

더 이상 버틸 재간이 없다는 생각에 맥글레인은 마지막 기
대를 걸어보기로 했다.

"어서 나와라! 정정당당하게 싸워보자."

이렇게 일방적으로 당하는 것이 아니라 어떻게든 싸워보고
싶었기에 맥글레인은 울부짖듯 외쳤다.

스스스!

외침에 답하려는 듯 두영이 맥글레인의 전면에 나타났다.

"스스로의 생명력을 써버릴 만큼 강해지고 싶었나?"

"무슨 소리냐?"

"네가 사용하는 힘 말이다. 그건 네 생명력을 매개체로 쓸 수 있는 에너지라는 뜻이다."

"내 생명력을 매개체로 쓰다니?"

"으음, 역시! 모르고 있었군."

"도대체 무슨 소리냐?"

"한마디로 말하면 넌 건전지라고 할 수 있다. 안에 담겨 있는 전기를 다 쓰면 더 이상 쓸모가 없어 폐기 처분되는 그런 존재라는 뜻이다."

"서, 설마!!"

네오클래스에서는 자신들이 알파 요원이 아님에도 기갑슈트를 건네주었다.

최고의 정예 요원이라는 알파 팀원으로도 받아들였다.

영광이라고 생각했는데 그것이 아니었다.

일회용으로 쓰려 했다는 것이기에 맥글레인은 믿을 수가 없었다.

"우리가 실험 대상이라는 말이냐?"

"그렇다. 너의 몸에서 계속해서 신호가 흘러나오고 있다. 상태에 따라 신호의 폭이 일정한 변동을 보이고 있는 것을 보면 네가 쓰고 있는 힘의 변화에 대한 측정 신호 같다."

두영은 맥글레인을 공격하는 동안 자신이 살펴보며 알아낸 사실을 이야기해 주었다.

두영은 지금까지 마지막 일격을 가하지 않고 피할 수 있는 공격만 하면서 맥글레인을 살피고 있었다.

혈정을 흡수하고 난 뒤부터 맥글레인의 몸에서는 기이한 신호가 계속해서 흘러나오고 있었기 때문이다.

두영은 듀크를 통해 그것이 계측 신호임을 알아낼 수 있었다.

기갑슈트에 장착된 측정 장치를 통해 맥글레인의 몸에서 계측된 여러 가지 수치들이 신호화되어 어디론가 발송되고 있다는 것을 확인했던 것이다.

'임무에 실패한 우리를 다시 받아들인 것이 고작 이 기갑슈트를 실험하기 위해서라는 말인가?

맥글레인은 불쌍하다는 듯 자신을 바라보고 있는 두영을 보며 거짓이 아니라는 것을 알 수 있었다.

'크으, 그동안 이용만 당했다는 이야기로군.'

자신이 마루타처럼 네오클래스의 실험체가 되었다는 소리에 맥글레인은 온몸에서 힘이 빠져나갔다.

초자연적인 힘을 지닌 존재들을 제거하고 미국의 국익을 지키는 일이라고 생각했는데 그것이 아니었다.

그동안 충성을 다해왔는데 이렇듯 폐기 처분된다니 허탈감이 들었다.

델타포스를 제대하고 네오클래스에 들어와 지내온 세월만

십여 년이었다.

그동안 이용만 당했다는 사실이 분노하게 만들었다.

특히나 자신을 믿고 따른 수하들의 죽음이 억울했다.

'이대로 허무하게 죽을 수는 없다.'

맥글레인은 죽음 앞에서 다시 살고 싶어졌다.

그것은 생에 대한 집착이 아니었다. 자신과 수하들을 이 지경으로 몰아넣은 네오클래스에 복수하고 싶었기 때문이다.

"몰랐던 모양이로군."

생각에 잠겨 있는 맥글레인을 보며 두영이 말했다.

"여기서 날 죽일 생각인가?"

"글쎄?"

"살려주게."

"어째서 내가 당신을 살려주어야 하지?"

두영은 아리안에서 맥글레인 등이 저지른 혈겁에 대한 대가는 치러야 된다는 것을 상기시켰다.

"나와 수하들을 이렇게 만든 자들에게 복수하기 위해서다. 이곳에서 벌어진 참극의 진정한 원흉 또한 그들이니 너로서도 좋은 일이 아닌가?"

"으음!"

두영의 입장에서도 맥글레인의 제의는 나쁠 것이 없었다.

조직을 붕괴시키려면 외부에서보다 내부에서 공격하는 것이 더욱 효율적이기 때문이다.

"날 살려준다면 앞으로 네오클래스의 움직임에 대한 정보도 제공하겠다."

"네오클래스의 정보를 말인가?"

두영이 맥글레인의 말에 반응을 보였다.

상당히 좋은 제안이었다. 두영으로서는 네오클래스의 움직임과 실체를 알 수 있는 절호의 기회였다.

하지만 앞에 있는 맥글레인을 믿을 수 있느냐가 문제였기에 한번 알아봐야 했다.

"그런데 그것이 가능할까? 이미 네가 가지고 있는 생명력을 태반은 쓴 것 같은데 말이야."

"그런 건 상관이 없다. 어차피 복수를 하게 되면 거의 죽었다고 봐야 하는 목숨이니까. 그러니 나에게 기회를 주지 않을 텐가?"

"그거야 어렵지 않지만, 어떻게 널 믿을 수 있지?"

"너에게 확신을 줄 수는 없지만 전사로서 약속하겠다."

굳은 눈빛에는 수하들의 복수를 하겠다는 결의가 가득했다.

'으음, 전사로서 긍지를 지닌 자다. 살기 위해 거짓을 말하지는 않을 자 같다.'

흔들리지 않는 눈빛에 한번 믿어보기로 했다.

맥글레인을 제거한다고 해서 이익을 얻는 것도 아니었다. 설사 배신을 한다 하더라도 그다지 손해 보는 일은 없기에 제의를 수락하기로 했다.

"좋아, 수락하도록 하지."

"고맙다."

“천만에!”

“그럼 이만 떠나겠다. 정보는 때가 되면 전해주마.”

두영의 마음이 변하기 전에 가는 것이 좋겠다는 생각이 든 맥글레인이 떠나려 했다.

“보내주기는 하겠지만 좀 더 이곳에 있어라. 지금 가보았자 얼마 후면 쓰러질 테니까.”

“어차피 마찬가지다. 네 말대로라면 내 생명력은 얼마 남지 않았을 것이니 빨리 처리하는 것이 좋을 것이다.”

“후후후, 너무 급하게 생각하지 마라. 네 몸을 회복시키는 방법 정도는 내가 가지고 있으니까 말이야.”

“정말인가?”

“물론!”

“으음, 알았다.”

혈겁을 자행한 터라 꺼림칙한 면이 없지는 않았지만 네오클래스에 복수를 하기 위해서는 최상의 몸 상태를 유지하는 것이 좋았기에 맥글레인은 좀 더 머물기로 했다.

“결계를 해제하고 안으로 들어갈 텐데 당신은 이번 혈겁에 관여하지 않은 것으로 해두는 것이 좋겠군.”

둘 사이의 문제가 해결되자 두영은 가르시아가 봉인되어 있었던 곳으로 결계를 해제하고 들어가야 했기에 맥글레인에게 당부했다.

“알았다. 안에 있는 이들에게는 미안하게 됐군.”

“후후후, 당신이야 그들의 명령을 듣고 온 것이니까. 그런데 어째서 이곳에 온 거지?"

"이곳에서 보관하고 있는 검을 탈취하라고 하더군."

"검이라면?"

"스플렌더라 불리는 검이라고 하더군."

"역시!"

네오클래스에서 칠대신검이자 생체기갑병기인 스피릿아머를 노리는 것이 확인되었다.

지금 미국과 아랍권이 전쟁을 벌이고 있는 상황과도 관련있는 것이 틀림없었다.

'일단 결계를 해제하고 안으로 들어가 봐야겠군. 자세한 사정을 들을 수 있을 테니.'

결계를 해제하기로 한 두영이 손을 들었다. 그러자 기갑병기들이 공격을 해대던 결계에 희미한 틈이 벌어졌다.

두영이 펼치는 소울컨주리에 반응한 것이다.

영혼의 마법인 소울컨주리로 펼쳐진 결계는 아리안을 나가기 전 두영이 자신의 영혼으로 인식시켜 놓은 것이라 쉽게 문을 열어주었다.

안으로 들어가자 피신을 한 엘프들이 불안한 안색으로 두영을 맞았다.

많은 수의 엘프가 죽은 탓에 공포가 가시지 않은 것이 분명했다.

"두영!"

엘프들 사이를 따라 가르시아가 머물고 있는 곳으로 다가가

자 반가운 음성이 들렸다. 안젤라가 반가운 표정으로 뛰어오고 있었다.

"무사한 거야?"

"덕분에요."

두영의 질문에 안젤라는 맑은 눈망울로 두영을 바라보았다.

"자네가 와줄 줄 알았네."

"대장로님."

카로안이 반가운 표정으로 두영을 반겼다.

"자네가 온 것을 보니 밖에 있는 침략자들을 물리친 모양이로군."

"다행히 모두 물리칠 수 있었습니다. 그런데 피해는 어느 정도 입은 건가요?"

"보시다시피 적들에게 공격을 받아 희생자가 많았네. 전사들이 막기는 했지만 형편이 밀려 버렸지. 그들의 희생으로 겨우 피신할 수 있었네."

"그렇군요."

안타까운 표정이 역력한 카로안을 보니 두영도 마음이 아파 왔다. 자신이 좀 더 신경을 쓰지 못한 것이 미안해졌다.

"일단 안으로 들어가세. 자네에게 해줄 이야기가 있으니까 말이야."

"알겠습니다."

"그런데 저 사람은 누군가?"

카로안이 맥글레인을 보며 물었다.

'다행이로군.'

카로안은 맥글레인이 생체기갑병기로 변신한 후 아리안을 공격한 탓에 그가 엘프 전사들을 공격한 장본인임을 알아보지 못하고 있었다.

카로안의 질문에 맥글레인은 어쩔 줄 모르고 있었다.

"제 동료입니다."

"그런가? 상당히 강해 보이는군. 저 사람도 같이 들어야 할 것 같으니 같이 들어가세."

"저는……."

카로안의 말에 맥글레인이 주저하는 빛을 보였다.

"같이 들어봅시다. 꽤나 중요한 일인 것 같으니 말입니다."

두영이 맥글레인에게 권했다. 이미 마음이 돌아선 이상 비밀을 토설할 자로 보이지는 않는 맥글레인이었다.

"알겠습니다."

카로안의 안내로 일행은 가르시아가 소울컨주리에 봉인되어 있던 곳으로 들어갔다. 결계 안으로 몸을 피신한 엘프들도 함부로 들어가지 못하는 듯 그 앞에는 전사들이 지키고 있었다.

"오셨습니까?"

안으로 들어서자 가르시아가 반갑게 두영을 맞았다.

"괜찮은 것이냐?"

결계를 유지하는 힘의 원천이 가르시아임을 알기에 두영이 물었다.

맥글레인 등의 공격으로 행여 내상을 입지 않았는지 염려스러웠다.

"조금 더 공격이 진행됐더라면 결계를 유지할 수 없었을 겁니다."

"다행이로구나. 애썼다."

피곤한 표정이 역력했던 가르시아는 두영의 칭찬에 기쁜 듯 얼굴에 화색이 돌았다.

"해후는 그만하고 어서 이리고 오게."

둘 사이의 이야기가 길어질 것 같아 보이자 카로안이 재촉했다.

"알겠습니다."

카로안이 안내한 곳은 커다란 나무 그루터기가 있는 곳이었다.

"이곳을 좀 보게."

카로안은 나무 그루터기를 가리켰다.

나이테를 중심으로 원을 그려가며 엘프어로 쓰인 글자들이 보였다.

"저게 무슨 뜻입니까?"

"저건 고대 엘프 어네. 금단의 봉인이 깨질 때 나타나게 안배되어진 것이네."

"금단의 봉인이 깨져요?"

"그렇다네. 고대 지구에 존재하던 고신들을 이 차원으로부터 쫓아낸 시발점이 되었던 곳에 대한 예언서지."

"으음."

"달리 혈탑이라고 불리는 곳에 대한 예언서라고도 할 수 있지."

"혈탑에 대한 예언서요?"

"그렇다네. 봉인되었던 혈탑이 움직이기 시작했네. 고신들을 쫓아내기 위해 칠대부족의 피로 만들어진 그 피의 탑이 움직이고 있다네."

"무슨 말씀인지 잘 모르겠군요."

피의 탑이 움직인다니 어리둥절할 뿐이었다.

"내 마음이 급했구먼. 설명을 해줌세. 그러니까 까마득한 먼 옛날 이 땅에는 감히 견줄 존재가 없는 이들이 살았다네. 지금은 고신이라 불리는 이들이지. 그들은 이 세상에 자신들의 창조물들을 풀어놓았네. 바로 현 세계와 이면 세계를 지배하는 자들이지. 다른 말로는 칠대부족이라고 하네. 혈탑은 칠대부족이 고신들을 거부하면서 만들어진 것이네."

카로안의 설명은 제법 길었다. 이란의 고대사원에서 가져온 양피지와 그리 다르지 않은 이야기였다.

"그러니까 칠대부족이 신검을 만들어 고신들을 다른 차원으로 쫓아 보내고 이 세계를 지배하게 됐다는 이야기군요."

"그렇다네. 고신이 이 세계에서 사라진 후 혈탑은 봉인이 되었다네. 아니, 스스로 모습을 감추었다고 하는 편이 낫겠군. 혈탑은 고신들의 힘에 반응하도록 만들어진 존재니까 말이네."

"고신의 힘에 반응을 한다고요?"

"그렇다네. 신의 힘이 미치지 않는 공간에 만들어진 것이기도 하지만 애초부터 목적이 그것이었다네. 고신들의 힘에 반발하도록 만들어졌는데 상극의 힘이 없어졌으니 자연히 스스로 사라질 수밖에. 존재를 허용하는 힘이 사라진 탓이었지. 그런데 그것이 나타났네. 바로 고신들이 돌아왔다는 증거지."

"정말! 고신들이 다시 나타났다는 말입니까?"

"그렇네. 혈탑은 고신들의 힘에 반응해 자신의 의지와 생명력을 가지는 존재라네. 그렇지 않다면 혈탑이 다시 나타날 리 없고, 혈탑이 나타나지 않았다면 이렇게 예언서가 모습을 드러낼 수 없었을 테니까."

"그렇군요."

어떻게 고신들이 이 세계로 왔는지 알 수 없었지만 두영은 카로안의 말이 사실이라는 것을 알 수 있었다.

"아마도 네오클래스에서 이곳을 공격한 것도 그것 때문일 것일세. 고신들의 분노로부터 살아남기 위해서는 칠대신검이 필요할 테니까 말이야."

"죄송하지만 한 가지 여쭙고 싶은 것이 있습니다. 혹시 누군가가 이전에도 스플렌더를 노린 적이 있습니까?"

아리안에 온 것이 스플렌더를 노린 자들이 있는지 여부를 확인하기 위한 것이었기에 두영이 물었다.

"있었네. 안젤라가 태어나고 얼마 지나지 않아서였지. 안젤라의 어머니인 아스인이 외유를 갔을 때 습격을 받았네. 정체를 알 수 없는 자들이 당대의 스플렌더 주인인 아스인을 노린 것이지. 안타깝게도 아스인은 스플렌더를 안젤라에게 남기고 태고의 품으로 돌아갔네."

"그랬었군요."

아리안의 스플렌더도 누군가 노리고 있었다. 일을 처리하는 방식도 비슷했다.

'나머지 신검들도 같은 자들에 의해 비슷한 과정을 겪었을 것이 분명하다.'

칠대신검 중 세 개가 같은 자들로부터 노림을 받은 것이 분명했다. 나머지 신검들도 같은 과정을 겪었을 가능성이 다분해 보였다.

"이제부터가 중요하네. 지금 미국과 아랍권이 전쟁을 벌이고 있는 것도 알고 보면 살아남기 위한 투쟁의 과정이네. 다른 종족이 보유하고 있는 칠대신검을 모두 쟁취해야만 고신들의 분노를 피할 수 있을 테니까 말이네."

"심각하군요."

현실 세계에 나타나지 않았던 이면 세계의 능력자들이 모두 등장한다는 이야기였다.

지금까지와는 전혀 다른 양상의 전쟁이 시작되었다는 소리이다.

전무 아니면 전부!

종족의 운명을 건 아마겟돈이 시작된 것이다.

"그렇지. 심각한 상태네. 피의 쟁투가 아닌 다른 전쟁도 벌어질 테니까 말이야. 어쩌면 우리 모두 공멸을 걸을지 모르네. 핵이 사용될지도 모르니까."

수천 기의 핵탄두가 지구상에서 폭발한다면 지구상의 생명체가 살아남을 수 있는 확률은 일 퍼센트도 되지 않을 것이기에 카로안의 안색은 무척이나 어두웠다.

"엘프들은 어떻게 할 생각이십니까?"

앞으로 벌어질 사태에 두려워하는 얼굴이었지만 그다지 긴박해 보이지는 않기에 두영이 물었다.

"이제 이곳도 더 이상 안전한 곳이 아니네. 그래서 우리는 엘프들의 성역으로 갈 생각이네. 종족전쟁이 시작되었으니 모든 엘프들이 성역으로 모일 테니까 말이네."

"성역이라면 어디를 말하는 겁니까?"

앞으로 벌어질 전쟁을 대비하기 위해 가는 것 같아 카로안이 말한 성역이 궁금했다.

"미안하네. 자네가 아무리 소울컨주리를 이었다고는 하지만 그곳까지 알려줄 수는 없네."

엘프의 성역에 대해 인간에게 말한다는 것이 껄끄러운 듯 카로안이 입을 다물었다.

"알겠습니다. 상관은 없습니다만 안젤라는 어떻게 되는 겁니까?"

카로안의 말투로 보면 특별한 감정을 공유하고 있는 안젤라와도 연이 끊어질 수 있을 것 같기에 두영이 물었다.

"칠대신검의 검주는 종족을 초월하네. 오직 자신의 의지만

이 모든 것을 결정하는 존재들이지. 안젤라가 어떤 선택을 하든 간에 우리는 그 결정을 따를 수밖에 없다네. 검에 얽힌 피의 종속을 우리는 거부할 수 없으니까 말이네."

"피의 종속이요?"

"혈탑과 칠대신검이 만들어지면서 이어진 맹약이네. 부족의 소멸을 걸고 맺어진 맹약이라 우리는 절대 거부할 수 없네."

"그럼 안젤라가 절 선택한다면 엘프들도 저를 따라야 한다는 말이로군요."

"그럴 수도 있고, 아닐 수도 있네."

"그게 무슨 뜻입니까?"

"우리가 성역으로 가고자 하는 것은 이 차원을 벗어나기 위해서라네. 우리의 고향으로 돌아가고자 함이지. 그러면 피의 맹약은 사라져 버린다네. 오직 안젤라만이 자네를 따를 뿐이지."

전쟁에 대비하고자 함이 아니었다.

엘프들은 피하려 하고 있었다. 어떻게 피한다는 것인지 궁금하지 않을 수 없었다.

"그런데 아까 칠대부족이 고신들의 창조물이라고 하지 않으셨나요? 그런데 어디로 간다는 말입니까?"

"지금 이 지구에 사는 엘프들은 고신들의 창조물이 맞지만 진정한 창조물은 아니네. 고신 중 하나가 우리의 모태가 되는 엘프들을 다른 차원에서 불러와 지금의 우리를 만들었지. 그

래서 원래 엘프들이 살았던 곳으로 가려고 하는 것이네. 그것
만이 앞으로 일어날 겁화를 피할 유일한 방법이니까 말이야."

다른 차원에서 불러와 엘프들을 창조했다니 믿지 못할 일이
었다.

'이들은 전쟁을 원하지 않는다. 그저 피할 생각뿐이다. 도
대체 뭐가 뭔지……. 피의 전쟁이 벌어진다면 피해를 입을 것
이 분명하니 피할 곳이 있다는 것도 좋겠지만 안젤라는 어떻
게 되는 거지?

뭔가 감추는 것이 있는 것 같았지만 두영은 카로안의 말에
수긍했다.

지금은 그것보다 안젤라의 선택이 더 중요했기 때문이다.

"안젤라는 어떻게 할 생각이야?"

"당신이 여기 있으니까 난 이곳에 남을 거예요."

안젤라가 당연하다는 듯 말했다. 이미 이야기가 오고 간 듯
카로안도 수긍을 하는 눈치였다.

"여기 있는 것이 위험하지는 않은 거야?"

"위험하겠지요. 하지만 전 당신을 반려로 선택했어요. 엘프
들은 반려를 선택하면 다른 것은 생각할 수가 없어요. 불행이
닥친다 해도 오직 반려만 따를 뿐이죠."

불안한 눈동자로 자신을 보며 이야기하고 있는 안젤라에게
두영은 고마운 마음이 들었다.

"당신이 위험할 일은 없을 거야. 내가 반드시 지켜낼 테니
까."

“고마워요, 두영.”

살며시 품에 안기는 안젤라를 다독이며 두영이 카로안을 바라보며 말했다.

“안젤라는 제가 책임지겠습니다. 성역이 어디인지는 모르겠지만 부디 무사하시기를 빌겠습니다.”

“미안하네. 도움이 되지를 못해서.”

“아닙니다. 그럼 전 이만 가보겠습니다. 가르시아, 가자.”

두영은 가르시아를 불렀다. 엘프들이 성역으로 가는데 가르시아가 낄 이유가 없었기 때문이다.

“가시죠, 마스터!”

가르시아도 자신이 두영을 따라가야만 한다는 것을 아는 듯 주저없이 옆에 섰다.

“갑시다.”

맥글레인을 향해 말을 한 두영이 안젤라와 함께 결계를 빠져나가기 시작했다.

“대장로님, 저 사람이 바로 그일까요?”

두영 일행이 결계를 빠져나간 후 엘프 중 하나가 카로안을 향해 물었다.

“아직은 확실치가 않지만 적어도 신검의 검주 이상 가는 힘을 가지고 있는 것만은 틀림없는 것 같다.”

“그렇군요.”

“얼마나 강대한 힘을 보유하고 있는지는 모르겠지만, 만약 그가 고신들이 안배한 존재라면 우리가 느끼지 못하는 힘을 가지고 있을 수도 있다. 어차피 이곳을 떠나기로 했으니 더 이상 상관할 바는 아니다만 그가 고신이 안배한 존재가 아니더라도 앞으로 이곳 지구는 그에 의해 변혁을 맞을 것만은 틀림없어 보이는구나.”

“안젤라가 행복할까요?”

“글쎄다. 스플렌더의 검주인 이상 어차피 안젤라는 이곳을 떠나지 못한다. 여기서 운명을 개척해야겠지. 그나저나 빨리 여기를 떠날 준비를 하도록 해라. 시간이 없다.”

“알겠습니다, 대장로님.”

안젤라의 행복도 중요한 일이었지만 카로안은 일족의 안녕을 책임지는 대장로였다.

종족 간의 피의 쟁투가 시작된 이상 일족을 피신시키는 것이 우선이었기에 성역을 떠날 준비를 시켰다.

CHAPTER 07
종족전쟁의 시발

TIME
SLICE 타임 슬라이스

아리안을 떠난 두영은 곧장 비행장이 있는 곳으로 향했다.

듀크를 통해 대기시켜 놓은 비행기가 일행을 기다리고 있었다.

"앞으로 어떻게 하실 생각이에요?"

자가용 비행기에 올라탄 안젤라가 두영을 향해 물었다.

"어떻게 진행될지는 몰라도 조금 더 지켜봐야 할 것 같아. 아직 이면 세계의 힘들이 직접적으로 표출된 것은 아니니까 말이야."

"그렇기는 하지만 만반의 준비를 해야 할 거예요. 아주 오래전 종족 간의 쟁투가 시작됐을 때 각 부족의 전사 중 살아남은 자가 없을 정도로 치열했다고 하니까요."

다시는 떠올리고 싶지 않은 역사였기에 안젤라는 걱정하지 않을 수 없었다.

엘프의 기록으로 남겨진 종족전쟁은 정말이지 치열했다.

평화를 숭상하는 엘프마저 피의 광기에 빠져 이종족은 물론 동족마저 무참하게 죽여 버리는 전쟁이었다.

피의 전쟁이 또다시 벌어진다면, 이번에는 아예 지구 자체가 멸망할 수도 있는 일이었다.

"그래야 할 것 같아. 아무래도 세상이 돌아가는 것을 보면 만만치 않을 테니까 말이야."

두영도 안젤라의 의견에 동조했다.

종족 간의 혈투는 그저 그런 싸움이 아니었다.

지금으로 말하면 이면 세계의 특급 능력자 정도 되는 능력자들의 전쟁이었기에 최선을 다해 준비를 해야 했다.

"전쟁이 얼마나 걸릴까요?"

혈탑에서 벌어진 피의 전쟁은 모두가 죽고 하나가 남을 때까지 지속됐다. 성별과 나이를 불문하고 칼을 들 수 있는 자들은 모두 참가하는 전쟁이었다.

비록 전사들만의 전쟁이지만 이로 인해 각 종족은 동족의 구십 퍼센트 이상을 잃어야 했다.

피의 전쟁이 벌어지는 기간이 고작 일 년밖에 되지 않았음에도 각 종족은 심각한 피해를 입을 수밖에 없었기에 안젤라는 전쟁이 얼마나 지속될지 궁금하지 않을 수 없었다.

"모르긴 몰라도 몇 년은 끌 거 같아. 현실 세계의 인간들만 해도 거의 60억 명이니까 말이야. 거기다가 이면 세계에 있는 것으로 보이는 각 부족 간의 쟁투가 결말을 지으려면 제법 시간이 걸릴 거야."

현실 세계와 이면 세계가 동시에 전쟁을 치르고 있었다.

지금은 대부분 현실 세계의 인물들끼리 전쟁을 벌이고 있지만 조금 있으면 양상이 달라질 터였다.

핵전쟁이 벌어지지 않는 한 현실 세계의 전쟁은 몇 년을 끌 것이 분명했다.

하지만 그것도 장담하지 못할 일이었다.

'완전 소멸이냐, 아니면 공존이냐가 문제지만 지금은 누구도 그런 이성적인 선택은 할 수 없을 것이다. 이번에 도태되는 종족은 영원히 사라질 테니까. 그렇지만 핵전쟁이 일어나기라도 한다면 모두가 공멸할 것이다. 아무리 뛰어난 특급 능력자라 할지라도 바로 옆에서 폭발하는 핵무기의 위력을 막을 수는 없을 테니까.'

누군가가 단추 하나를 잘못 누르기만 한다면 순식간에 전쟁이 끝날 수도 있는 일이었다.

전세가 기울기 시작하면 극단의 선택을 할지도 모르는 일이었다.

잘못된 선택으로 모두가 멸망할 수 있을지도 모르기에 안젤라는 조심스럽게 입을 열었다.

"정말로 핵전쟁이 일어날까요?"

핵전쟁의 가능성을 염두에 두고 있는 안젤라를 보며 두영이 희미하게 미소를 지었다.

자신 또한 핵전쟁이 벌어질 가능성을 점치고 있었던 것이다.

"핵전쟁이 일어날 가능성이 높아. 그렇지만 난 그런 전쟁이 일어나지 않도록 할 생각이야. 핵은 모든 것을 송두리째 소멸시켜 버릴지도 모르니까 말이야. 그것은 내가 막아보려고 해."

혼자 힘으로 핵전쟁을 막겠다는 말이 무슨 뜻인지 모르겠지만 두영과 함께라면 그리 두려운 일이 아니었다.

"어떻게 막겠다는 건가요?"

안젤라가 눈을 빛내며 물었다.

"나에게 방법이 있으니까 안젤라는 걱정하지 말아."

두영은 미래전쟁에서 사용한 방법을 사용할 예정이었다.

듀크를 이용해 전자기기의 사용을 완전히 억제하는 방식으로 핵전쟁을 막을 생각이었다.

"알았어요."

안젤라는 어떻게 할 것인지 묻지 않고 두영의 말을 믿어버렸다.

진실을 바라볼 수 있는 눈을 가진 엘프이기에 두영이 거짓을 이야기하지 않았다는 사실을 알았다.

하지만 옆에 있던 맥글레인은 달랐다.

'적어도 핵미사일이 수천 기는 될 텐데 그것을 무슨 수로 막는다는 것이지?'

전쟁이 막바지로 치닫는다면 불가능한 이야기였다.

미국과 소련의 냉전이 끝났다고는 하지만 아직도 지하 핵 시설에 남아 있는 핵무기의 숫자는 가공할 정도였다.

그 수많은 핵무기를 어떻게 막겠다는 것인지 의문이 아닐 수 없었다.

'그저 안심시키기 위해 하는 헛소리는 아닐 것이다. 이자가 가진 능력이라면……'

특급 능력자를 상회하는 능력을 지닌 자였다. 지금까지 보아온 누구보다 불가사의한 능력을 소유했기에 그저 안심을 시키려고 하는 소리는 아닐 것이라는 생각이 들었다.

'뭔가 방법이 있으니 저런 소리를 하는 것일 것이다.'

한참을 생각하던 맥글레인은 두영의 말을 믿어보기로 했다.

비록 수하들을 죽인 자이지만 자신과는 다른 이상을 위해서 살아온 자가 분명했다.

상상할 수 없는 능력을 가진 자가 헛되이 말하지는 않았을 것이라는 데 운명을 걸어보기로 했다.

*　　　*　　　*

이렇게 서로가 다른 생각을 하며 두영 일행이 스티브의 아지트로 향하고 있을 무렵, 네오클래스에서도 대책 회의가 한창이었다.

네오클래스와 태양의 아들들이 벌이는 전쟁으로 인해 세계 대전으로 번질 위험성이 커지고 있었다.

예상치 못한 사태에 타론은 의장인 마트암을 향해 물었다.

"전쟁이 확전 일로에 있소. 의장께서는 이제부터 어떻게 할 생각이오?"

알파 팀원들로 구성된 타격 요원들로 하여금 기간트에 대한 자료를 얻고 태양의 아들에 대한 말살을 위해 시작했지만 예상과 달리 모든 작전은 완전 실패였다.

자신에게 책임을 묻는 타론의 질문이 껄끄럽기는 했지만 마트암은 대답하지 않을 수 없었다.

현실 세계로 번진 전면전이 어떤 방향으로 진행될지 모르는 이상, 어떻게든 수습 방안을 마련해야 하는 입장이었다.

"그동안 숨죽이던 자들이 이렇게 전면적으로 나올 줄은 생각도 하지 못했소. 피해도 피해지만, 우선은 어째서 그들이 이런 행동을 보이는지 알아야 할 것 같소."

마트암은 책임보다는 이번 사태의 원인이 어디에 있는 것인지 알아야 한다는 점을 주지시켰다.

"저도 원인을 파악하려고 했지만 쉽지가 않습니다. 놈들이 작정을 했는지 중동권은 현재 전면 봉쇄되어 우리 요원들이 파고들 틈이 없는 실정입니다."

사자의 터널을 지배하는 케루난이 곤란한 표정으로 입을 열었다.

"파고들 틈이 없다는 게 무슨 소리인가?"

"전사들이 요소요소에 쫙 깔렸습니다. 몇 번 아이들을 침투시켰지만 소식이라고는 하나도 없습니다."

"전멸을 당했다는 말입니까?"

"그런 것 같습니다."

마트암의 말에 케루난이 침통한 얼굴로 말했다. 그로서도 처음 맛보는 실패인지라 표정이 좋지 않았다.

"큰일이군요. 원인을 알지 못하는 한 전면적인 전력의 투사가 곤란한데 말입니다."

사자의 터널에서조차 파악하지 못했다면 문제가 컸다.

원인을 알지 못하고 전력을 투입하다가는 전멸을 면하지 못할 것이 분명하기에 마트암은 결정을 내리지 못하고 있었다.

세 사람은 침묵에 빠져들었다.

네오클래스와 태양의 아들들의 전면전이나 마찬가지인 상황에서 정보의 부재는 핸디캡을 안는 것이나 다름없었다.

특히나 마트암의 근심은 컸다. 키메라슈트를 완성하고 투사한 알파 팀이 전멸에 가까운 피해를 입었다.

그렇다는 것은 태양의 아들들이 만들어낸 기간트가 더욱 우수하다는 반증이나 다름없었다.

'놈들은 얼마 전까지 에너지 문제를 해결하지 못했다. 그렇다고 쉽게 해결할 수 있는 문제도 아니고……'

칠대부족은 생체기갑병기를 운용할 수 있는 기술을 가지고 있지만 누구나 운용할 수 있는 것은 아니었다.

스피릿아머야 봉인된 상태이기는 해도 자체적인 에너지 충전 장치를 가지고 있어 문제가 되지 않지만 생체기갑병기를 운용하기 위해서는 막대한 에너지가 소모되기 때문이다.

전쟁이 시작되기 전에 들어온 정보도 그렇고, 인공위성에서 확인된 정보로 볼 때 태양의 아들들도 마찬가지 상황이었다.

하지만 알파 팀 요원들이 전멸에 가까운 타격을 입었다면 생체기갑병기의 성능에서 완전히 밀렸다는 결론이 나올 수밖에 없다.

태양의 아들들은 에너지 문제를 완벽하게 해결한 것이다.

"아무래도 특단의 조치를 강구해야 할 것 같소. 우리의 전력으로 놈들에 대한 정보를 알아낼 수 없는 지금 유럽 쪽을 통해서라도 알아내야만 할 것 같소."

"유럽이라면 그 흡혈귀들하고 손을 잡자는 말입니까?"

마트암의 말에 타론이 정색을 했다.

"그렇소. 그들이 우리의 주적이라고는 하나, 지금은 손을 잡을 때요. 놈들도 태양의 아들들이 어떻게 그런 막대한 전력을 가지게 됐는지 궁금할 테니 잘하면 그리 힘들이지 않고 정보를 알아낼 수 있을 것이오."

"하긴, 그들이라면 어느 정도 정보가 있을 것 같습니다."

케루난이 의장인 마트암의 의견을 지지했다. 타론은 뭐라 반박을 하려 했지만 현재로서는 가장 현실적인 대안이었다.

"좋습니다. 그럼 어느 쪽과 손을 잡을 생각입니까?"

"발렌시아 가문과 손을 잡았으면 하오. 가장 가까이 있을 뿐만 아니라 대륙전쟁 당시 우리와의 전쟁을 반대한 가문이니 말이오."

"발렌시아라면 저도 찬성입니다. 중동권에 가장 많은 관심을 기울이는 것이 발렌시아 가문이니 정보도 가장 많을 테고 말입니다."

"좋소. 연락은 내가 취하겠소. 두 분은 만약의 사태에 대비해 준비를 철저히 해주시기 바랍니다."

"알겠습니다."

"준비를 하지요."

마트암의 결정에 두 사람은 인사를 하고는 회의장을 빠져나왔다. 전면전 양상으로 확전이 된 이상 준비할 것이 많았기 때문이다.

"놈들이 이렇게 겁없이 날뛴다는 것은 에너지 문제가 해결됐기도 했겠지만 뭔가 다른 이유도 있을 것이다. 그동안의 정보로 볼 때 절대 이런 식으로 일을 벌일 자들이 아니니까."

기간트를 상대할 방법이 있기는 하지만 아직은 세상에 선보일 때가 아니었다. 최후의 전쟁이라면 지금 당장에라도 투입할 수도 있지만 아직까지는 비장의 수단으로 가지고 있어야 할 것들이다.

태양의 아들들이 기간트의 에너지 문제를 해결했다고 생각되기는 하지만 그것만 가지고 움직일 자들이 아니었다.

분명 다른 이유가 있었다.

지금은 그 이유를 아는 것이 우선이었다.

'설마 고신의 힘을 간직한 존재가 나타나지도 않았는데 최후의 전쟁이 시작된 것은 아니겠지……'

태양의 아들들이 이렇게 무섭게 나오는 것은 오직 한 가지 이유밖에 없었다.

고신의 복수가 시작되었다면 가능한 일이었다.

하지만 아직까지 아무런 전조도 나타나지도 않고 있었다. 그렇지만 마트암의 이런 염려는 얼마 후 사실로 드러났다.

이제 지구 차원과 종족 간의 운명을 건 최후의 전쟁이 시작되려 하고 있었다.

*　　*　　*

스티브의 아지트로 돌아온 두영은 사람들을 모두 소집시켰다.

출발하기 전에 이미 연락을 해두었던 터라 써니는 물론, 그녀를 따르는 이들이 모두 아지트에 모였다.

사람들이 모두 모이자 두영은 자신이 알아낸 사실들을 전부 알려주었다.

머지않아 최후의 전쟁이 시작될 것이라는 사실을 공표한 것이다.

"그것이 사실이라면, 어떻게 되는 것입니까?"

두영의 설명을 들은 스티브가 앞으로의 전쟁이 어떻게 진행될 것인지 물었다.

"이대로 이면 세계와 현실 세계를 막론하고 종족 간의 전쟁이 벌어지면 살아남는 자가 거의 없을 겁니다. 대부분 죽어나가겠지요. 문제는 그 이후입니다. 어떻게 최후까지 살아남는다고 해도 고신들이 귀환하면 어떻게 상대할 것이냐 하는 것입니다."

"힘을 합쳐도 부족한데 오직 한 종족만 살아남는다고 해도 돌아올 고신들에게 멸망당할 확률이 크군요."

스티브의 말대로일 가능성이 컸다.

스피릿아머에 봉인된 힘을 얻는다고 해도 승산을 장담하기 힘든 것이 고신들이었다.

그들이 예전과 같은 힘만 가지고 있으리라는 보장이 없었다.

"그렇습니다. 그럴 확률이 높지요. 그것보다 더 큰 문제는 종족전쟁이 시작되고 자신들만 생각한다면 고신의 분노가 덮치기도 전에 모두가 공멸할 가능성이 더 큽니다. 특히나 핵이 사용된다면……."

두영은 자신이 두려워하는 사태를 생각하며 말끝을 흐렸다.

"그렇겠군요. 만약 핵전쟁이라도 일어난다면 그 누구도 살아남을 수 없을 겁니다."

두영의 말에 써니가 생각하기도 싫다는 듯 몸을 떨며 말을 이었다.

'마지막 수단이 없는 것은 아니지만 그것은 어디까지나 최후의 경우에 사용할 수 있을 뿐이다. 뭔가 방법을 찾아야 한다.'

워마켓에서 활동하고 있는 써니마저 두려움에 떨고 있었다. 두영은 해결책을 제시해야만 했다.

“확실히 문제가 크지만 해결할 방법이 없는 것은 아닙니다. 피의 쟁투는 어쩔 수 없이 벌어지겠지만 공멸만은 막아야겠지요.”

“해결책이 있는 겁니까?”

“있습니다. 하지만 준비하기까지 시간이 걸리는 일이고 문제가 많은 방법입니다.”

“무엇입니까?”

“EMP입니다.”

“전자기펄스파 가지고 막을 수 있겠습니까? 다른 나라는 몰라도 미국이나 러시아는 그에 대한 대비가 되어 있을 겁니다. 그리고 어디서 발사되는지 모르는 상황에서 정밀하게 핵무기에만 적용시키기에는 무리가 있습니다.”

스티브도 생각해 본 방법이지만 문제가 있었다.

대부분의 핵무기들이 전자기 장치로 제어되고 있어 확률이 없는 것은 아니지만 전자기펄스파에 대한 방어 장치가 있는 기종이 많았다.

또한 일부는 가능하겠지만 EMP 자체도 한계가 있어 핵무기 전부를 망가뜨리는 것에는 문제가 있었다.

“물론 지금의 EMP로는 불가능합니다.”

“그러시면…….”

자신과는 다른 것을 두영이 생각하고 있다는 점을 직감한 스티브가 말끝을 흐리며 의문을 표시했다.

“제가 생각하고 있는 것은 지구상에 존재하는 대부분의 전자기기를 못 쓰게 만드는 겁니다.”

“그게 가능한 겁니까?”

황당하기까지 한 두영의 말에 스티브가 반문했다. 이면 세계의 기술로도 불가능한 일이었기 때문이다.

“가능합니다.”

“설사 가능하다고 하더라도 많은 문제가 발생할 수 있습니다.”

현대 문명의 이기 중 대부분이 전자기기를 사용하고 있다.

자동차는 물론 비행기, 가전기기 등 수많은 문명의 이기가 인간 생활과 밀접해 있는 상황이었다.

이런 상황에서 지구상의 전자기기를 모두 못 쓰게 만든다면 그것이 불러올 공황은 무척이나 큰 여파를 미칠지 모르는 상황이었다.

“압니다. 저도 그게 걱정입니다만 핵전쟁보다는 나은 상황일 겁니다. 인류 자체가 말살될지도 모르니 그것이 최선의 방법일 수도 있습니다.”

“좀 더 좋은 방법은 없겠습니까?”

생각지도 못한 여파가 미칠 수도 있기에 스티브가 다른 방법이 없는지 물었다.

“아직까지는…….”

더 이상 좋은 방법이 생각나지 않는 두영이 고개를 저으며 말끝을 흐렸다.

“혹시나 모르지만 방법이 있을지 모르는데.”

옆에서 듣고 있던 성준이 입을 열었다.

"방법이 있는 거냐?"

자신조차 찾지 못한 방법이 있다는 소리에 두영이 반색하며 물었다.

"그래. 전에 만들어진 세포 말이다."

"그런데?"

"그것을 연구하면서 몇 가지 구상한 것이 있는데, 그중에 일부를 이용하면 전 세계 컴퓨터망을 장악할 수도 있을 거다. 그리고 난 뒤에 하나씩 핵무기 제어권을 빼앗으면 막을 가망이 있다."

"인간의 뉴런과 같으니 인식 프로그램을 만들어 해킹을 하자는 이야기냐?"

"그래, 핵무기도 컴퓨터로 작동되는 것이니 해킹만 가능하다면 굳이 EMP가 아니더라도 못 쓰게 만들 수 있다. 내가 만들어낸 몇 가지 로직 중 하나가 전자기기의 프로그램을 알아서 인식하는 것이었거든. 그것을 역으로 전개하면 충분히 핵무기들만 골라서 처리할 수 있을 것 같아서 말이야. 문제는 대부분의 핵무기들이 해킹 방지를 위해 어론형으로 설계되었다는 것이지. 직접 그곳에 가서 해킹하지 않으면 제어권을 가지고 올 수 없다는 것이 문제다."

성준의 말에 두영이 생각에 잠겼다.

고심에 빠진 모습이었지만 두영은 지금 성준이 제시한 의견에 대해 듀크에게 묻고 있었다.

'듀크, 가능하겠어?'

—충분히 가능합니다. 지금까지의 인공위성과 이를 이용하는 컴퓨터들은 네트워킹을 통해 파고들어 간 상태입니다. 어론형인 핵탄두들과 접촉할 수 있고, 독립적으로 움직일 수 있는 인공지능 컴퓨터나 프로그램만 있으면 충분히 시도해 볼 만한 계획입니다.

최후의 전쟁이 시작되는 전제하에 두영은 핵전쟁의 가능성을 제거하는 데 듀크를 이용할 생각이었다.

EMP 계열의 무기를 행성 전체에 투사할 수 있도록 만들어진 것이 듀크였기 때문이다.

지구연합에서 타 행성의 기기 문명을 초토화시키기 위해 개발해 듀크에게 장착한 것이다.

충분히 핵무기를 무력화시킬 수 있는 장치였지만 스티브의 말대로 지구상의 전자기기 전부를 망가뜨릴 수밖에는 없기에 고민이 없는 것이 아니었다.

그의 말대로 대혼란이 일어날 개연성이 충분했다.

그렇지만 성준의 말대로 방법이 있다면 시도해 볼 만했다. 핵무기만 골라서 무력화시킬 수 있다면 말이다.

"좋아, 해보도록 하자."

두영은 성준의 계획대로 하기로 했다.

멸망의 단추를 누가 먼저 누를 것이냐 하는 것만 남은 상태에서 시간이 없을 수도 있기에 계획을 서둘렀다.

성준이 개발한 프로그램은 획기적인 것이었다.

　접속이 되는 순간 바이러스와 같이 침투해 시스템 전체를 자신의 통제하에 둔 후 기기 운영 체제를 최적의 상태로 변화시키는 프로그램이었다. 성준은 프로그램을 다시 짜서 변화를 시키는 것이 아니라 아예 운용이 불가능하게 만드는 시스템을 만들기 시작했다.

　성준과 스티브가 프로그램을 구성하는 동안 두영은 듀크를 통해 나노패밀리어를 전 세계에 뿌렸다.

　직접 접촉이 어려운 이상 나노패밀리어를 이용해 핵무기에 접근하겠다는 생각에서였다.

　핵폭탄을 만들 수 있는 방사능 물질을 감지할 수 있는 시스템을 탑재한 나노패밀리어로 하여금 핵무기들을 찾도록 한 것이다.

　시스템이 만들어지는 동안 대부분의 핵무기들이 나노패밀리어에 의해 정체가 드러났다.

　각국의 주요 정보를 해킹해 군사 기밀 지역에 대한 사전 정보 탐색을 끝내놓은 상태였기에 그리 많은 시간이 소요되지 않았다.

　하지만 전부 찾은 것은 아니었다.

　몇몇 핵무기들은 주요 군사 기밀에도 포함되어 있지 않아 찾는 데 애를 먹어야 했다.

　지하 1킬로미터에 있는 것들까지 지상에 있는 것은 전부 찾았지만 바다 속을 누비고 다니는 핵잠에 탑재된 것들은 찾을 수가 없었던 것이다.

　방사능 물질이 방출되지 않도록 철저하게 밀폐되어 있을 뿐
만 아니라 계속 돌아다니는 통에 찾기가 수월치 않았던 것이
다.
　그것은 심각한 위협이 아닐 수 없었다.
　바다 속에 돌아다니는 잠수함에 탑재된 핵무기의 경우 전략
핵이 대부분이라 위력이 클 뿐만 아니라 정확한 숫자조차 알
수 없어 자칫 지금까지의 수고가 허투로 돌아갈 위험이 있었
다.
　그런 와중에 시스템이 완성되었다.
　아리안에서 돌아온 지 열흘 만이었다.
　그 시간 동안 전쟁은 계속 확산되고 있었다. 어찌 된 일인지
중립을 지켜오던 유럽연합이 참전을 결정하고 즉각적으로 전
력을 중동권에 투사한 것이다.
　그뿐만이 아니었다.
　중국과 러시아 또한 참전을 결정해 버렸다.
　러시아는 유럽 쪽을, 중국은 중동권을 지지하며 전쟁이 세
계 각지에서 벌어졌다.
　아메리카 대륙과 극동, 동남아시아 지역을 제외한 세계 전
지역이 전화에 휩싸여 버린 것이다.
　아직까지는 핵무기 사용이 자제되고 있는 형편이지만 언제
누가 핵 단추를 누를지 아무도 모를 상황이 되어버렸다.
　전쟁이 치열해지고 있는 와중에 그나마 핵무기를 억제할 수
있는 방법을 찾은 것이 다행이었다.

핵잠수함에 탑재된 것 이외의 핵무기들에 대한 통제권을 확
보하게 된 것이다.

EMP 계열을 사용하지 않고도 무력화시킬 수 있는 패를 손
에 쥐게 되어 그나마 세계가 완전히 멸망하는 일을 당하지 않
게 되었다.

"성준아, 이제는 완전하게 통제가 가능한 거냐?"

"몇 가지 시험을 거쳤는데 충분하다. 미국과 러시아 쪽은 완
전히 마비시켰고, 중국 쪽도 고철 덩어리로 만들었다. 전 세계
에 뿌려져 있는 핵무기 중 70퍼센트가 못 쓰게 됐다고 보면 된
다."

"다행이다. 하지만 아직까지 찾아내지 못한 핵잠수함이 남
아 있어서 걱정이다."

"걱정하지 마라. 부상하는 순간, 곧바로 마비시킬 수 있도록
만반의 준비를 해놓았으니까."

핵잠수함에 대한 처리 문제는 몇 가지 대책을 세워놓았기에
두영이 자신있게 말했다.

부상하지 않는다면 몰라도 일단 수면으로 떠오르면 나노패
밀리어가 침투할 수 있도록 조치를 취해둔 터였다.

전쟁의 여파가 세계를 휩쓸고 있는 중이라 떠오르지 않을
수도 있지만 그것도 대책을 세워놓고 있었다.

전 세계 국방부 컴퓨터를 해킹해 잠수함이 다니는 루트를
확보하고 길목에 나노패밀리어를 배치해 언제든지 침투할 수
있도록 해놓았던 것이다.

그래도 놓친 핵잠수함에서 핵무기를 발사한다면 고출력 레이저로 곧바로 타격할 수 있게 듀크가 상시 감시 체제를 완성해 놓은 상태였다.

모두들 바쁜 가운데 제일 신이 난 것은 가르시아였다.

본성이 드래곤인지라 엄청난 연산 능력으로 컴퓨터를 이용해 핵잠수함의 위치를 추적하고, 핵무기들을 무력화시키는 데취미를 붙여 버렸다.

고도의 집중력을 요구하는 일이었기에 덕분에 일거리가 많이 줄기는 했지만 많은 수를 처리한 탓에 핵잠수함이 나타나지 않는다고 투덜거리는 가르시아였다.

이렇게 아마겟돈으로 치달을 뻔한 핵전쟁의 시발은 막았지만 문제가 없는 것은 아니었다.

전쟁의 양상이 바뀌어가고 있었기 때문이다.

이렇게 핵무기를 제어하고 여러 가지 일을 준비하는 동안 두 달이라는 시간이 금방 지나가 버렸다.

그리 긴 시간이 아니었지만 많은 일들이 일어났고, 두영은 여러 가지 준비를 끝낼 수 있었다.

오늘도 두영과 성준은 각지에서 들어온 정보를 토대로 전쟁의 향방이 어떻게 진행될 것인지에 대해 진지한 이야기를 나누고 있었다.

"이제 핵무기는 위협거리가 되지는 않겠지만 이면 세계의 인물들이 전쟁에 가세하고 있는 것이 문제다. 폭발 같은 것은 없지만 마치 인종청소하듯 점령 지역의 사람들을 모두 죽여 버리고 있으니 말이야."

앞에 놓인 분석 자료를 보며 성준이 걱정스러운 듯 이야기 했다.

성준이 이야기한 대로였다.

미국과 연합한 유럽, 중동권의 아랍 국가와 중국의 연합세력 사이의 전쟁은 전혀 새로운 양상으로 발전해 있었다.

서로 간의 영토를 점령하는 점령전이 시작된 이후 기존의 전쟁과는 다르게 변해 버렸다.

전쟁의 두 당사자는 점령한 지역에서 학살을 벌이고 있었다.

그것도 총과 같은 화약 계열 무기가 아니라 도검으로 시민들을 무참히 학살하는 사태가 곳곳에서 발생하고 있었던 것이다.

예전 같으면 국제사회의 비난이 이어졌겠지만 그런 것들은 이미 사라진 지 오래였다.

각국의 탈퇴로 세계연합을 자칭하는 UN도 무기력에 빠져 들었고, 각국의 언론들도 자국의 행위는 철저히 감추며 상대방의 행위만 부각시켰다.

두 진영은 어째서 피의 학살이 진행되는지 서로가 알면서도 감추고 있었다.

무수히 흘린 피로 인해 봉인된 스피릿아머가 깨어나고 있기에 벌어지는 일이었다.

이면에 숨겨진, 이류와는 다른 자신들의 종족을 살릴 수 있는 운명의 무기를 손에 넣기 위해 그렇게 학살을 진행하고 있었다.

"현재까지 나타난 스피릿 아머는 모두 몇 개냐?"

전쟁에 가담한 절대병기들의 숫자 파악이 무엇보다 중요했기에 두영이 물었다.

"스플렌더와 문라이트, 그리고 우리 가문의 천호검을 빼놓고 전부 전쟁에 참가했다."

"종족전쟁의 시발점이 된 모든 것들이 나타났군."

"그렇다고 봐야겠지."

"중동 쪽의 선라이징, 중국 쪽의 용하검, 유럽 쪽의 다크프리즘, 그리고 블랙워크의 혈작검이 모두 전쟁에 휩싸여 있다는 말이로군."

"그래, 서로 만나지는 않고 있지만 그동안 수많은 피를 머금었다. 특히나 다크프리즘이 벌인 학살로 거의 십만 명의 사람이 죽어나갔으니 말이야."

성준은 유럽연합 쪽의 스피릿아머인 다크프리즘에 대한 이야기를 꺼내며 치를 떨었다.

다크프리즘은 그야말로 피의 병기였다.

생체기갑병기로 변환하지 않더라도 가지고 있는 파워나 능력이 다른 것들을 압도했다.

특히나 상대 종족의 피를 아귀처럼 빨아들이는 능력은 타의 추종을 불허했다.

검은 아지랑이처럼 검신에서 뻗어 나간 기운이 사람들의 심장을 관통해 피를 빨아들이는 모습은 마치 지옥의 악마를 연상시켰다.

"눈치를 보지 않는다면 이제부터는 본격적인 말살 전쟁이 로군."

성준의 손에 들려 있는 사진을 보며 두영의 안색이 굳어졌다.

다크프리즘이 아랍인들을 학살하는 장면이 찍힌 위성사진이었는데 피를 탐하는 광기가 사진에서도 느껴졌다.

"그런 것 같다. 그런데 어떻게 할 생각이냐? 이 사진의 다크프리즘처럼 다른 스피릿아머들이 봉인을 풀어가고 있다. 우리에게 세 개의 스피릿 아머가 있다고는 하지만 자칫 상대 전력에서 뒤질 수 있다. 봉인이 풀린 스피릿아머는 절대적인 힘을 가지게 되니까 말이다."

성준은 걱정스러운 표정으로 두영을 바라보았다.

봉인이 풀려가고 있는 것이 분명했다.

그동안 다크프리즘을 추적해 왔는데 학살하는 모습이 확연히 달라졌다.

이전까지는 많아야 한 번에 십여 명씩 피를 빨아들였는데, 이번에 입수한 사진에는 적어도 백 단위가 훌쩍 넘어가는 숫자였다.

"시간을 좀 벌어야겠지. 안젤라나 써니, 그리고 네 동생이 봉인을 완전히 풀 때까지는 말이야."

"직접 나설 생각이냐?"

"그럴 생각이다. 어차피 피의 전쟁은 멈출 수 없으니 어떻게 해서든지 시간을 벌어 놈들을 상대할 전력을 갖추어야 하니까."

“으음!”

전쟁을 준비하는 동안 여러 가지 일이 있었다.

특히나 자신의 가문에서 내려오는 천호검의 검주가 이번 일에 합류한 것은 아주 큰일이었다.

천호검의 검주는 자신의 하나밖에 없는 누나였기 때문이다.

안젤라와 써니, 그리고 자신의 누나인 왕성인은 두영의 안배로 스피릿아머의 봉인을 풀기 위해 모처로 떠나 있는 상태였다.

다른 종족의 피를 이용하지 않고 봉인을 푼다는 이야기에 찬성을 한 상태였지만 언제 풀릴지는 아무도 몰랐다.

전쟁의 양상이 어떻게 진행될지는 모르지만 얼마 있지 않아 스피릿아머 간의 격돌이 있을 것이 분명했다.

지금 격돌을 벌이고 있는 이들은 누가 승자가 됐든 간에 다른 스피릿아머를 찾아 다시 전쟁을 벌일 것은 두말할 나위도 없었다.

많은 준비를 했지만 스피릿아머의 봉인을 푸는 일은 기약이 없는 일이었기에 성준은 고심하지 않을 수 없었다.

“봉인을 푸는 데 얼마나 시간이 걸릴까?”

“글쎄다. 스승님이 말씀하시기로는 인연이 있어야 한다고 했는데, 그 인연을 얻기가 쉽지가 않은 것이라서…….”

스승인 오렌이 성지를 열고 세 사람을 받아들였다.

다른 종족이 가진 피가 아닌 다른 방법으로 스피릿아머의 봉인을 풀기 위해서다.

삼묘족의 원한을 잊고 받아준 것은 고마운 일이었으나 두영도 걱정이 되지 않은 것은 아니었다.

봉인을 해제한다는 것이 결코 쉬운 일이 아님을 알기 때문이다.

"어떻게 해서든지 시간을 벌어야 할 거다. 나도 노력하겠지만 말이야."

"그래. 우리가 준비하고 있는 전력도 만만치 않으니까 말이야."

제로나인을 비롯해 삼묘족의 후예들, 그리고 암중으로 한국의 국가 전력도 합류했다.

한국의 전격적인 합류는 상당히 고무적인 것이었다.

성준의 아버지가 보이지 않는 손으로 한국을 지배하고 있는 가문들을 설득했기에 가능한 일이었다.

거기다가 무기 면에서 열세이기는 하지만 동남아시아 국가들도 상당 부분 합류한 상태였다. 여기에는 삼묘족의 후예들이 미친 영향이 컸다.

국가적인 전력은 아직까지 필요치 않았다.

비밀리에 한국을 중심으로 연합 세력을 형성해 무기를 확충하면서 앞으로 벌어질지도 모르는 세계대전을 대비하고 있는 중이었다.

지금 가장 중점적으로 전력을 키우고 있는 것은 전사들이었다. 이면 세계의 전쟁에 본격적으로 대비하기 위해서다.

폭풍의 파유족, 비의 폰족, 흙의 딘족 중 재질이 출중한 자들을 골라 일당백의 전사들로 훈련을 시켜오고 있었다.

삼묘족의 후예들이 이면 세계의 적들을 상대하기 위해 전사들로 양성되고 있었던 것이다.

이러한 일이 가능하게 된 것은 오렌이 머물고 있는 성지가 세상을 향해 열렸기 때문이다.

수천 년 동안 고이고 고인 성지에 잠재된 힘을 이용해 다른 종족들을 상대할 전력을 키우고 있는 중이었다.

만만치 않은 전력이 준비되고 있지만 문제가 없는 것도 아니었다.

가장 큰 문제는 바로 스피릿아머였다.

두영이 자신의 전력에 포함하고 있는 스플렌더와 문라이트, 그리고 천호검이 다른 세력들이 가지고 있는 스피릿아머와의 전력 차이가 심각할 정도였다.

피의 전쟁에 참여하지 않는 이상 봉인을 풀 길이 없기에 다른 종족의 스피릿아머와는 상대가 되지 못했던 것이다.

피의 전쟁에 참여할 수도 있지만 두영은 그렇게 하지 않았다. 써니가 봉인을 풀기 위해 비밀리에 참전하고 싶어 했지만 알 수 없는 예감에 두영이 못하게 했다.

피로 봉인을 풀게 되면 자신으로서도 감당하지 못할 일이 벌어질 것 같은 예감이었다.

두영은 다른 종족의 피로 봉인을 깨는 방법을 제외하고 다른 방법을 생각했다.

바로 성지를 이용하는 것이었다. 삼묘족의 성지는 오랜 태고 시절부터 근원의 힘을 간직한 곳이었다.

지구 차원의 간직된 힘 중 가장 처음 생겨나고 순수한 기운이기에 거기에 기대를 해보기로 한 것이다.

두영은 신검의 검주들인 세 사람을 한 달 전 성지로 들여보냈다.

성지로 들어가기 전 자신이 미래에서 배웠던 생체기갑병기의 모든 지식을 전수하는 것도 잊지 않았다.

설사 성지에 잠재된 힘으로 봉인을 풀지 못하더라도 스피릿 아머 상태에서 최적의 능력을 발휘할 수 있도록 수련을 하라는 의미였다.

어느 정도 준비가 갖추어졌으니 이제는 시간을 끌어야 할 때였다.

세 사람에게 석 달이라는 시간을 주었으니 그전까지는 이면 세계의 전쟁이 본격화되지 않도록 막아야 하는 것이다.

"성준아."

이제는 자신이 나서야 한다고 생각한 두영이 생각에 잠겨 있는 성준을 불렀다.

"왜?"

"중동에 좀 가야겠다."

"네가 나서겠다는 말이냐?"

"그래. 앞으로 두 달 정도는 시간을 벌어야 할 것 같으니 내가 가야겠다. 놈들이 봉인을 푸는 일을 늦추어야 하니까 말이다."

"위험하다. 놈들은 인간이 구현할 수 있는 힘의 한계를 넘은 자들이다.”

“알고 있다. 하지만 어쩔 수 없다.”

성준이 염려하는 바를 모르지 않았다.

봉인이 다 풀리지 않았음에도 미래에서 싸웠던 자들을 훨씬 능가하는 무력을 보유하고 있는 스피릿아머들을 상대하는 것이 쉽지만은 않은 일이었다.

“알면서도 가겠다는 것이냐?”

“그래, 놈들에게 쉽게 패하지 않을 자신도 있으니 걱정하지 마라. 수련에 들어간 사람들이 능력을 각성하기 전까지 시간을 벌 수 있을 테니까 말이다.”

“가능은 하겠지만 자칫 놈들에게 네가 당한다면 문제가 더 커질 수도 있다.”

“그럴 일은 없을 거다. 그러니 그쪽으로 갈 방법이나 마련해 봐라.”

“중동에 가는 일이야 스티브 아저씨와 상의하면 어렵지는 않겠지만 그래도…….”

“최대한 빨리 알아봐 줘. 시간이 흐를수록 우리에게는 어려움이 뒤따를 테니까.”

짧은 시간 동안 같이 있었지만 두영의 능력이야 충분히 확인할 수 있었다.

삼묘족의 후예들을 훈련시킬 때 보여준 두영의 능력은 충분히 스피릿아머를 상대할 만큼 가공했다. 이면 세계의 특급 능력자들을 상회하는 위력을 보여주었던 것이다.

하지만 걱정이 되지 않을 수 없었다. 아직은 새롭게 확인된 스피릿아머의 힘을 상대할 만큼 강한 힘은 아니었다.

특급 능력자에 버금가는 자들을 무참하게 죽이고 그들의 피를 흡수하고 있는 스피릿아머는 봉인이 풀리지 않았음에도 거의 절대적이라고 할 수 있었기 때문이다.

스피릿아머 말고도 위험한 자들은 널려 있었다. 상당수의 능력자들이 스피릿아머를 호위하며 살육을 감행하고 있었는데, 그들을 뚫는다는 것도 쉽지 않은 일이었던 것이다.

'절대 허튼짓을 할 녀석이 아니니 충분히 시간을 끌 수 있을 것이다.'

전력이 열세임에도 중동으로 가겠다는 것은 뭔가 대처 방법이 있다는 이야기였기에 성준은 두영을 한번 믿어보기로 했다.

"좋다. 곧바로 알아보도록 하마. 대신, 꼭! 살아 돌아와야 한다."

"후후후, 별 걱정을 다 한다. 내가 어련히 알아서 잘 처신할까?"

"알았다."

중동으로 가는 것은 그다지 어렵지 않았다.

전시 상황이라 아시아인이 유럽 쪽을 통해 가는 것은 까다로운 검문 절차로 인해 어려웠고, 대신 중국을 통해 가는 육로편이 마련됐다.

인종이 비슷한 중국군으로 위장하고 가는 방식이었는데 현지에 도착한 후 이탈해 활동하기로 계획이 세워졌다.

두영은 곧장 비행기를 타고 홍콩으로 날아갔다.

혼자 활동하기는 어려운 까닭에 폭풍의 부족이라는 파유족 전사 열 명이 같이 합류하기로 했다.

홍콩에 도착한 후 전사들과 합류한 두영은 곧장 중국민항에 몸을 실었다.

전시라 입국 절차가 까다로웠지만 스티브가 이미 손을 쓴 터라 별 무리 없이 중국으로 들어갈 수 있었다.

비행기를 통해 신강 쪽으로 간 두영 일행은 고산지대를 넘어 중동 방면 중국군 사령부가 있는 쪽으로 들어섰다.

중국군으로 위장하는 것은 그다지 어렵지 않았다. 상당한 금액의 뇌물이 제공된 터라 군용 트럭을 이용해 접경 지역까지 수월하게 갈 수 있었다.

트럭을 타고 가는 동안 사람들을 보는 것은 어려웠다.

그사이 점령 지역이 아닌 곳에서도 인종청소라 불리는 학살이 자행되고 있는 터라 대부분의 사람들이 피난처에 몸을 숨기고 있었기 때문이다.

그렇게 보스턴을 출발한 지 열흘 만에 두영 일행은 아라비아 반도로 들어설 수 있었다.

CHAPTER 08
전장의 광자 다크프리즘

TIME
SLICE 타임 슬라이스

이라크의 수도인 바그다드는 아라비안나이트의 주 배경이 되는 도시로 무척이나 유명한 곳이었다.

미국과의 전쟁 여파로 이곳저곳 폐허가 된 곳이 많았지만 그래도 상당수의 사람들이 거주하는 곳이었는데, 지금은 사람 하나 찾아볼 수 없는 을씨년스러운 곳으로 바뀌어 있었다.

부르르릉!

끼이익!

인적없는 도심지를 지나 먼지를 뚫고 달려온 트럭이 흙벽돌로 쌓은 이라크 전통가옥 앞에 멈추어 선 시간은 이미 해가 서산으로 기울기 시작한 시점이었다.

트럭이 도착한 후 뒷칸에서 사람들이 하나둘 내리기 시작했
다.

"여기가 목적지인가?"

"그런 것 같습니다, 주군."

두영의 질문에 홍콩에서 합류한 메우가 주변을 살피며 대답
했다.

메우는 예전과는 달리 두영을 자신의 모든 것을 바칠 사람
으로 깍듯하게 대우하고 있었다.

삼묘족의 후예이자 세 부족을 이끌 사람이기 때문이었다.

"메우 형, 그냥 편하게 대하라고 했잖아."

"그럴 수 없다는 것을 아시지 않습니까?"

"뭔 고집이……."

지난 열흘 동안 내내 다퉈온 이야기지만 결론이 나지 않고
있었다.

메우는 떠받들고, 두영은 편하게 예전처럼 대하려고 해서
결론이 나지 않는 이야기만 맴돌고 있었기에 그만 포기해야겠
다고 생각하고 있었다.

"알았어. 대신 나도 편하게 형으로 대우할 거니까 그것만은
반대하지 말아줘."

"알겠습니다."

두영의 고집을 알기에 메우 또한 찬성했다. 두영이 자신을
형으로 대우하려는 모습이 그다지 싫지는 않은 메우였다.

"그러니까 이틀 전 이곳에서 학살이 일어났다는 거지?"

“그렇습니다. 놈의 이동 경로와 출현 빈도로 볼 때 우리가 가려고 하는 곳에서 서너 시간 후면 나타날 것 같습니다.”

“그나저나 잔인한 놈이야. 사람들은 물론 가축까지 하나도 남기지 않다니 말이야.”

“아마도 흡혈의 본능 때문인 것 같습니다. 대제사장님의 말씀으로는 스피릿아머가 뱀파이어의 본능과 어울려 더욱 피를 탐하게 된 것 같다고 합니다.”

“뱀파이어라…….”

이곳으로 오는 동안 메우로부터 뱀파이어에 대한 정보를 전달받은 두영은 중동권에 투입된 자들에 대해 살폈다.

이면 세계에서나 활동해야 할 자들이 전쟁에 투입됐다. 그것도 한두 명이 아니라 거의 천여 명에 가까운 자들이 투입되어 도시를 휩쓸고 있었다.

이로 인해 이라크는 지금 공황상태였다.

거대한 스피릿아머에서 나오는 검은 기운이 사람들의 피를 빨아들여 미라로 만들어 버리고 있었다.

그리고 중세 기사 복장을 한 자들이 사람들의 목을 자르고 쏟아지는 피를 받아 마시는 광경을 심심치 않게 목격하고 있으니 공포에 질려 패닉상태에 빠져 버렸다.

뱀파이어 일족이 벌이는 인종청소는 그야말로 피에 미친 광기의 축제였다.

태양의 아들들이라 불리는 전사들이 이들을 막기 위해 동분서주했지만 신출귀몰하는 행적에 번번이 한발 늦고 있어 심각한 문제가 아닐 수 없었다.

뱀파이어 일족의 특성상 낮에는 지하 깊숙한 곳에서 쉬고 있다가 어두운 밤에만 나타나 사람들을 죽여대니 그야말로 이라크의 밤은 지옥일 뿐이었다.

"장비는 다 챙겼어?"

"주신 장비는 전부 챙겼습니다. 훈련을 받기는 했지만 이번이 첫 실전이라 어떻게 될지 모르겠습니다."

"후후후, 걱정하지 마. 지금까지의 장비 중 최고니까. 그저 가지고 있는 실력만 발휘한다면 죽는 일은 없을 테니까 말이야."

"알겠습니다."

두영의 말에 메우는 자신의 왼쪽 팔목에 차여 있는 은색의 팔찌를 바라보았다.

생체기갑병기라 불리는 최상의 방어구이자 공격 무기를 자신이 차고 있었다.

지난 시간 수련을 통해 사용법을 익혀왔다.

내심 스피릿아머를 상대할 수 있을까 하는 의문이 들었지만 두영의 미소를 보니 자신감이 생겼다.

"가자고. 일단 놈을 만나봐야 할 것 같으니까 말이야."

파팟!

두영은 서둘러 길을 재촉했다. 자동차가 무색하게 빠른 속도로 한곳을 향해 달려나갔다.

메우를 비롯한 폭풍의 전사들도 두영과 비슷한 속도로 뒤를 따르고 있었다.

*　　　*　　　*

쿠르르르!

미미한 진동과 함께 집 안의 집기들이 흔들리고 있었다. 흙벽돌로 지은 집이라 작은 진동에도 먼지가 풀풀 내려앉았다.

전기가 끊겨 작은 호롱불로 집 안을 밝히고 있던 방 안에는 일순 정적이 감돌았다.

"여보, 이제 놈들이 나타날 테니 절대 밖으로 나서면 안 돼. 알았지."

"아, 알았어요."

남편인 일야스의 다짐에 아란은 고개를 끄덕이며 아이들을 감싸 안았다.

지진과 함께 나타나는 피의 악마들이 이제 곧 마을로 들이닥칠 것이라는 것을 그녀도 직감하고 있었던 것이다.

일야스는 신월처럼 휘어진 자신의 샴쉬르를 들었다.

전사의 칭호를 받으며 수여받은 샴쉬르만이 가족들을 지킬 수 있을 터였다.

놈들은 태양의 부족을 제거하기 위해 온 자들!

이 마을에서는 오직 자신과 아내, 그리고 아이들뿐이었다.

일야스는 샴쉬르를 굳건히 쥐고 집을 나섰다. 인적이 사라진 밤거리에 멀리서 인영이 보였다.

마을 사람들과는 확연히 다른 복장을 하고 있는 그들은 붉은 혈광을 발산하며 자신의 집으로 몰려들고 있었다.

"왔구나, 흡혈귀들!"

신월이 눈썹을 가리며 검광을 번득였다. 자신의 집으로 다가오는 자들은 모두 스물한 명!

사막의 신기루로 자신이 한 번에 내지를 수 있는 검격의 숫자도 스물하나!

딱 적당한 숫자였다.

슈가가가!

여인의 눈썹처럼 날렵하게 휘어진 검기가 사방으로 날았다.

신월의 모양을 빌린 태양의 힘이 담긴 검격은 일야스의 집을 향해 걸어오는 자들의 심장을 향하고 있었다.

퍼퍼퍽!

중세의 갑옷처럼 판금으로 된 흉갑을 걸치고 있던 자들의 가슴팍이 터져 나갔다.

투드드득!

검기의 폭발과 함께 걸어오던 자들이 일제히 바닥을 뒹굴었다.

강렬한 양강지기가 담겨 있는 듯 부서진 갑옷 주위로 녹아내린 쇳물이 흐르고 있었다.

다가오는 적들을 모두 죽였지만 일야스의 안색은 펴지지 않았다.

조금 전의 공격으로 쓰러진 자들은 자신이 상대해야 할 진

짜 적들이 아니었다.

"대단하군. 신월이십일도인가?"

어느 사이엔가 나타났는지 금발의 사나이가 일야스를 보고 있었다.

거대한 바스타드소드는 한 손으로 들고 쓰러진 자들을 들추며 상처 부위를 살피고 있었다.

금발의 사나이 또한 쓰러진 자들과 마찬가지로 투구를 쓰지 않고 판금 갑옷만을 입고 있었는데, 그의 흉갑 왼쪽에는 장미 문양이 아로새겨져 있었다.

"블랙로즈로군."

문양을 확인한 일야스가 입을 열었다.

유럽을 지배하는 보이지 않는 다섯 가문 중 하나인 블랙로즈 가에서 나온 전사라는 사실을 확인한 탓인지 일야스의 목소리는 무척이나 굳어 있었다.

"태양의 전사인가 본데 혼자서 날 감당할 수 있나?"

뱀파이어 가문 중 하나인 블랙로즈 가의 가주인 로페즈는 여유로운 목소리로 물었다.

"알라의 가호가 내게 있을 뿐이다."

"그래? 알라의 가호가 어떤 것인지 한번 보고 싶군."

로페즈는 서늘한 눈으로 미소를 지었다.

슈팡!

말이 끝남과 동시에 로페즈의 신형이 파공음을 내며 움직였다. 어둠의 마나를 사용하는 그의 움직임은 은밀하면서도 신속했다.

카카캉!

거대한 바스타드소드가 풍차처럼 휘돌며 공격해 오자 일야스는 자신의 샴쉬르로 보호막을 치듯 사방으로 휘둘렀다.

직접적인 접촉이 아니라 힘을 흘려내는 것이었지만 두 개의 검이 부딪치며 강렬한 소리를 만들어냈다.

두 사람은 계속해서 검격을 나누었다. 로페즈의 일방적인 공격을 일야스가 막아내는 공방이 이어졌다.

어른의 허리춤까지 오는 검을 회초리를 다루듯 이리저리 휘두르는 로페즈의 공격은 가벼워 보였지만 묵직한 힘을 담고 있었다.

'크으! 검격을 흘려내는데도 이리 손이 저리다니……'

검의 특성상 로페즈의 공격을 비껴내고 있지만 고통이 장난이 아니었다.

이미 손아귀는 찢어져 피가 흐르고 있었고, 뼈를 통해 전달되는 통증은 일야스를 고통스럽게 만들고 있었다.

예상했던 대로 자신을 찾아온 적은 쉽게 감당할 자가 아니었다.

'이렇게 된 이상 기간트를 부를 수밖에 없다.'

자신의 능력만으로는 상대할 수 없다는 것을 확인한 일야스는 기간트를 부르기로 했다.

태양의 아들들에게만 수여되는 신의 병기를 부르기로 한 것이다.

로페즈의 공격을 피해 뒤로 빠르게 물러선 일야스는 신월의 힘을 불렀다.

"신의 가호로 적을 물리치소서!"

번쩍!

일야스의 외침과 함께 그가 들고 있는 샴쉬르에서 눈을 멀게 만드는 강렬한 빛이 터져 나왔다.

놀라운 광경이었지만 로페즈는 당황하지 않고 일야스를 지켜보고 있었다.

"기간트라는 것인가?"

거대한 동체가 시야에 나타났다.

은빛으로 빛나는 거인 같은 기간트를 보면서도 로페즈는 눈썹 하나 까딱하지 않았다.

로페즈는 기간트가 나타나자 자신의 검을 들고 입가로 가져다 댔다.

쪽!

"어둠의 피가 흐를지어다."

검신에 입을 맞춘 로페즈의 입에서 음산한 목소리가 흘러나왔다.

그와 함께 파랗게 빛나는 그의 검에서 검은 기운이 뭉클거리며 솟아나와 전신을 감쌌다.

"어떻게 다크프리즘이 너에게 있는 것이냐?"

일야스가 의문이 가득한 목소리로 외쳤다.

"크크크, 글쎄?"

검은 기운으로 둘러싸인 로페즈는 비웃듯이 말했다.

다크프리즘에 얽힌 비밀을 굳이 일개 전사에게 말해줄 필요성을 느끼지 못한 것이다.

"네놈이 아무리 다크프리즘을 가지고 있다고 해도 이번에는 안 될 것이다."

일야스가 부르짖듯 외쳤다.

종족전쟁의 시발점이 된 신검의 주인이라 할지라도 자신이 타고 있는 기간트라면 충분히 상대할 수 있을 것이라는 믿음이 있었기에 일야스는 곧바로 공격을 시작했다.

완전히 변형을 마치기 전에 승부를 보려는 생각에서였다.

쾅!

거대한 검이 로페즈를 감싼 검은 기운을 강타했다. 충격의 여파로 인해 주변의 땅이 푹 하고 가라앉았고, 인근의 집들이 와르르 무너져 내렸다.

"크크크, 이 정도 가지고 자신했나?"

검은 기운 속에서 비웃는 목소리가 흘러나왔다.

일야스의 검격은 검은 기운을 뚫지 못하고 있었다.

"이럴 수가!!"

검은 기운에 막혀 전진하지 못하는 검을 바라보며 일야스는 믿을 수가 없었다.

강력한 에너지를 집중한 일격이었다. 오러블레이드도 단번에 부숴 버리는 파괴력이 담긴 검을 구름처럼 부드러운 기운이 막고 있었다.

스스스!

검은 기운이 늘어나며 검을 밀어냈다.

거의 기간트와 같은 크기로 확장된 검은 기운이 점차 안으로 빨려들어 가며 옅어지기 시작했다.

기간트와 비슷한 동체가 드러났다. 세 개의 뿔이 돋아난 검은 동체를 가진 스피릿아머!

다크프리즘이었다.

'믿을 수 없다. 어떻게 저것이 이곳에……'

다크프리즘이라는 것을 확실히 확인했지만 로페즈가 들고 있는 것이 이해가 되지를 않았다.

다크프리즘이 마지막으로 나타난 것이 어제다. 한참이나 떨어진 이란에서 나타나 만 명이 넘는 인원을 학살했다는 소식을 들었다. 그동안의 이동 속도로 봤을 때 올 만한 거리가 아니었다. 그런데 이곳에 다크프리즘이 나타나다니 믿을 수 없는 일이었다.

"전 같았으면 상당한 타격을 입을 만한 일격이지만 지금은 그저 어린아이의 장난일 뿐이다."

"다크프리즘은 이란에 있다고 했는데 어떻게 이곳에 있는 것이냐?"

"후후후, 내가 알려줄 필요가 있을까?"

"으음!"

"이제 슬슬 끝내야겠군. 태양의 종족인 너의 피가 필요하지만 내가 시간이 없어서 말이야."

더 이상 대화를 나눌 필요가 없는 듯 로페즈는 검을 휘둘렀
다. 검신조차 검어 어둠에 묻힌 그의 일격이 기간트를 향해 날
아왔다.

쾅!

일야스가 검을 들어 막았다. 폭발음과 함께 그가 들고 있는
검이 산산이 부서졌다.

다크프리즘이 뿌리는 일격조차 감당할 수 없었던 것이다.

슈슈슝!

검이 부서져 나간 직후 로페즈가 득의의 빛을 보이는 순간
기간트의 어깨에서 레일건이 발사됐다. 지척에서 발사된 레일
건은 다크프리즘의 전신에 틀어박혔다.

콰콰콰쾅!

충격파로 인해 깊은 고랑을 만들며 다크프리즘이 뒤로 밀려
났다.

이차 공격을 막아낸 기간트가 손을 들었다.

그러자 빛이 그의 손에 몰리며 어느새 조금 전 들고 있던 검
과 같은 형태를 만들어내고 있었다.

"후후후, 태양의 검이로군. 역시 네놈은 십이사자 중 하나였
어."

진혈을 소유한 자만이 태양의 검을 소환할 수 있다는 것을
알기에 로페즈는 자신이 목표물을 제대로 쫓아왔음을 확신했
다.

"수천 년 만인가, 칠대신검이 부딪친 것이? 후후후, 부디 날

즐겁게 해주길 바란다.”

“좋다, 나 또한 기다린 바다.”

태양의 검은 일개인이 소유할 수 없는 신검이다. 의지로 불러 모으는 탓에 진혈을 소유한 자만이 발현시킬 수가 있다.

십이사자가 모두 모여 의지를 통해 발현시킬 때 진정한 검이 출현하지만 일야스는 자신이 질 거라고는 생각하지 않았다.

로페즈가 들고 있는 다크프리즘 또한 자신과 같이 완전한 형태의 검이 아니라는 것을 짐작했기 때문이다.

“간다. 차앗!”

“와라!!”

쾅! 콰콰쾅!

거대한 검이 맞부딪치는 소리가 사방에 메아리쳤다. 연이어 터지는 충격파는 주위를 폐허로 변하게 만들었다.

상대를 향해 검을 휘두르고 들어오는 공격을 맞받아쳤다. 기동성을 무시한 힘과 힘의 격돌이었다.

충격파로 물러났다. 다시 맞닥뜨리기를 여러 번!

완전히 폐허로 변해 버린 주변은 관심도 없는 듯 뒤로 물러난 둘은 서로를 노려보고 있었다.

‘역시, 온전한 다크프리즘이 아니다. 뱀파이어들도 우리와 같은 형태의 신검을 가진 것인가?

온전한 다크프리즘이었다면 이렇듯 무사할 리 없었다. 예상보다 강력하지 않은 힘이었다.

일야스는 로페즈가 사용하고 있는 다크프리즘이 의지 계열의 검임을 알 수 있었다.

'그렇다면 다른 가문에서도 의지의 한 조각을 각자 가지고 있다는 말인데…….'

종족전쟁이 벌어지고 있는 지금 다크프리즘의 비밀로 인해 전세를 역전시킬 수 있을지도 모른다고 생각하던 일야스는 로페즈의 말로 인해 생각을 더 이어나갈 수가 없었다.

"대단하군."

"너도 마찬가지다."

두 사람은 서로의 힘에 감탄하고 있었다.

이미 수만 명의 피를 흡수해 봉인 중 일부를 해제한 로페즈도, 블랙노바를 손에 넣어 봉인을 무시하고 선라이징의 힘을 일부 사용할 수 있는 일야스도 쉽게 승패를 가를 수 없다는 것을 알았다.

"오늘은 그만해야겠군. 아직 완전하지 못한 상태라서 말이야. 넌 어떻게 생각하나?"

"나 또한 그렇다."

"좋아, 그럼 이만 물러나도록 하지. 하지만 다음엔 결코 오늘과 같지 않을 거다."

"나 또한 마찬가지다."

스스스!

검에서 검은 기운이 솟아나와 로페즈의 신형이 곧바로 감춰졌다.

잠시 후에 검은 기운이 사라졌을 때는 그 어디에도 다크프리즘의 모습은 보이지 않았다.

사사삭!

번쩍!

다크프리즘이 사라지고 나자 기간트도 모양이 변하기 시작했다. 빠르게 크기가 줄어들더니 밝은 빛과 함께 샴쉬르를 들고 있는 일야스의 모습이 나타났다.

"우웩!!"

방금 전의 격돌로 상당한 내상을 입은 듯 본모습으로 돌아온 일야스가 검은 피를 토해냈다.

"후우!"

피를 토해냈더니 가슴이 조금은 시원했다.

"조금만 더 했으면 위험할 뻔했다."

역시나 다크프리즘이었다.

다크프리즘이 검주들의 의지로 얼마나 자신의 힘을 분할했는지 모르지만 지금 보여준 힘은 선라이징의 힘 중 삼분의 일을 보유하고 있는 자신의 힘에도 밀리지 않았다.

십이사자 중 자신을 비롯한 세 사람에게 선라이징의 힘이 집중되어 있지 않았다면 필패였다.

"놈도 내상을 입었을 것이다. 그렇지 않았다면 이대로 물러나지는 않았을 테니까. 놈도 같은 의지 계열이라면 정확하게 숫자를 파악해야 하는데. 뱀파이어 가문의 가주들이 전부 가지고 있는 것인가?"

선라이징은 최초의 종족전쟁 당시 형체를 잃고 의지만이 남왔다.

　고신들을 지구 차원으로부터 쫓아내느라 가지고 있는 신력이 다하는 바람에 본래의 형체를 잃어버린 것이다.

　신력을 회복할 시간이 필요했다. 형체를 잃은 탓에 선라이징은 봉인될 수밖에 없었다. 그대로 놔두었다가는 의지마저 흩어져 사라질 운명이었기 때문이다.

　수많은 세월이 흐르는 동안 선라이징은 봉인된 상태에서 잃어버린 신력을 회복해 갔다.

　아주 적은 양이었지만 시간의 흐름 속에 쌓이고 쌓인 신력은 처음 세상에 나왔을 때만큼이나 회복이 됐다.

　하지만 본래의 힘을 되찾은 선라이징은 자신의 형상을 되찾을 수 없었다.

　고신들이 지배하던 시대에 만들어진 형상은 이제 이 세상에는 존재하지 않는 물질이었다.

　자신의 신력을 온전히 받아들일 수 있는 물질의 부재는 형상을 만들어낼 수 없게 만들고, 그저 의지로만 존재하게 했다.

　신력과 의지만 갖춘 선라이징은 자신의 근원이 되는 존재들을 불러들였다.

　바로 태양의 아들들이었다.

　태어날 때부터 보통 사람과는 확연히 다른 막강한 태양의 힘을 간직한 이들이 바로 태양의 아들들이다.

　선라이징은 그들이 가진 진혈을 통해 자신의 형상을 만들고

자 했던 것이다.

종족전쟁으로 인해 진혈을 가진 태양의 아들들은 대부분 죽음을 면치 못했다. 이로 인해 종족 자체도 오랫동안 힘을 잃고 그저 역사의 뒤안길에서 숨을 죽이고 있을 수밖에 없었다.

태양의 아들들은 선라이징의 부름으로 진혈을 가진 자들을 찾기 시작했다.

그리고 마침내!

오랜 세월 동안 기다려 온 진혈을 얻을 수 있었다.

진혈을 얻는 과정은 수월치 않았다. 자신의 피에 담겨진 힘을 후대에 넘기는 방식이었다.

희미한 잔재로만 남은 진혈을 부활시키기 위해 수많은 전사들이 기꺼이 죽어갔다.

태양의 아들들을 이끄는 자 중 하나인 아흐마드가 고대에 남겨진 혼돈의 힘을 얻는 방법을 찾아내지 못했다면 이마저도 불가능한 일이었다.

진혈이 완성되고 의지를 일으켜 다시금 검의 형체를 가지게 만든 이들이 바로 자신을 비롯한 십이사자였다.

비록 하나가 되지는 못했지만 최초로 형상을 갖추게 되었다.

이제는 하나로 모이는 일만 남았다. 일야스는 다른 십이사자 중 세 명으로부터 진혈과 함께 선라이징을 건네받았다.

그리고 고신의 잔재를 모아 만들어낸 블랙노바까지 합세했다.

하지만 그럼에도 불구하고 오늘 다크프리즘과의 격전에서 동수를 이루었을 뿐이다.

온전한 하나와 그렇지 못한 선라이징의 신력의 격차는 천지 차이지만 걱정이 되지 않을 수 없는 일야스였다.

"일단 선라이징이 완벽하게 부활하는 것이 우선이다. 모든 신검의 신력은 전부 동일하니 블랙노바를 가진 우리가 유리할 것이다."

동일한 신력이라면 고신들이 남긴 힘을 누가 더 많이 소유하고 있느냐가 문제였다.

아흐마드가 블랙노바를 만들어냈기에 일야스는 그것으로 위안을 삼을 수 있었다.

다크프리즘의 기운이 완전히 사라진 것을 확인한 일야스는 폐허로 변해 버린 마을을 돌아보다 자신의 집으로 향했다.

이미 산산이 부서져 버린 가옥 아래 만들어놓은 토굴로 가족들을 대피시켰기에 빨리 꺼내야 했다.

좌악!

샴쉬르를 휘두르자 잔해로만 남은 흙벽돌이 갈라지며 바닥이 드러났다.

터만 남은 집의 중심부에 들어선 일야스는 손으로 바닥을 털어냈다.

작은 나무문이 나타났다. 지하에 파놓은 토굴로 들어가는 문이었다.

손잡이를 잡아당기자 먼지와 함께 토굴이 나타났다.

“여보!”

“아란, 이제 괜찮으니까 나와.”

“알았어요.”

일야스는 아란이 건네주는 아들을 안았다.

“이제 태양의 사원으로 갈 거야.”

“위험하지 않을까요?”

“쉽사리 덤비지는 않을 테니까 걱정하지 마.”

“그래요.”

일야스와 아란은 자신의 아들을 데리고 마을을 떠났다.

전사들의 집결지인 태양의 신전으로 가기 위해서였다.

*   *   *

대단한 자다.

공간이동 수준의 움직임을 보이고 있었다. 언젠가 한번 싸웠던 흑마법사의 블링크와는 차원이 다른 움직임이었다.

거기다 음 차원의 마나를 사용하는 것을 보니 거의 S랭킹에 달하는 놈이다.

자신의 의지만으로 음 차원의 마나를 이용하고 있는 것도 문제지만 놈이 활용하는 방식이 골치가 아프다.

상극이라고 할 수 있는 기운을 음 차원의 마나로 만든 두꺼운 벽으로만 막아냈다.

불가능한 일을 가능하게 만든 것이다.

생각만 해도 골치가 아프다. 초열의 기운을 막아내는 것을 보면 놈에게는 웬만한 공격은 통하지 않는다는 이야기이니 말이다.

다크프리즘이라고 했던가?

놈은 그것을 적절히 이용하고 있었다.

자신의 의지와 합쳐 새로운 능력을 창출하는 것이 탁월했다.

태양의 아들이라 칭해지는 자는 선라이징이 가지고 있는 능력을 제대로 활용하지 못하고 있어 거치적거릴 것이 없지만 놈은 문제다.

완전한 스피릿아머가 아님에도 미래 시대에 사용됐던 그 어떤 생체기갑병기보다 더 뛰어난 능력을 보유하고 있고, 약점마저 없으니 말이다.

태양의 아들이라 자칭한 자는 갈 곳이 뻔하니 일단 놈의 뒤를 추적하기로 했다.

뱀파이어 일족이라 낮이 되면 활동을 자제할 것이기에 그때를 노리기로 했다.

다크프리즘과 놈이 사용하는 음 차원의 마나가 어떤 식으로 작용하는지 알아야 했다.

*　　　*　　　*

두영은 사막을 뒤졌다. 로페즈가 사라진 방향을 따라가며 혼적을 찾았지만 거의 땅을 딛지 않아 쉽지가 않았다.

거의 백여 미터마다 혼적이 남아 있었다.

모래 위해 살짝 찍힌 발자국이라 바람만 불어도 사라져 버리는 터라 메우의 능력이 아니었다면 그나마 남아 있는 혼적도 예전에 놓쳤을 터이다.

"놈이 어디쯤 있을까?"

"아마도 이 근처일 겁니다. 내상을 입어 멀리 가지는 못했을 테니."

"땅속일까?"

"주변이 온통 모래밭이고 인가라고는 하나도 없으니 땅속밖에는 숨을 곳이 없을 겁니다."

"글쎄……."

메우의 의견을 듣기는 했지만 두영은 로페즈가 땅속에 숨지는 않았을 것이라 생각했다.

음 차원의 마나를 가진 자가 한낮의 열기가 스며드는 사막의 모래 속에서 견디기는 쉽지 않은 일이었기 때문이다.

"뭔가 다른 것이 있을 텐데……."

조심스럽게 주변을 살피던 두영은 지금까지와는 다른 특이한 혼적을 찾아낼 수 있었다.

바람이 만들어내는 파형과는 어긋나 있는 모래의 혼적을 별견한 것이다.

"메우 형, 아무래도 준비를 해야 할 것 같아."

"저도 봤습니다."

두영의 시선을 따라 모래 위에 남겨진 흔적을 확인한 메우는 자신의 수하들에게 수신호를 보냈다.

파파팟!

메우의 지시에 따라 파유족의 전사들이 사방 십여 미터 정도 되는 흔적을 포위했다.

"놈이 빠져나가지 못하게만 해줘!"

결계의 흔적을 발견한 두영은 로페즈의 도주를 막아달라 부탁했다.

"알았습니다."

메우 또한 포위망을 형성하기 위해 뒤로 물러났다.

두영은 천천히 흔적을 향해 다가갔다. 커다란 사구의 끝머리에 남아 있는 흔적을 향해 다가간 두영은 수인을 짚었다.

"해(解)!"

주법이 펼쳐졌다. 결계를 해제하는 주법이다.

전 같으면 상당한 힘을 끌어내야 발동되었을 터지만 지금은 약간의 기운만으로 사구에 펼쳐진 결계를 해제할 수 있었다.

결계가 해제되자 검은색의 광택이 선명한 커다란 물체가 나타났다.

기하학적 무늬의 돋을새김이 선명한 금속체는 거의 집만 한 거대한 크기였다.

"무척 크군. 이 안에서 생활하는 것인가?"

자세히 보니 관을 닮아 있었다.

뱀파이어 영화에서 보면 자그마한 관에 들어가 낮 동안 잠을 자고 있었는데 다크프리즘의 주인은 관 모양을 닮은 집에서 생활하는 것이 아닌가 하는 생각이 들었다.

"어떻게 들어가지?"

이음새가 없는 거대한 금속체를 보며 들어갈 방법이 막막했다.

"할 수 없지. 두들겨 깨우는 수밖에."

뱀파이어가 낮에 활동하지 않는 이유는 활동성이 떨어지기 때문이다. 영화처럼 태양빛에 노출되면 재가 되어버리는 그런 이유는 아니었다.

밤에 활동하는 이유는 자신의 힘이 최고조에 이르기 때문이고, 낮에 잠을 자는 것은 기운을 모으기 위해서라는 것을 스티브로부터 들었던 두영은 로페즈를 깨우기로 했다.

두영의 손이 검은 빛으로 물들고 금속체를 두들겼다. 그저 장난삼아 휘두르는 손짓이었지만 결과는 사뭇 달랐다.

쾅!

두영의 손과 금속체가 맞부딪치는 순간, 폭발음이 사방으로 메아리쳤다. 진동에 이은 충격파가 금속체 전체를 휘감았다.

콰콰쾅!

사막에 때 아닌 소리가 울려 퍼지기 시작했다.

약간은 무식한 방법이기는 하지만 두영은 금속체를 두드리고 있었다.

“컥!”

양동이를 뒤집어씌운 후 겉면을 두들기면 안쪽에는 진동파가 생긴다.

자신의 안식처에 들어가 지난밤의 격전으로 생긴 내상을 치료하고 있던 로페즈는 답답한 심음과 함께 검은 피를 쏟아냈다.

“어떤 새끼가!!”

입가로 흘러내린 피를 손으로 닦아낸 로페즈는 자신의 안식을 방해한 자를 응징하기 위해 밖으로 나가기로 했다.

“그런데 어떻게 이곳까지 충격파가 흘러들어 오는 것이지?”

의문이 아닐 수 없었다. 자신이 머물고 있는 공간은 바깥의 현실 세계와는 아주 다른 이계의 공간이다.

아무리 태양의 아들들이라 해도 이곳까지 충격을 줄 수는 없는 일이었다.

“어떤 놈인지는 모르지만 오랜만에 인간의 피를 맛볼지도 모르겠군.”

마계 공간을 구현해 음 차원의 마나를 흡입하며 어느 정도 상세를 회복했지만 아직은 완전히 나은 것이 아니었다.

인간의 피를 통해 힘을 회복하는 일은 종속들이나 행하는 일이었지만 로페즈는 오랜만에 그 유희를 즐겨볼 생각을 했다.

회복이 가장 빠르기도 하지만 자신의 안식을 방해한 자를 결코 용서하고 싶지 않은 까닭이었다.

안식처의 외곽을 보호하고 있는 금속체는 지금까지 발견된 그 어떤 금속보다 강하다고 알려진 것이다.

마계에서만 구할 수 있다는 아다만티움이다. 충격의 여파로 깨질 염려는 없었다.

하지만 이대로 계속해서 공격을 당하면 안에 있는 자신이 위험해질 수도 있다는 판단하에 결계를 해제했다.

"으음!"

뜨거운 태양이 작열하는 사막의 더위가 기분 나빴다.

"드디어 나왔군."

공간의 틈으로 자신의 안식처를 돌려보내자 낯선 자가 자신을 바라보며 웃고 있었다.

"누구냐?"

느껴지는 기운으로 인해 추적자가 아니라는 것을 알고 있기는 했지만 의외였다.

아시아 계통의 인물로 보이는 자가 자신을 찾아온 것을 보니 한 단체에 대해 생각이 미쳤다.

"사령사에서도 참전한 건가?"

"후후후!"

"웃어?"

"잘못 알았다. 사령사 따위와는 관련이 없다. 네놈에게 몇 가지 알아볼 것이 있어서 말이야."

"하하하! 가소로운 놈이로군. 포위하고 있는 놈들을 믿고 있는 것이냐?"

주변에서 느껴지는 기운을 보면 이미 포위망을 구축해 놓고 있음이 분명했지만 로페즈는 자신이 있었다.

내상은 이미 대부분 치료한 상태라 신검의 주인들만 아니라면 자신을 막을 자는 없었다.

"눈치가 꽤 빠르군. 그리 염려할 것은 없다. 반항하지만 않는다면 다칠 일은 없을 테니까."

"뭣이!!"

로페즈는 노기가 치솟아 올랐다. 감히 인간이 어둠의 적자인 자신을 무시하는 것이 기분 나빴다.

검은 안개가 번지며 어둠의 힘이 그의 몸에서 뭉클거리며 솟아나왔다.

환한 태양 아래라면 자신의 힘이 조금은 감소되겠지만 로페즈는 개의치 않았다.

스스스스!

작은 바람이 검은 안개를 확산시키자 어둠이 몰려왔다. 밝은 태양이 가려지며 주변이 온통 어둠으로 둘러싸였다.

"음 차원의 마나를 그렇게 사용하다니 재미있군."

"알고 있다면 위력도 알겠구나. 네놈들은 내가 조성한 필드에 갇혔다. 이곳은 나만의 공간! 내 용서치 않으리라."

뱀파이어 일족 중 세 번째 서열을 차지하고 있는 로페즈의 또 다른 이름은 마계의 공작이다.

일정한 공간을 자신의 의지하에 둘 수 있는 능력을 가진 이가 로페즈다.

적과 싸울 시 마계와 흡사한 공간을 만들어 차근차근 말살해 버리는 탓에 붙여진 별칭이었다.

'마계라 불리는 테벨릿 행성과 같은 환경이라……'

두영은 로페즈가 만들어놓은 이계의 공간을 보면서 테벨릿 행성을 떠올렸다.

테벨릿 행성은 지구가 속한 은하의 가장자리에 있는 행성이다.

음 차원의 마나만이 존재하는 이 행성에는 특이한 존재들이 살고 있었다.

테벨릿 행성인들은 물질체가 아닌 정신체로서 존재하는데, 음 차원의 마나를 자신들의 생명의 원천으로 삼고 있는 자들이었다.

그들은 영적 반응에 따라 시공간을 자유자재로 넘나들 수 있는 특별한 존재들이었다.

은하연방이나 지구연합에서 보통은 마족이라 불리는 존재들이 바로 그들이었다.

이들은 다른 생명체의 분노나 절망, 그리고 욕심 같은 부정적인 감정에서 발생하는 에너지를 이용해 자신의 힘을 키우는데 상당히 강한 전력을 보유하고 있었다.

테벨릿은 실력을 닦기 위해 두영이 몇 번 방문한 곳이었다. 뜻밖의 장소에서 테벨릿 행성에서 느꼈던 기운을 확인했다. 그것도 완전히 일치하는 기운이 로페즈가 만든 공간에서 느껴지고 있었다.

'자세히 알아봐야겠다. 아리안의 카로안도 그렇고, 이자가 속한 종족이라는 뱀파이어들도 고신들이 창조한 것이 아닌 것 같으니 말이다.'

카로안은 엘프가 고신들에 의해 창조가 된 것이 아님을 이야기했다.

로페즈도 비록 물질적인 모습은 갖추었지만 테벨릿 행성인과 비슷한 기운을 가지고 있었다.

태양의 아들과 격전을 벌일 때는 멀리 있어서 확신하지 못했지만 지금 그가 만든 필드에서 보니 확실했다.

자세히 알아보려면 일단은 제압해야 했기에 두영이 먼저 움직였다.

스슷!

두영의 신형이 희미해지며 갑자기 사라졌다. 순간적인 속도가 워낙 빨라 잔상만이 남아 있다가 이제야 사라진 것이다.

로페즈의 눈이 빠르게 돌아가며 검은 기운이 그의 주변에 몰아쳤다.

실처럼 가느다랗게 변한 기운이 그물처럼 그의 주변을 휘몰아쳤다. 날카롭기 그지없는 그의 기운은 방원 십여 미터의 공간을 갈가리 찢어발겼다.

하지만 그의 공격은 빗나가고 있었다. 두영은 로페즈의 간격을 애초에 벗어나 있었던 것이다.

신형을 움직여 로페즈와 맞닿을 거리까지 접근하고는 그보다 빨리 자리를 벗어났던 것이다.

두영의 접근을 눈치채고 로페즈가 자신도 모르는 사이에 반응했지만 워낙 빠르게 접근한 후 빠진 탓에 헛되이 힘만 쓴 꼴이 되어버렸다.

뱀파이어 가문 중 하나의 주인답게 공격이 성공하지 않았음에도 로페즈는 당황하지 않은 모습이었다. 어느새 검은 검신을 가진 다크프리즘을 꺼내 들고는 조용히 주변을 살피고 있었다.

'대단한 놈이다. 이런 속도는 절대 아무나 낼 수 있는 것이 아니다.'

스피릿아머를 착용하고도 극한까지 기운을 끌어올려야 가능한 속도였다. 그런 속도를 낸다면 인간의 몸으로는 절대 감당할 수가 없다. 공기의 마찰을 견뎌낼 수 없는 것이다.

단순하지만 가공할 능력에 경각심을 가진 로페즈는 다크프리즘을 스피릿아머로 변환시켰다.

"후후후, 좋아! 그래야 싸울 맛이 나지."

두영은 기분이 좋았다. 드디어 싸워볼 만한 상대를 만났기 때문이다.

거기다가 다크프리즘에 얽혀 있는 비밀을 알아낼 수 있으니 일석이조였다.

변환을 끝마치자 공격을 개시했다.

쾅!

로페즈는 제혼의 검격을 거대한 검으로 막아냈다. 손에서

이는 충격이 고스란히 몸까지 전달되는 강한 일격이었다.

"크으! 어떻게?"

인간의 몸으로 공격한 것이 스피릿아머를 타고 있는 자신에게 충격을 준다는 사실을 로페즈는 도저히 믿을 수 없었다.

『타임 슬라이스』 6권에 계속…

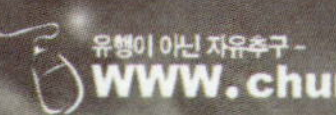

長虹貫日

장홍관일

월인 新무협 판타지 소설

세상은 언제나 정의가 승리하고,
그래서 사필귀정(事必歸正)이라고?

개소리!

세상은 나쁜 놈들이 지배하지.
그러나 그놈들은 아주 교활해서 절대로 나쁜 놈처럼 안 보이지.
현재 무림을 지배하고 있는 백도의 어떤 인간들처럼……